BEST SELLER

Biblioteca

DANIELLE STEEL

Feliz cumpleaños

Traducción de
Nieves Nueno

DEBOLS!LLO

Título original: *Happy Birthday*
Segunda edición en Debolsillo: enero de 2015
Segunda reimpresión: noviembre de 2018

© 2011, Danielle Steel
Todos los derechos reservados, incluido el de reproducción total o parcial en cualquier formato.
© 2015, de la presente edición en castellano para todo el mundo:
Penguin Random House Grupo Editorial, S. A. U.
Travessera de Gràcia, 47-49. 08021 Barcelona
© 2015, Nieves Nueno Cobas, por la traducción

Printed in Spain – Impreso en España

ISBN: 978-84-9062-439-5 (245/68)
Depósito legal: B-24.074-2014

Compuesto en Fotocomposición 2000, S. A.

Impreso en Liberdúplex, S. L. U.
Sant Llorenç d'Hortons (Barcelona)

P 6 2 4 3 9 5

Penguin
Random House
Grupo Editorial

A Beatrix, Trevor, Todd, Nick,
Sam, Victoria, Vanessa,
Maxx y Zara

Que «¿Por qué no?» sea una respuesta
que os traiga alegría, felicidad
y nuevos horizontes. Que la vida
sea amable y generosa con vosotros,
que quienes estén a vuestro lado sean tiernos
y cariñosos, ¡¡¡y que siempre
seáis muy queridos!!!

¡Os quiero mucho!

Mamá/d.s.

La vida, una buena vida, una vida maravillosa,
requiere preguntarse «¿Por qué no?».
¡Nunca lo olvidemos!

d.s.

1

El 1 de noviembre de cada año era el día más temido por Valerie Wyatt, al menos desde su cuarenta cumpleaños, dos décadas atrás. Había logrado retrasar los estragos del tiempo, y nadie que la viese esa mañana habría imaginado que acababa de cumplir los sesenta. Llevaba algún tiempo quitándose años, y a nadie le costaba dar crédito a sus creativas afirmaciones en cuanto a su edad. Según la revista *People*, Valerie contaba con cincuenta y un años, una edad que a ella ya le parecía bastante mala. Tener sesenta le resultaba de todo punto impensable, y se alegraba de que la gente pareciese haber olvidado la cifra correcta. Valerie hacía cuanto estaba en su mano para alimentar la confusión. Se había operado los ojos por primera vez cuando cumplió los cuarenta, y volvió a hacerlo quince años más tarde, con unos resultados excelentes. En efecto, la mirada de Valerie ofrecía una apariencia descansada, como si acabase de disfrutar de unas estupendas vacaciones. La intervención había tenido lugar en Los Ángeles, durante un paréntesis estival. Al cumplir los cincuenta se había operado el cuello, obteniendo un escote liso y juvenil, sin flacidez alguna. El cirujano plástico le había dicho que no necesitaba un estiramiento facial completo. Poseía unas facciones delicadas y una piel tersa, y su paso por el quirófano le había proporcionado en cada ocasión el efecto deseado. Las inyecciones de Botox que se aplicaba cuatro veces al año contribuían a mejorar su aspecto juvenil. El ejercicio diario y la colaboración de un entrenador personal tres veces por semana mantenían su cuerpo esbelto, tonificado y libre de los signos de la edad. De haberlo deseado, podría haber afirmado que tenía cuarenta y tantos, pero no quería parecer ridícula y se conformaba con quitarse nueve años. Además, era de dominio público que tenía una hija de treinta años, por lo que no podía forzar demasiado las cosas. Cincuenta y uno estaba bien.

Se requería tiempo, esfuerzo y dinero para mantener esa apariencia que le halagaba la vanidad y que al mismo tiempo era importante para su carrera profesional. Valerie llevaba treinta y cinco años siendo la gurú número uno del estilo y la vida refinada. Al acabar sus estudios había empezado a trabajar como redactora para una revista de decoración, una tarea que se convirtió en pasión. Era la reina del arte de recibir invitados y de cuanto sucedía en el hogar. Tenía acuerdos de licencia para la comercialización de juegos de cama y mantelerías de lujo, muebles, papel pintado, telas, bombones exquisitos…, e incluso una línea de mostazas. Había escrito seis libros sobre bodas, decoración y cómo ser el perfecto anfitrión, y tenía un programa de televisión cuyo índice de audiencia se situaba entre los más altos. Había organizado tres bodas en la Casa Blanca para hijas y sobrinas de presidentes, y su libro sobre celebraciones nupciales había ocupado durante cincuenta y siete semanas el número uno en la lista de no ficción del *New York Times*. Su mayor competidora era Martha Stewart, y Valerie, que jugaba en su propia liga, siempre había sentido un profundo respeto por su rival. Eran las dos mujeres más importantes en su campo.

En su vida privada Valerie predicaba con el ejemplo. Su ático en la Quinta Avenida, con vistas panorámicas a Central Park y una importante colección de arte contemporáneo, parecía listo para la cámara en todo momento, al igual que ella misma. Estaba obsesionada con la belleza. La gente quería vivir como ella les decía, las mujeres deseaban tener su mismo aspecto y las chicas ansiaban que su boda fuese tal como Valerie la habría organizado, o por lo menos acorde con las instrucciones que daba en su programa y sus libros. Valerie Wyatt era un nombre conocidísimo. Era una mujer hermosa, tenía una carrera fantástica y vivía una existencia de oro. Lo único que faltaba en su vida era un hombre, y llevaba tres años sin tener ni una sola relación. Esa mañana también se sentía deprimida al pensar en eso. Por muy buena apariencia que tuviese, la edad que constaba en su permiso de conducir era la que era, y ¿quién iba a querer salir con una mujer de sesenta años? En los tiempos que corrían, hasta los hombres de más de ochenta querían salir con chicas de veinte. Con ese cumpleaños, Valerie sentía que se había quedado obsoleta. No era un pensamiento agradable, y no estaba contenta.

Esa mañana se miró atentamente al espejo mientras se preparaba para salir de casa. Debía estar en el estudio a mediodía para hacer una grabación, y antes tenía dos citas. Confiaba en que la primera la animase. Y lo único que le impedía sufrir un ataque de pánico era que al menos nadie conocía su verdadera edad. Sin embargo, se sentía deprimida. Valerie comprobó aliviada que la imagen que le devolvía el espejo le mostraba que su vida aún no estaba acabada. Su pelo de estilo paje, bien cortado y teñido con asiduidad de su rubio natural para que nunca se le viesen las raíces, le enmarcaba el rostro de forma muy favorecedora. Valerie tenía muy buen tipo. Abrió el armario y seleccionó con cuidado un abrigo de lana rojo que se pondría encima del vestido corto negro que llevaba puesto, que mostraba sus piernas largas y espectaculares, y se calzó unos taconazos de Manolo Blahnik. Era un look genial que resultaría moderno y elegante para grabar su programa.

Cuando salió del edificio, el portero paró un taxi para Valerie, que le dio al taxista una dirección de una zona abandonada del Upper West Side. Se fijó en que el conductor la miraba con admiración a través del retrovisor. Valerie permaneció pensativa mientras cruzaban Central Park a toda velocidad. Dos semanas atrás había empezado a hacer frío en Nueva York, las hojas se habían puesto amarillas y en ese momento estaban cayendo las últimas. El abrigo de lana rojo que llevaba puesto le daba el aspecto y la sensación apropiados. Valerie miraba por la ventanilla del taxi mientras sonaba la radio y salían del parque por el West

Side. Y entonces, al oír la voz del locutor, sintió que la atravesaba una corriente eléctrica.

«Ay, ay, ay, no puedo creerlo, y seguro que los oyentes tampoco lo creerán. ¡Está fantástica para la edad que tiene! ¿Adivinan quién cumple hoy sesenta años? ¡Valerie Wyatt! ¡Menuda sorpresa! Buen trabajo, Valerie, no aparentas más de cuarenta y cinco.» Se sintió como si el locutor acabase de darle un puñetazo en el estómago. ¡Y de los fuertes! No daba crédito a sus oídos. ¿Cómo demonios se habría enterado? Se le cayó el alma a los pies al pensar que sus investigadores debían de comprobar los registros del departamento de tráfico. Era el programa matinal más popular de Nueva York, y toda la gente lo sabría. Le entraron ganas de pedirle al taxista que apagase el aparato, pero ¿de qué serviría? Ya lo había oído, al igual que la mitad de Nueva York. De pronto el mundo entero, o al menos gran parte de la ciudad, sabía que ella tenía sesenta años. Se dijo, indignada, que no había palabras capaces de expresar su humillación. ¿No quedaba nada que fuese privado? No cuando eras tan famosa como Valerie Wyatt y tenías desde hace años tu propio programa de televisión. Le entraron ganas de llorar al preguntarse en cuántos programas de radio y de televisión saldría la noticia, en cuántos periódicos se publicaría, en cuántas revistas aparecería su fecha de cumpleaños y su edad. ¿Por qué no lo escribían con la estela de un avión en pleno cielo de Nueva York?

Pagó al taxista con el ceño fruncido, dándole una generosa propina. El día había empezado terriblemente mal para ella, y de todas formas nunca le gustaba su cumpleaños. Siempre era un día decepcionante y, a pesar de su fama y de su éxito, no tenía a ningún hombre con quien pasarlo. No tenía novio, ni marido, y su hija siempre estaba demasiado ocupada trabajando para salir a cenar con ella. Y lo último que le apetecía era hablar de su edad con sus amistades. Pensaba pasar la noche sola en casa, en la cama.

Subió a toda prisa los deteriorados peldaños de piedra arenisca rojiza, estuvo a punto de tropezar con uno desportillado y pulsó el botón del interfono. El nombre que aparecía en el timbre era Alan Starr. Valerie iba allí al menos dos veces al año y telefoneaba entre visitas para animarse o cuando estaba aburrida. Tras su llamada, una voz se filtró hasta el frío aire de noviembre.

—¿Cariño? —dijo una voz alegre. Alan parecía ilusionado por verla.

—Soy yo —confirmó ella.

Alan le abrió con un zumbido. Valerie empujó la pesada puerta y se apresuró a subir las escaleras hasta el segundo piso. El edificio era viejo y parecía gastado, pero estaba limpio. Él la esperaba en una entrada abierta y la estrechó entre sus brazos con una amplia sonrisa. Era un hombre alto y guapo de poco más de cuarenta años, con los ojos de color azul eléctrico y el pelo castaño que le llegaba a los hombros. Y, a pesar de su cochambrosa dirección, era bastante conocido en la ciudad.

—¡Feliz cumpleaños! —exclamó, abrazándola y sonriendo con una expresión de auténtico placer.

Ella se apartó, mirándolo descontenta y con el ceño fruncido.

—¡Ay, calla! Un gilipollas acaba de decirle por la radio a todo el mundo cuántos años cumplo hoy.

A punto de llorar, Valerie entró con paso decidido en el cuarto de estar, donde había varios Budas grandes, una estatua de Kuan Yin en mármol blanco, dos sofás también blancos y una mesa de centro lacada en negro. El aroma de incienso invadía la sala.

—¿Qué puede importarte? ¡No aparentas tu edad para nada! Es solo un número, cariño —quiso tranquilizarla el hombre.

—Pues me importa —contestó ella, arrojando su abrigo sobre uno de los sofás—. Y lo peor es que hoy me siento como si tuviese cien años.

—No seas boba —dijo Alan mientras se sentaba en el sofá frente a ella.

Había dos barajas de cartas sobre la mesa. Alan tenía fama de ser uno de los mejores videntes de Nueva York. Valerie se sentía un poco tonta por acudir a él, pero confiaba en sus predicciones y casi siempre se animaba al hablar con él. Alan era una persona cariñosa y cálida, con mucho sentido del humor y varios clientes famosos. Valerie llevaba años consultándole y muchas de las cosas que le predecía acababan haciéndose realidad. Siempre empezaba el día de su cumpleaños visitándolo. Así la jornada se le hacía un poco menos traumática, y si la tirada era positiva tenía algo que esperar.

—Vas a tener un año fabuloso —dijo él en un tono tranquilizador, barajando las cartas—. Todos los planetas están alineados a tu favor. Ayer te hice una lectura astrológica, y este va a ser el mejor año de tu vida. —Señaló las cartas.

Valerie ya conocía el procedimiento. Habían hecho aquello muchas veces.

—Escoge cinco y colócalas boca abajo —dijo Alan mientras dejaba la baraja delante de ella.

Valerie suspiró, escogió las cinco cartas y las dejó boca abajo. Alan las volvió una tras otra. Había dos ases, un diez de tréboles, un dos de corazones y la jota de picas.

—Este año vas a ganar mucho dinero —declaró muy serio—. Habrá nuevos acuerdos de licencia. Y la audiencia de tu programa va a ser fantástica.

Cada año decía más o menos lo mismo, y hasta el momento no se había equivocado. Sin embargo, en el caso de Valerie eso era fácil de predecir. El imperio que había construido sobre la vida refinada era muy sólido.

—¿Qué pasa con la jota de picas?

Ambos sabían que deseaba tener un hombre en su vida desde que rompió con el último. Llevaba veintitrés años divorciada y había dedicado más tiempo y energía a su profesión que al amor. No obstante, le habría gustado tener compañía y se sentía decepcionada al ver que pasaban los años sin que apareciese nadie. Empezaba a pensar que nunca volvería a tener pareja. Quizá fuese demasiado vieja. Desde luego, aquel día se sentía muy mayor.

—Creo que uno de tus abogados podría jubilarse —dijo Alan acerca de la jota de picas—. Dame cinco más.

Esta vez aparecieron el rey de corazones y la reina de diamantes. Alan sonrió.

—¡Vaya, qué interesante! Veo a un hombre nuevo —dijo, ensanchando la sonrisa.

Valerie se encogió de hombros, poco convencida.

—Llevas tres años diciéndolo.

—Paciencia, cariño. Vale la pena esperar al correcto. Este hombre me da buenas vibraciones. Es importante, poderoso, muy alto y atractivo. Creo que vas a conocerlo a través del trabajo.

Al oír esas palabras, Valerie se echó a reír.

—No será en mi profesión. Son pocos los heterosexuales que trabajan en el sector de la decoración, el estilismo del hogar o las bodas. Voy a conocerlo en otro sitio.

—Quizá sea uno de tus productores —dijo Alan, concentrándose en las cartas—. No me cabe duda de que vas a conocerlo a través del trabajo.

Ya había dicho eso en otras ocasiones, y no había aparecido nadie. Sus demás predicciones solían resultar acertadas, pero últimamente no ocurría lo mismo cuando se trataba de hombres.

—Me parece que tu hija podría tener un bebé este año —dijo dándole la vuelta a la reina de diamantes y pasándole otra vez la baraja.

Valerie sonrió, negando con la cabeza.

—No lo creo. Trabaja más que yo. No está casada y ni siquiera tiene tiempo para salir con nadie. No estoy nada segura de que quiera tener un marido o un hijo.

Valerie, por su parte, no estaba deseando precisamente ser abuela; desde luego, eso no estaba incluido en su lista de deseos ni entraba en sus previsiones, y por suerte tampoco en las de su hija. Alan se equivocaba en eso.

—Pues me parece que vas a llevarte una sorpresa —dijo el vidente.

Valerie volvió cinco cartas más. Los pronósticos de Alan

eran parecidos a los de siempre: éxito profesional, un hombre nuevo y una serie de consejos sobre próximos proyectos, negocios y personas del ámbito laboral. Pero esta vez el hombre nuevo aparecía en varias ocasiones. Alan insistía mucho en ello, y Valerie exhaló un suspiro. Siempre le habían dicho que no podía tenerlo todo, que no podía tener al mismo tiempo amor y una fabulosa carrera profesional. La vida no funcionaba así. Le decían que nadie logra todo lo que quiere, y Valerie no tenía por qué ser una excepción. Por supuesto, no le había sido fácil alcanzar el éxito, y además se había quedado sola. Continuó eligiendo cartas y Alan le hizo más predicciones, casi todas positivas. Le dijo que su salud no planteaba problemas y que la audiencia de su programa se dispararía de nuevo. El vidente veía un negocio ventajoso en el Lejano Oriente, quizá una línea de mobiliario. Estaba claro que Alan sentía auténtica simpatía por ella. Valerie era sincera, directa y justa. Algunas personas la tachaban de dura, pero en realidad exigía a los demás la misma excelencia que se exigía a sí misma. Trabajaba mucho y obligaba a sus colaboradores a imitarla. No era casual que hubiese llegado a la cima de su profesión. Había escalado esa montaña durante treinta y cinco años a fuerza de trabajo, cierto don natural y un instinto infalible. Alan la admiraba por ello. Le encantaba su franqueza. Era una mujer que jugaba limpio e iba con la verdad por delante, sin trampa ni cartón. Alan no necesitaba echar las cartas para saber lo mucho que le disgustaba su edad: Valerie no paraba de repetir que sesenta años eran muchos y que todo el mundo ya sabría que los tenía. Era evidente que solo de pensarlo le entraban ganas de llorar.

Mientras Valerie escuchaba la lectura de Alan en aquel piso del West Side, Jack Adams reptaba literalmente por el suelo de su cuarto con lágrimas en los ojos. Jamás había sufrido un dolor así. Jamás. Bueno, quizá un par de veces de joven, cuando era jugador profesional de fútbol americano, pero nunca desde entonces. Se sentía como si le hubieran clavado un hacha india en la espalda. Los dolores punzantes le subían al cerebro y le bajaban por las piernas. No podía ponerse de pie ni andar. Logró llegar al baño y se levantó despacio, aferrándose al lavabo. Cogió el móvil de la encimera y se sentó en el inodoro con un gemido.

—¡Ay, Dios mío! —exclamó, buscando un número en su teléfono.

Al verse en el espejo comprobó que parecía un náufrago y se sintió como si tuviese mil años.

Jack había asistido a una fiesta de Halloween la noche anterior y había conocido a una chica increíble allí, en la barra. Él llevaba un disfraz de Superman y ella era Catwoman, con su ajustado traje de cuero, sus botas altas y sus bigotes. La chica tenía un cuerpo inolvidable y, cuando se quitó la máscara, Jack vio que su cara tampoco estaba nada mal. Dijo que era modelo, pero Jack nunca había oído hablar de ella. Tenía veintidós años, el pelo teñido de negro azabache y los ojos verdes. Jack medía un metro noventa y tres, y la chica era tan solo unos centímetros más baja. Tan pronto como llegaron al apartamento de él se pusieron a practicar sexo acrobático. Los dos habían bebido mucho, y Jack no recordaba haberse divertido tanto en mucho tiempo. Ella era como la mayoría de chicas con las que salía, siempre de veintipocos años, a menudo modelos, a veces actrices, y en general cualquier chica guapa que se cruzase en su camino. Jack nunca había tenido problemas para seducir a las mujeres. Las chicas se le ponían en bandeja desde que era un adolescente, a veces más de lo que era capaz de asumir. Con las chicas le pasaba lo mismo que con los dulces: nunca podía resistirse. Y Catwoman no había sido ninguna excepción. La única diferencia en su caso fue que la última vez que hicieron el amor la noche anterior algo se quebró en la espalda de Jack, dejándolo inmovilizado. Había soltado un grito de dolor tan aterrador que la muchacha se había ofrecido a telefonear a emergencias. Sin embargo, Jack se negó, mortificado, tratando de fingir que no le dolía demasiado. Le sugirió que se fuese a casa, y ella se marchó. Y se había pasado el resto de la noche muriéndose de dolor, esperando a llamar a su quiropráctico. Cuando lo hizo contestó la recepcionista, que al saber que Jack Adams estaba al aparato prometió pasarle con el doctor enseguida. A juzgar por su voz debía de encontrarse fatal, y además había dicho que se trataba de una urgencia.

El hombre que contestó la llamada de Jack parecía jovial y contento de hablar con él. Jack Adams era su paciente desde hacía doce años.

—¿Qué pasa, Jack? Mi enfermera ha dicho que era urgente.

—Creo que lo es —dijo apenas en un susurro. Le dolía hablar. Le dolía respirar. Ya se imaginaba en una silla de ruedas el resto de su vida—. No sé qué demonios me ocurrió anoche. Creo que sufrí un tirón en la espalda o algo así. Tal vez me haya hecho un esguince. Casi no puedo andar.

No le costaba imaginarse paralítico, pues el dolor que sentía era tremendo. Al principio creyó que era un infarto. Fuese lo que fuese lo estaba matando.

—¿Qué hiciste, si es que se puede contar?

Frank Barker le tomaba el pelo. Sabía lo activa que era la vida sexual de Jack. A veces se reían de ello, pero Jack no se estaba riendo en ese momento. Estaba a punto de llorar, y el quiropráctico lo percibía en su voz.

—Mejor no te lo cuento. ¿Puedo ir a la consulta?

—¿Cuánto tardarás?

Jack Adams era un paciente muy importante, y Frank le haría un hueco con mucho gusto, en especial para una urgencia como aquella.

—Veinte minutos —dijo Jack con los dientes apretados.

No tenía la menor idea de cómo saldría de su apartamento, pero ya se las arreglaría para llegar hasta allí. Colgó el teléfono, llamó al servicio de coches que solía utilizar y se puso como pudo la ropa de gimnasia que estaba en el suelo del cuarto de baño. De haber sido necesario habría acudido a la consulta en ropa interior. Se preguntó si debía acudir a un hospital, pero se dijo que Frank sabría qué hacer. Siempre lo sabía. Y aquello no podía ser tan malo como parecía. No podía serlo. Aunque una vez había tenido una piedra en el riñón, y esto era peor.

Estaba abajo diez minutos más tarde, moviéndose despacio y encorvado. El portero lo vio y lo ayudó a subir al coche. Le preguntó qué había ocurrido y Jack se mostró vago. Diez minutos más tarde llegaron a la consulta del quiropráctico y el chófer lo ayudó a entrar. Lo acompañaron a una sala. Frank estaba con él al cabo de cinco minutos y se puso a examinarlo. Jack casi no podía moverse. Después del reconocimiento, el quiropráctico miró su historial y sonrió.

—¡Es tu cumpleaños, Jack! ¡Feliz cumpleaños!

—Por favor, no me lo recuerdes… ¿Qué demonios me ocurrió anoche?

Esperaba que aquello no tuviese importancia, pero daba la impresión de ser una lesión grave. Le dijo al doctor exactamente cómo y cuándo había sucedido, y Frank no pudo resistir la tentación de tomarle un poco el pelo.

—Son esas chicas jóvenes, Jack… ¡Menudas piezas están hechas!

—Creo que es una gimnasta o algo así, o una contorsionista. Estoy bastante en forma, y casi me mata. ¿Qué me he roto?

Que una noche de sexo acrobático lo hubiese dejado en ese estado, y para colmo en su cumpleaños, hacía que se sintiera un carroza. Ese día había cumplido cincuenta. Qué número más feo. De pronto se preguntó si volvería a disfrutar del sexo alguna vez. Lo más probable era que lo de la noche anterior no se repitiese nunca más.

—Voy a solicitarte una resonancia. Tengo la impresión de que puedes haberte roto un disco. Espero que no, puede que solo tengas una hernia. Vamos a echar un vistazo.

—Mierda —dijo Jack tan asustado como si acabasen de comunicarle una sentencia de muerte—. ¿Tendré que operarme?

—Espero que no. Veremos qué indica la resonancia. Te la harán enseguida. —Frank tenía una habilidad especial para conseguir que técnicos y médicos complaciesen a sus clientes importantes—. Una cosa es segura: creo que más vale que te tomes las cosas con calma durante un par de noches.

Esbozó una amplia sonrisa mientras Jack se incorporaba con una mueca de dolor. Esa noche había invitado a unos amigos al céntrico restaurante Cipriani, entre ellos a varias modelos jóvenes, pero ya sabía que tendría que cancelarlo. De ningún modo podría sentarse a cenar. Y tenía que ir al despacho, aunque fuese solo unos minutos. De camino hacia la consulta había telefoneado para avisar de que llegaría tarde, aunque sin especificar el motivo. No quería reconocer el estado en que se hallaba, al menos hasta saber más.

Jack volvió a su coche y fue al hospital para hacerse la resonancia. Frank lo había organizado todo, y cuando entraba en el hospital, encorvado como un anciano, dos hombres le pidieron un autógrafo, cosa que aumentó su humillación. Había sido uno de los jugadores más importantes de la liga nacional de fútbol americano, había ganado seis premios al jugador más destacado como *quarterback* de primer equipo, había participado doce veces en el Pro Bowl, había ganado cuatro Super Bowls para su equipo y era miembro del Salón de la Fama. De pronto, ya casi no podía ponerse de pie ni andar después de pasar una noche con una chica de veintidós años. A los dos aficionados para los que firmó los autógrafos les dijo que había sufrido un accidente de coche. Estaban entusiasmados de verlo, fuese cual fuese su estado.

Tardó una hora y media en hacerse la resonancia, y le dijeron que había tenido suerte. Por lo que podía ver el técnico, el disco parecía herniado, no roto, y no tendría que operarse, sino simplemente hacer reposo y someterse a varias sesiones de fisioterapia cuando menguase el dolor. Era una forma horrible de empezar el día de su cumpleaños. Tenía cincuenta años, y su carrera como amante salvaje y enloquecido había acabado con un gran polvo y una hernia de disco. Se sentía todavía peor.

Cuando llegó al trabajo, aún desaliñado y con ropa de gimnasia, se había tomado un analgésico. No se había afeitado ni peinado, pero vivo o muerto tenía que pasarse unos minutos por allí. Tenía que hablar con el productor acerca de un especial que debía emitirse al día siguiente. Jack era uno de los más famosos comentaristas deportivos de televisión desde su retirada de los estadios a los treinta y ocho años de edad, tras sufrir una grave lesión de rodilla que lo sacó del campo para siempre. Sin embargo, ni siquiera aquello fue tan doloroso como lo que le ocurría en ese momento, doce años después. Había tenido una carrera insigne y un final respetable, y su trayectoria como comentarista deportivo y héroe de la cadena también le resultaba satisfactoria. Le gustaba su trabajo, y el respeto que sentían por él los propietarios de la cadena y los aficionados rozaba la adoración. Sus índices de audiencia eran excelentes. Tenía una presencia agradable ante la cámara que añadía nuevos admiradores a los antiguos. Por otra parte, siempre había sido irresistible para las mujeres e incapaz de resistirse a ellas. Su matrimonio había acabado en divorcio cinco años antes de su retirada. Había engañado a su esposa constantemente, y tenía que reconocerle a Debbie el mérito de que se hubiesen separado como amigos. Había sido un pésimo marido y lo sabía. Las oportunidades y las tentaciones que no paraba de encontrar en su camino como superestrella de la liga nacional de fútbol americano habían sido demasiado para él y para su matrimonio.

Un año después del divorcio, Debbie se había casado con uno de los médicos del equipo. Era feliz y había tenido otros tres hijos, todos varones. Jack y ella tenían un hijo de veintiún años, un estudiante de último curso en la Universidad de Boston que no tenía el menor interés por el fútbol americano, salvo para admirar los logros de su padre. El baloncesto era su deporte preferido y su estatura le habría permitido hacer un buen papel, pero era mejor estudiante de lo que Jack había sido jamás y quería ingresar en la facultad de Derecho. No tenía ningún interés por el deporte profesional. Ni siquiera veía los partidos de fútbol americano en televisión.

Cuando llegó al edificio de la cadena, Jack atravesó el vestíbulo cojeando, entró casi a rastras en el ascensor y se quedó inclinado hacia delante tras pulsar el botón de su planta. No podía permanecer erguido, por lo que no vio la cara de la mujer que entró en el ascensor detrás de él. Solo pudo ver unos zapatos negros de tacón alto, un abrigo rojo y unas buenas piernas. Pero no quiso pensar en eso. Quizá debía plantearse pasar los últimos años de su vida en un monasterio.

La mujer del abrigo rojo y los zapatos negros pulsó el botón de su planta y se situó junto a él.

—¿Se encuentra bien? —preguntó, inquieta.

—Lo cierto es que no, pero sobreviviré —dijo él. Intentó alzar la mirada hasta ella e hizo una mueca de dolor. Le resultaba vagamente familiar, pero no podía recordar quién era. De pronto cayó en la cuenta. Era la famosa gurú de la vida refinada, y él iba encorvado como Quasimodo, con ropa de gimnasia y chanclas, despeinado y sin afeitar. Estaba tan dolorido que casi no le importaba. Siempre había pensado que aquella mujer parecía demasiado perfecta en televisión, pero en ese momento mostraba una mirada compasiva que no hizo sino confirmarle el mal aspecto que tenía. Era patético. Al mirarla se fijó en dos minúsculos puntitos de sangre, uno a cada lado de la boca—. Tengo una hernia discal —explicó—, y creo que usted se ha cortado al afeitarse —añadió, indicando con un gesto los puntitos. Valerie se tocó la cara, sobresaltada.

—No es nada —replicó justo cuando el ascensor se detenía en la planta de él.

Aquello no siempre ocurría, pero ese día lo había hecho. Había ido a que le pusieran las inyecciones de Botox después de consultar al vidente y antes de ir a trabajar. No tenía la menor intención de darle explicaciones a aquel hombre, aunque se preguntó si lo habría adivinado. Ella también sabía quién era él y lo había visto otras veces por el edificio con un aspecto atractivo. Hoy iba hecho un desastre, y parecía muy enfermo o gravemente herido.

—¿Necesita ayuda para salir? —preguntó la mujer en tono compasivo.

Era evidente lo mucho que le dolía.

—Si pudiese mantener la puerta abierta hasta que salga... Si me da un golpe, seguramente me quedaré tetrapléjico. Anoche me pasé con la fiesta de Halloween —dijo él mientras cruzaba la puerta del ascensor arrastrando los pies.

Pensaba pasarse también celebrando su cumpleaños, pero estaba claro que eso ya no era muy probable, y quizá no lo fuese nunca más, pensó con pesadumbre. Le dio las gracias y la puerta se cerró a sus espaldas.

Llegó a su despacho con grandes dificultades, se dejó caer sobre el sofá y se tumbó con un fuerte gemido. Norman Waterman, su ayudante de producción favorito, entró y se lo quedó mirando, asombrado. De niño, Norman había sido un gran admirador de Jack, y se sabía todas sus estadísticas mejor que él mismo. Todavía conservaba todos sus cromos, que Jack le había firmado uno por uno.

—¡Hostia, Jack! ¿Qué te ha pasado? Parece que te haya arrollado un tren.

—Algo parecido. Anoche tuve un accidente y me hice una hernia discal. ¿Está George? Tengo que hablar con él del programa de mañana.

—Iré a buscarlo. Por cierto, ¡feliz cumpleaños!

—¿Cómo lo sabes? —inquirió Jack, angustiado.

—¿Estás de broma? Eres una leyenda, tío. Siempre he sabido qué día naciste, pero es que además lo han anunciado en las noticias esta mañana.

—¿Mi cumpleaños o cuántos años tengo? —preguntó Jack, asustado.

—Las dos cosas, claro. De todas formas, la gente lo sabe. Cualquier aficionado al fútbol americano sabe la edad que tienes. Formas parte de la historia de la liga nacional.

—Lo que me faltaba. Pasaré el resto de mi vida en una silla de ruedas, y ahora van y recuerdan en la tele los años que tengo. ¡Pues estamos apañados!

Jack siempre les decía a las chicas que tenía treinta y nueve años. De todas formas, ellas no tenían la edad suficiente ni el interés necesario para haber seguido su carrera. Muchas le creían, ilusionadas ante la perspectiva de salir con Jack Adams. Que anunciasen en las noticias su cincuenta cumpleaños no favorecería su vida amorosa, y encima Catwoman lo había dejado hecho polvo en una sola noche. Se sentía fatal.

—¿Cómo lo celebrarás esta noche? —dijo Norman con toda inocencia.

Jack soltó un gruñido y contestó:

—Probablemente suicidándome. Ve a buscar a George, ¿quieres?

—Claro, Jack..., y feliz cumpleaños otra vez —dijo con sentimiento.

Tumbado en el sofá y dolorido, Jack cerró los ojos sin responder. La admiración de Norman era conmovedora, pero lo único que quería por su cumpleaños era dejar de sufrir y recobrar su vida. Una vida de sexo y de mujeres.

Sentada ante su mesa, varias plantas más arriba, Valerie estaba revisando un montón de muestras de tela que quería utilizar en un programa acerca de la reforma del salón, y otras para un espacio sobre decoración navideña. Algunas eran muy buenas. La mesa estaba cubierta de montones de muestras y de fotografías, todo ordenado meticulosamente. Valerie tenía el hábito de organizar sus programas con mucha antelación. Le esperaba una semana muy ajetreada. Al entrar en su despacho se había mirado al espejo en busca de las manchas de sangre que había mencionado Jack. Eran dos motas minúsculas que se quitó con agua, mientras pensaba que mencionarlas había sido una grosería por su parte, y más dado el aspecto que él mismo tenía. Siempre le había parecido muy engreído, como recién salido de la portada de *Sports Illustrated* o *GQ*. Ese día, por el contrario, tenía el aspecto de haber estado viviendo en alguna cueva o de haber llegado a una playa tras un naufragio, aunque estaba claro que se sentía muy dolorido. Y luego se olvidó de él y se puso a tomar notas para los próximos programas. Solo podría trabajar dos horas antes de reunirse con su hija para celebrar su cumpleaños almorzando en La Grenouille, un sofisticado restaurante francés. Era una tradición anual, y sería la única celebración que Valerie se permitiría ese día.

No fue una buena noticia para Valerie saber por Marilyn, su secretaria de impecable eficiencia, que habían anunciado su cumpleaños en televisión esa mañana, y en más de una ocasión. Así que ya no solo conocían su edad los oyentes de la radio, sino que se habían enterado también todos los espectadores de las noticias de la mañana. Desde luego, se había descubierto el pastel. No le sirvió de consuelo enterarse por Marilyn de que también era el cumpleaños de Jack Adams, antiguo *quarterback* y actual comentarista deportivo. Valerie no se molestó en decirle que acababa de verlo en el ascensor encorvado de dolor. A Valerie no le importaba un comino que fuese su cumpleaños ni la edad que tuviese. Estaba disgustada por haber cumplido sesenta y no poder seguir manteniéndolo en secreto. ¿Acaso podía ser peor? Todo el puñetero planeta sabía que era una anciana, y las predicciones de amor y de éxito que Alan Starr le había hecho para ese año no la consolaban. Quién sabía si se cumplirían. Enfrentarse a su edad real resultaba muy deprimente. Sus sesenta años le parecían noventa.

2

April Wyatt se levantó de la cama sin recordar el día que era. Al saltar la alarma del despertador, se despertó y se dirigió al cuarto de baño arrastrando los pies. Acababan de dar las cuatro de la madrugada. Pretendía estar a las cinco en la lonja de pescado de South Bronx y a las seis en el mercado con el fin de hacer la compra para su restaurante. Se estaba lavando los dientes cuando se acordó de que era su cumpleaños. Normalmente, no le importaba, pero ese año se sentía disgustada. Cumplía treinta, un momento que había estado temiendo. Detestaba los «cumpleaños decisivos». Te obligaban a evaluarte a ti misma en función de la opinión ajena, y según los criterios tradicionales, ella no estaba a la altura. Se suponía que a los treinta debías estar casada, tener hijos y/o éxito en tu profesión, y quizá incluso tener una vivienda en propiedad. April poseía un restaurante, pero no tenía marido ni novio y estaba a años luz de tener críos o plantearse siquiera la posibilidad. Estaba endeudada hasta las cejas con su madre, que había puesto el dinero necesario para adquirir el local en el que había abierto el restaurante de sus sueños. Aunque el negocio iba viento en popa, aún no había acabado de saldar la deuda. Su madre nunca la presionaba, pero April esperaba poder devolverle el dinero al cabo de cinco años si el restaurante seguía generando ingresos. El local y el apartamento situados encima, en los que tenía su vivienda y su despacho, estaban en el distrito de Nueva York en el que se concentraban las industrias cárnicas. Años atrás, la zona había sido un barrio pobre, y el edificio había requerido una reforma exhaustiva en la que April había gastado lo menos posible, dedicando casi todos sus esfuerzos al restaurante. Sin embargo, el apartamento era un verdadero tugurio.

Así pues, respecto a la opinión general acerca de dónde debía estar a los treinta, tenía un negocio y una profesión, pero poco más. Ni hombre, ni hijos, ni casa propia..., y un montón de deudas. Sin embargo, había logrado su sueño, y estaba encantada. El restaurante, llamado April in New York, se llenaba casi todas las noches y había recibido varias críticas estupendas en los tres años transcurridos desde su inauguración. April era al cien por cien la madre de la criatura. El restaurante era tal como ella siempre había querido y contaba con una clientela numerosa y asidua. Abría los siete días de la semana, y la propia April estaba allí día y noche. Compraba toda la comida, era la chef principal y, aunque la cocina era el lugar donde más feliz se sentía, también visitaba a los comensales en las mesas. Tenía que dar la cara de vez en cuando, en especial ante los clientes más fieles. Ella misma seleccionaba todos los vinos, y el local ofrecía una carta de vinos interesante a precios moderados. El April in New York era, para algunos, el mejor restaurante de la ciudad.

April había dejado la universidad tras el primer curso para tomarse un año sabático y nunca había vuelto, a pesar de todas las aspiraciones de sus padres. Su padre era profesor de Historia Medieval en Columbia, y la joven había estudiado allí durante un año en el que no dejó de sentirse desgraciada ni por un momento. Lo que ella quería era ser chef. Nunca se había dejado contagiar por la pasión que sentía su madre por la vida refinada; lo único que le interesaba a April era lo que sucedía en la cocina. Las bodas elegantes, los cubiertos o lo bonito que estaba el salón no significaban nada para ella. Lo que le encantaba era preparar comidas deliciosas para todos los gustos.

Había pasado seis años en Francia y en Italia estudiando y haciendo prácticas para llegar a ser chef, y acabó trabajando en algunos de los mejores restaurantes de Europa. Fue aprendiza de Alain Ducasse en París y más tarde ayudante de repostería en La Tour d'Argent. Trabajó en Florencia y en Roma, y cuando volvió a Estados Unidos con veinticinco años, ya tenía mucha experiencia a sus espaldas. Trabajó durante un año en uno de los mejores restaurantes de Nueva York, y luego, con la ayuda de su madre, pasó un año montando el restaurante de sus sueños. Deseaba servir lo mejor de lo mejor, tanto exquiseces como comidas sencillas a gusto de todos, sin complicarse con salsas elaboradas o con una carta destinada solo a ocasiones especiales. Ofrecía una pasta fabulosa que elaboraba ella misma con la técnica que había aprendido en Roma y en Florencia, y bistec tártaro justo como lo preparaban en Francia. Servía caracoles para aquellos clientes que los apreciaban, foie gras caliente y frío y morcilla. Tenía el mejor salmón, inolvidables hamburguesas con queso en panecillos caseros, macarrones con queso, pastel de carne y estofado de vaca con patatas como el de las abuelas, pizzas de alta cocina, pollo asado y frito, pierna de cordero a la francesa y delicioso puré de patatas. Había blinis con caviar, rollitos de primavera y dim sum, bueyes de mar y langostas de Maine, y en verano cangrejos, gambas fantásticas y ostras que escogía ella misma. La carta era una combinación de todo aquello que a los clientes les encantaba comer y a April le encantaba cocinar, con un apartado entero de comida reconfortante que se servía a cualquier hora del día, no solo en el *brunch* del domingo, desde sopa de pan ácimo hasta polenta, pasando por sopa de pistones, tortitas, torrijas y gofres. Había contratado al repostero del hotel Ritz de París, que preparaba exquisitos pasteles, postres y suflés. También tenía buenos vinos procedentes de todo el mundo a precios moderados, con un excelente sumiller para facilitar la elección.

El restaurante había sido un éxito inmediato no solo entre los clientes, sino también entre los hijos de estos. La carta infantil incluía sándwiches de queso a la parrilla que gustaban a niños y adultos, perritos calientes y hamburguesas, pizzas minúsculas, pasta sin salsa, macarrones con queso, raciones pequeñas de pollo frito, así como unas patatas fritas que había aprendido a preparar en Francia y que a todo el mundo le encantaban. Y para el postre de los niños dulce de azúcar caliente, galletas con chocolate y malvavisco, banana splits, batidos y refrescos con helado de vainilla. Cuando los padres les decían a sus hijos que iban al restaurante de April, los críos daban saltos de alegría. Y si un adulto quería pedir algo de la carta infantil, no había problema. Era el tipo de restaurante al que a April le habría encantado ir de niña y también de adulta, y por eso tenía tanto éxito.

El local siempre estaba completo para la comida, la cena y el *brunch* del domingo. En esa época del año, el mes de noviembre, April servía trufas blancas con pasta o huevos revueltos para los clientes que las apreciaban. Pagaba una fortuna por las trufas blancas, que solo podían hallarse en la isla italiana de Elba y que le enviaban cada noviembre durante la temporada de tres semanas. Habían llegado de Italia hacía dos días; solo los auténticos entusiastas de la gastronomía conocían y adoraban las delicadas raíces acres y aromáticas que se encontraban bajo tierra y se rallaban sobre la pasta o el risotto. April iba a empezar a servirlas esa noche. Lo que más le gustaba de su cumpleaños era que coincidía con la temporada de las trufas blancas, que la volvían loca. Suponían una gran inversión para ella, dado que costaban un dineral.

April in New York era todo un éxito y la vida entera de su propietaria, que no tenía tiempo ni interés para nada más. Y solo en un día como ese se permitía pensar en lo que faltaba en su vida. De hecho, no había nada más en ella aparte del restaurante. No había tenido ninguna relación seria en cinco años, aunque de todos modos tampoco disponía de tiempo. En París se había visto envuelta en una mala relación con otro chef que la dejaba cada cinco minutos y una vez la amenazó con un cuchillo de carnicero. Había necesitado dos años, un psiquiatra y dieciocho meses de Prozac para olvidarlo, y a partir de entonces sus relaciones eran breves, infrecuentes y superficiales. Por el momento, el restaurante parecía satisfacer todas sus necesidades.

Sin embargo, cumplir los treinta suponía para ella una conmoción, una especie de llamada de atención. Treinta años sonaban a madurez, o quizá a simple vejez. De pronto se preguntó si alguna vez se casaría y tendría hijos, y qué sentiría de no ser así. ¿Y si acababa teniendo a cambio solo una cadena de restaurantes? Tenía intención de abrir un segundo local algún día, aunque antes quería perfeccionar el primero. A pesar de los tres años transcurridos desde su inauguración, aún había cosas que mejorar, sistemas que pulir y cambiar. Acababa de contratar a un segundo sumiller porque el primero se quejaba de trabajar en exceso y no deseaba estar allí los siete días de la semana, a diferencia de ella. A April no le importaba en absoluto trabajar tanto. Era la naturaleza del negocio. Si se hubiese tomado un día libre, no habría sabido qué hacer consigo misma, así que nunca se lo tomaba.

Mientras conducía en dirección a la nueva lonja de pescado de Fulton, en el Bronx, volvió a pensar en su cumpleaños. A su madre siempre le había encantado que las dos hubiesen nacido el mismo día, pero de pequeña a April eso la molestaba. Detestaba compartir «su día» con otra persona. Sin embargo, desde que era adulta ya no le importaba. Ya sabía que ese año iba a ser duro para su madre, que llevaba meses temiendo cumplir sesenta. Y si a April le asustaba un poco cumplir ya treinta, no le costaba imaginarse que sería mucho peor para su madre, parte de cuyo éxito se basaba en su imagen juvenil. April lo sentía por ella. No ignoraba que Valerie llevaba varios años sin tener ninguna relación, seria o esporádica, aunque de vez en cuando se permitiese recordarle a su hija la misma cuestión. April no tenía tiempo para pensar en relaciones, y solo en un día como aquel se le pasaba el tema por la cabeza. Al bajar de su furgoneta y entrar en la lonja de pescado, volvió a olvidarse del asunto. Ya había allí otros chefs que estaban seleccionando marisco para sus restaurantes. Estuvo casi hasta las seis escogiendo lo que necesitaba, y entonces fue al mercado y se pasó allí una hora y media. Volvió a Little West Twelfth Street poco antes de las ocho y se preparó un tazón humeante de café con leche. Era justo lo que le hacía falta después de una fría mañana comprando pescado. Encendió la radio en la cocina del restaurante y se sobresaltó al oír que el locutor de un programa matinal comentaba la edad de Valerie, a sabiendas de que su madre iba a disgustarse aún más. Al menos nadie decía que su hija, April Wyatt, cumplía treinta años ese mismo día. April pensó que ya era suficiente tener que afrontarlo sin que se enterase el mundo entero. No le envidiaba a su madre ese aspecto de su vida, pero a Valerie le gustaban las demás cosas que acompañaban a su profesión, como, por ejemplo, la popularidad, el éxito, el dinero y la admiración, y si quería eso, también tenía que aceptar los inconvenientes. April no sentía el menor deseo de ser famosa, no aspiraba a ser otro Alain Ducasse u otro Joel Robuchon. Solo quería dirigir un restaurante en el que a todo el mundo le encantase comer, y hasta el momento le había ido bien.

April poseía la discreción y la sencillez natural de su padre y había heredado de su madre la pasión por el trabajo duro. Nadie trabajaba más que Valerie, y April lo sabía muy bien. Su padre tenía una visión de la vida mucho más moderada y menos ambiciosa. La vida académica estaba hecha a su medida. Tanto su padre como su madre reconocían de buen grado que no pegaban mucho el uno con el otro. Su matrimonio había durado solo ocho años, y el divorcio se había producido cuando April contaba con siete. Para entonces su madre ya estaba inmersa en su carrera profesional, y su padre admitía carecer de las cualidades necesarias para aguantar su ritmo de vida. El mundo de ella lo agobiaba. El divorcio había sido amistoso y seguían manteniendo una buena relación. Simplemente no estaban hechos el uno para el otro. Valerie siempre le había dicho a April que su padre era buena persona. Dos años después del divorcio Pat había vuelto a casarse con Maddie, una logopeda infantil que trabajaba en colegios públicos. Su vida no se parecía en nada a la de Valerie, con su programa de televisión, su brillante carrera profesional, sus innumerables acuerdos de licencia, sus libros de éxito y su glamurosa imagen pública. Valerie no era tan conocida cuando se casaron, aunque su futuro ya se veía venir. Se había labrado la fama al cabo de los años. Maddie y el padre de April habían tenido dos hijas más, Annie y Heather, ambas buenas chicas, que contaban respectivamente con diecinueve y diecisiete años. Heather ayudaba a veces a April en el restaurante durante el verano y quería ser profesora. Annie era un genio de las matemáticas y estudiaba el segundo curso en el Instituto Tecnológico de Massachusetts. Todos eran personas agradables, amables y normales, y tanto a su padre como a su madre les gustaba acudir al restaurante. Su padre solía llevar a cenar a Maddie y a Heather los domingos por la noche o para el *brunch*, y también a Annie cuando estaba de vacaciones en casa. Se sentía muy orgulloso de April, al igual que Valerie. A April, por su parte, le encantaba que no hubiese hostilidad entre ellos y que todo el mundo se llevase bien. Así la vida le resultaba más fácil. No podía imaginar lo que debía de ser vivir en una familia con unos padres que se odiaban después de un divorcio, aunque había visto cómo les sucedía a algunas de sus amigas. Hasta que tuvo aquella tormentosa relación con un chef en Francia no le había ocurrido nada malo, y tal vez por eso había sufrido tanto. Hasta entonces, nadie la había maltratado ni había sido desagradable con ella. April siempre decía que nunca en su vida volvería a salir con ningún otro chef y que casi todos estaban chiflados.

Mientras se bebía el café con leche en la impecable y silenciosa cocina del restaurante tomó unas notas sobre las incorporaciones que podían hacer en la carta ese día. Introducirían la pasta con trufa blanca en la cena, y ese día tenían dos especiales de pescado. También puso un suflé al Grand Marnier para añadir un poco de diversión. La gente que trabajaba en la cocina empezaría a acudir a las nueve para iniciar las tareas de preparación. Los camareros llegaban a las once y el restaurante abría a las doce del mediodía.

April se marchó justo cuando llegaba el primer ayudante de chef. Tenía una sesión de acupuntura a las nueve. Acudía religiosamente dos veces por semana, sobre todo para sobrellevar mejor el estrés.

La acupuntora a la que acudía tenía la consulta en Charles Street, a tres manzanas de distancia. Con los años habían trabado amistad. Ellen Puccinelli estaba casada y tenía tres hijos. Se había formado en Inglaterra con un maestro chino, y decía que si seguía trabajando era solo para alejarse un rato de su familia y mantener la cordura. April disfrutaba mucho del tiempo que pasaba con ella, compuesto a partes iguales de relajación, de cotilleo entre amigas y de psicoterapia. Los domingos por la noche Ellen acostumbraba a llevar a su marido, Larry, y a sus hijos a cenar al restaurante. Tenía cuatro años más que April y llevaba diez casada. Sus tres hijos, todos chicos, eran muy monos y un poco trastos. Su marido era contratista, y la vida de ambos los obligaba a hacer malabarismos para vivir en Nueva York.

Ellen sonrió de oreja a oreja en cuanto vio entrar a April, vestida con unos tejanos, un jersey grueso y los zuecos que usaba para trabajar. A ambas mujeres les gustaba su profesión.

April se descalzó, se quitó el reloj y el jersey grueso y se tendió alta y delgada en la camilla, cubierta con una impecable sábana. La consulta de Ellen era muy acogedora y estaba bien caldeada. Era el lugar perfecto para relajarse. April llevaba sus largos cabellos oscuros recogidos en una trenza que colgaba desde la camilla. Ellen era una mujer menuda de pelo corto y rubio y grandes ojos azules. Parecía un duende, al igual que sus hijos, cuyas fotos adornaban su escritorio.

—¿No es hoy tu cumpleaños? —le preguntó Ellen a April mientras le cogía la muñeca para tomarle el pulso. De ese modo sabía qué le estaba sucediendo, qué parte de su cuerpo acusaba el estrés, los horarios prolongados o el exceso de trabajo.

—Sí —reconoció April con una sonrisa apesadumbrada—. Esta mañana he empezado a deprimirme, pero entonces me he dicho a mí misma: «¡Qué demonios! Tengo suerte de tener el restaurante, no puedo preocuparme por lo que me falta».

Ellen frunció el ceño mientras tomaba el pulso de April sin hacer ningún comentario.

—Bueno, ¿qué tengo mal? ¿El hígado, los pulmones, el corazón? La semana pasada tuve un resfriado, pero lo superé en solo dos días —dijo con orgullo.

—¡Qué va, lo de costumbre! —contestó Ellen con una sonrisa—. Tienes las defensas un poco bajas, pero eso es normal para esta época del año. Haremos un poco de moxibustión.

A April le encantaba el olor cálido y acre de la moxa que Ellen encendía sobre su vientre y retiraba hábilmente antes de que le quemase la piel. Tenía el doble efecto de sanarla y de calentarle el cuerpo, y era la parte que más le gustaba a April, aunque tampoco le molestaban las agujas. Ellen era tan buena en su profesión que nunca le hacía daño, y April siempre se sentía relajada al marcharse. Se sometía a sesiones de acupuntura desde que volvió de Europa y confiaba a ciegas en esa técnica. Además, Ellen era muy buena.

—¿Algún hombre nuevo en tu vida? —preguntó Ellen con interés.

April se echó a reír y respondió:

—De hecho, cuatro. Tres camareros nuevos de fin de semana y un sumiller que le he robado a Daniel Boulud.

Se rió por lo bajo y Ellen sacudió la cabeza.

—Me refiero a los auténticos, a los verdaderos. La vida no es solamente cocinar.

—Eso me han dicho —contestó April, y cerró los ojos mientras Ellen seguía calentando la moxa sobre su vientre. La sensación era fantástica—. Esta mañana pensaba en eso. Creía que cuando cumpliese los treinta estaría casada y con niños. Ahora ni siquiera puedo imaginármelo hasta dentro de varios años. Quizá cuando tenga treinta y cinco. Creía que la gente de treinta era vieja. Aún me siento como una cría.

Y lo parecía. Al igual que su madre, April no aparentaba su edad. Tenía el mismo aspecto que su madre, salvo por el pelo oscuro. Tenían los mismos ojos castaños y una piel perfecta y sin arrugas. Eran afortunadas. Y April nunca llevaba maquillaje, no le encontraba sentido. Se le fundía en la cara con el calor de la cocina. Solo lo llevaba cuando se arreglaba y salía a una cena o a una cita, cosa que no sucedía desde hacía varios años.

—Tienes muchos motivos para estar contenta —le recordó Ellen—. La mayoría de las personas no tiene restaurantes de éxito a los treinta años. Yo diría que te ha ido muy bien.

—Gracias —dijo April en voz baja mientras Ellen retiraba la moxa y empezaba con las agujas.

Se detuvo al cabo de un minuto y volvió a tomarle el pulso a April. Poseía un don inexplicable para percibir si existía algún desequilibrio, y rara vez se equivocaba.

—¿Vuelves a tener reglas irregulares? —preguntó después de ponerle dos agujas más.

April sonrió. Hacía años que sus menstruaciones eran raras. Era una de las manifestaciones de su estrés laboral. A veces se pasaba varios meses sin tener la regla. Tomaba la píldora para intentar regularse y cubrir algún desliz ocasional, aunque no tenía muchos. No quería arriesgarse, pese a que hacía tiempo que no había tenido ninguno de esos deslices.

—Hace dos meses que no me viene la regla —dijo April sin ninguna inquietud—. Siempre que trabajo mucho me paso meses sin tenerla. He estado matándome a trabajar. El mes pasado añadimos algunas cosas nuevas a la carta.

—Quizá deberías ir al médico —dijo Ellen sin darle importancia mientras le ponía las agujas en los brazos.

—¿Crees que pasa algo? —preguntó April, sorprendida.

—No —la tranquilizó—, pero tienes el pulso extraño. Noto algo.

—¿Como qué?

—¿Cuándo fue la última vez que tuviste relaciones?

—Pues no me acuerdo. ¿Por qué?

—No me hagas mucho caso. Ya sé que tomas la píldora, pero quizá deberías hacerte una prueba de embarazo. ¿Se te ha olvidado tomar alguna píldora en los últimos meses?

—¿Crees que estoy embarazada? —preguntó April, incorporándose conmocionada—. Eso es ridículo. Me acosté con un tío que ni siquiera me gusta, un crítico gastronómico muy mono y despierto. Quería impresionarlo y le insistí para que probara nuestros mejores vinos. Yo también bebí demasiado mientras intentaba caerle simpática. Lo siguiente que recuerdo fue haber despertado con él en mi cama a la mañana siguiente. Hacía años que no me pasaba. Y encima va el cabrón y nos hace una mala crítica. Según él, la carta del restaurante es infantil y simplista, y no aplico mi formación ni mi capacidad. Es un capullo.

—Que yo sepa, el hecho de que un tío no te guste no se considera un método anticonceptivo —dijo Ellen con calma.

April volvió a echarse. Parecía alterada.

—Ahora que lo pienso, me salté una píldora. Al día siguiente tenía tanta resaca que se me olvidó tomarla. Me dolía la garganta y resultó que tenía una infección. Espero que se contagiase.

De pronto lo recordaba, aunque había hecho lo posible por olvidar su imprudencia. Casi lo había conseguido, pero las preguntas de Ellen se la traían a la memoria.

—¿Estabas tomando antibióticos?

—Sí. Penicilina.

—Puede restarle eficacia a la píldora. Creo que deberías ir al médico.

—No estoy embarazada —dijo April con firmeza.

—Seguro que no, pero comprobarlo nunca está de más.

—Me estás poniendo los pelos de punta. Hoy es mi cumpleaños —le recordó April, y ambas se echaron a reír.

—Seguro que no es nada —la tranquilizó Ellen, pero era demasiado tarde para eso: April ya estaba estresada.

—Seguro que no —dijo April con firmeza, tratando de convencerse a sí misma tanto como a Ellen.

Luego hablaron de otras cosas, pero Ellen se lo volvió a recordar cuando se marchaba. April no quería pensar en ello, y además tenía la seguridad de no estar embarazada. Aparte de la ausencia de la regla, que de todos modos muchas veces no le venía, no tenía ningún síntoma. Seguía molesta consigo misma por haberse acostado con él. Mike Steinman. Había sido una estupidez. Era lo bastante mayor para saber lo que le convenía, pero él era atractivo e inteligente. Había sucedido durante el fin de semana del día del Trabajo, a principios de septiembre, dos meses atrás. April no se había permitido pensar en él desde entonces.

De camino al trabajo pasó por delante de un drugstore. Sintiéndose estúpida, entró y compró una prueba de embarazo. Hacía años que no se preocupaba de algo así. Una vez, en París, había tenido un susto, pero por fortuna no estaba embarazada. Estaba segura de que esta vez tampoco lo estaría, pero compró la prueba de embarazo de todos modos, solo para tranquilizarse y poder decirle a Ellen que había cometido un error. No necesitaba esa clase de quebraderos de cabeza.

Al entrar, April se detuvo en la cocina. Todo estaba en orden, y los preparativos del almuerzo progresaban a buen ritmo. Aún faltaban dos horas para abrir, y tenía que subir a vestirse para almorzar con su madre. Las habitaciones situadas encima del restaurante y que constituían su apartamento estaban casi sin amueblar. Había cajones de madera y cajas de cartón, y varias lámparas feas. Los pocos muebles que tenía, un escritorio, un sofá, una cómoda y una cama de matrimonio, los había comprado en una tienda de artículos usados. Se negaba a gastar dinero en decoración. Lo había gastado en el mejor material de segunda mano que pudo comprar para la cocina. Su madre se había ofrecido a amueblarle el apartamento, pero ella había rehusado la oferta. Lo único que hacía allí arriba era trabajar sentada ante su escritorio o dormir; nunca recibía invitados. En eso no se parecía nada a su madre. Viviendo allí daba la impresión de estar de acampada.

Comprobó las facturas de los pedidos que acababan de llegar y fue a darse una ducha. Se olvidó por completo de la prueba de embarazo hasta que estuvo medio vestida. Estuvo a punto de no hacérsela, pero acabó decidiéndose. Dado que Ellen había suscitado la cuestión, lo mejor era confirmar que no estaba embarazada y no dejarse corroer por la duda. Siguió las instrucciones, apoyó la prueba sobre la encimera después de utilizarla y acabó de vestirse. Llevaba unos pantalones negros y un jersey del mismo color, unos zapatos planos y el pelo oscuro y brillante recogido en una trenza. Se pintó los labios mirándose en el espejo. Y entonces le echó un vistazo a la prueba. La cogió, se quedó mirándola y volvió a dejarla. Aquello no podía ser. No podía suceder. Tomaba la píldora. ¡Solo se había saltado una, por el amor de Dios! ¿O fueron dos? Aquella noche estaba tan trompa que no se acordaba. Aquello no podía estar ocurriéndole. No podía. No con un hombre al que apenas conocía, al que odiaba, un hombre a quien ni siquiera le gustaba su restaurante y que no entendía lo que ella hacía. ¡Por todos los santos, era su cumpleaños! Esas cosas no debían ocurrir. Aunque a veces ocurrían. Estaba embarazada, y de un desconocido. ¿Qué demonios iba a hacer? En su vida no había espacio para un hijo. ¿Cómo pudo cometer un error tan tremendo? ¿Y por qué la vida era tan cruel?

Se sentó en la cama de la habitación vacía mientras las lágrimas le corrían por las mejillas. Esa era la cama en la que había dormido con él. Lo lamentaba amargamente. Pagaría un precio altísimo por un estúpido error.

Asustada, se puso un abrigo negro que le había regalado su madre y luego se ató el cinturón bien apretado en torno a la cintura como para demostrarse a sí misma que aún podía hacerlo. Cogió su bolso y se apresuró a bajar las escaleras.

No se detuvo en la cocina como solía hacer y salió directamente a la calle. Paró un taxi y le dio al taxista la dirección de La Grenouille. Lo último que le apetecía en ese momento era almorzar en compañía o celebrar nada. April no pensaba contárselo a su madre, y en el trayecto solo pudo pensar que aquel era el peor cumpleaños de su vida.

3

April llegó al restaurante dos minutos antes que su madre, y el jefe de sala la acompañó a la mesa que tenían reservada. Valerie acudía allí a menudo con sus amistades. Era su lugar favorito para cenar, aparte del restaurante de April, claro. Sin embargo, La Grenouille, un restaurante elegante y de moda desde hacía años, era más de su estilo. Los adornos florales eran preciosos y el servicio resultaba impecable. Además, April y Valerie coincidían en que la comida era deliciosa.

April estaba sentada a la mesa, absorta y en estado de choque, cuando llegó su madre. Valerie, que estaba muy guapa, besó a April en la mejilla con una amplia sonrisa y se sentó.

—Perdona el retraso. He tenido una mañana muy ajetreada. Estoy tratando de cerrar el programa navideño. ¡Feliz cumpleaños! Espero que de momento hayas pasado un buen día.

April no pensaba contarle a su madre la verdad. Quizá acabase haciéndolo, pero desde luego no lo haría en ese momento. Antes tenía que asimilarla ella misma y tomar una decisión. Quizá nunca se la contase.

—No me puedo quejar. Al amanecer he ido a la lonja de pescado y al mercado. Esta noche comenzamos la temporada de la trufa blanca. Las trufas llegaron hace dos días. Este fin de semana deberías venir a cenar. —Sonrió a su madre.

Siempre habían mantenido buenas relaciones, y desde que ambas eran adultas se llevaban aún mejor. Además, April siempre le estaría agradecida por haber hecho realidad su sueño y prestarle el dinero para el restaurante. Había sido un maravilloso regalo.

—Yo también te deseo un feliz cumpleaños —añadió.

Valerie pidió champán para las dos y miró a su hija.

—Hoy han anunciado en la radio la edad que tengo —dijo en voz baja, sin disimular el disgusto que sentía desde que había oído aquel programa por la mañana.

—Lo sé. Ya me imaginaba que estarías descontenta. Lo siento, mamá. Aunque no importa. Nadie lo diría. Casi pareces tener la misma edad que yo.

—Gracias por decirlo —dijo Valerie con pesar—, pero ahora todo el mundo sabe la verdad.

—Puedes decir que se han equivocado —intentó consolarla April, aunque ella misma estaba demasiado afectada para tranquilizar a nadie.

—No puedo creer que tenga sesenta años —dijo Valerie.

April le sonrió.

—Pues yo no puedo creer que tenga treinta.

Y que esté embarazada, añadió en silencio. Cumplir treinta años no era el fin del mundo, pero quedarse embarazada de un hombre al que no conocía ni mucho menos amaba era lo peor que le podía pasar.

—Tú tampoco los aparentas —dijo Valerie con una sonrisa—, sobre todo con esa trenza y sin maquillaje.

Hacía mucho que había renunciado a convencer a su hija de que utilizara maquillaje. April decía que, con su trabajo y su estilo de vida, no tenía sentido. Aunque los rasgos y la figura de ambas era muy similar, las dos mujeres no habrían podido ser más distintas. Una parecía recién salida de las páginas de *Vogue*, y la otra era una belleza completamente natural. Con la cuidadosa atención que Valerie prestaba a su apariencia, casi habrían podido ser hermanas.

Dieron unos sorbos de champán y el camarero anotó su pedido. Saludó calurosamente a Valerie y le deseó feliz cumpleaños. Ella le dijo que también era el cumpleaños de April. El hombre sonrió. Valerie pidió cangrejo, y April mollejas; le encantaba cómo las preparaban. En ese momento cayó en la cuenta de que no había tenido náuseas ni ningún otro síntoma en los dos últimos meses, aparte de cierta sensibilidad en los pechos que había atribuido al retraso de la menstruación. Como sabía lo que le ocurría, le resultaba difícil pensar en otra cosa. De hecho, imposible. Se estaba perdiendo los dos tercios de todo lo que decía su madre. El camarero le sirvió otra copa de champán y April se la bebió. Estaba tratando de ignorar su embarazo. Cuando llegó la comida se sentía un poco mareada. Y al final, cuando acabaron, Valerie la miró inquieta. April parecía aturdida y llevaba todo el almuerzo preocupada y distraída. Y estaba un poquito achispada.

—¿Estás disgustada por tu cumpleaños o te pasa algo? —le preguntó su madre con ternura.

April negó con la cabeza y trató de sonreír.

—No, estoy bien. Creo que cumplir los treinta me ha afectado más de lo que esperaba. Y el champán también.

Habían tomado Cristal, que era el favorito de las dos. April no lo servía en el restaurante; era demasiado caro para sus clientes. Tampoco servían el Château d'Yquem que les sirvió el camarero después de comer como obsequio de la casa. Era el mejor vino dulce que existía, y April no quiso herir sus sentimientos, así que se lo bebió.

—Cuando vuelva al trabajo estaré borracha —dijo Valerie con una carcajada.

April la miró fijamente. Se sentía atontada.

—Sí, yo también —contestó con un tono vago. Miró a su madre a través de una nube de vino, y dijo exactamente las palabras que se había prometido no pronunciar—: Estoy embarazada.

Lo soltó sin más, y la revelación quedó entre ellas como un elefante sobre la mesa. Valerie se la quedó mirando, asombrada.

—¿Estás embarazada? ¿Cómo ha ocurrido? O sea…, no me hagas caso. ¿Sales con alguien? ¿Quién es?

Si salía con alguien, April no le había dicho una palabra de ello. Valerie parecía atónita. Aquello era lo último que esperaba.

—No, no salgo con nadie. Cometí un error estúpido el fin

de semana del día del Trabajo. Ni siquiera lo conozco. Solo lo he visto una vez. Hoy me he enterado de la noticia.

Valerie la miró y le tocó la mano. Estaba tan conmocionada como April al comprobar el resultado de la prueba.

—¿Qué vas a hacer? Bueno, supongo que no hace falta que te pregunte qué, sino… ¿cuándo?

—No sé ni qué ni cuándo. Nunca me había pasado. Tengo treinta años, y esta mañana estaba pasándolo mal al pensar que no estoy casada ni tengo niños. Y ahora mira lo que me ha pasado. No tengo la menor idea de lo que voy a hacer, de lo que está bien o de lo que quiero.

—¿Lo tendrías?

Valerie pareció todavía más impresionada ante esa perspectiva. Nunca había pensado en ello, aunque April nunca se había quedado embarazada de un extraño.

—No lo sé. Ni siquiera estoy segura de querer ser madre alguna vez. Pero ahora ha sucedido esto. Quizá debería aprovecharlo, aunque sin duda me complicaría la vida.

—¿Vas a decírselo al padre?

Valerie nunca había imaginado que le haría esas preguntas a su hija. April siempre se había comportado con sensatez. Y de pronto estaba embarazada de un hombre al que no conocía. Era una pesadilla para April. Su madre sintió pena por ella.

—No lo sé. Lo más probable es que ni siquiera se acuerde de mí ni de lo que pasó. Los dos estábamos borrachos. Seguramente no debería decírselo. Me ocuparé de ello sola.

—¿Es buena persona?

—No tengo ni idea. Solo sé que se llama Mike Steinman y que me hizo una crítica malísima.

—¿Después de acostarse contigo? ¡Qué maleducado!

Valerie volvía a parecer conmocionada, y April se echó a reír. Confesarle a su madre lo ocurrido le había quitado un poco la borrachera. Decidieron no tomar postre y pidieron café. April se sintió más coherente después de tomarse el suyo.

—Me cuesta creer lo que ha pasado. Me tomé un antibiótico

para una infección de garganta, y mi acupuntora dice que puede que anulase el efecto de la píldora. La posibilidad de que estuviese embarazada se le ha ocurrido a ella. A mí no, desde luego. Ni se me había pasado por la cabeza.

—¿De cuánto estás? —preguntó Valerie con una expresión preocupada.

Se le había olvidado preguntarlo. Había sido una revelación impactante y una conmoción enorme para las dos.

—Estoy de dos meses. Me quedé el fin de semana del día del Trabajo —repitió April, y su madre asintió con la cabeza.

—Si vas a hacer algo al respecto, tendrás que hacerlo pronto.

—Ya lo sé. Iré a ver a mi doctora.

Sin embargo, la decisión era suya. Y no tenía nada que decirle a Mike Steinman, salvo que decidiese tenerlo. En ese caso, él tendría derecho a saberlo, aunque April no quisiera nada de aquel tipo.

—¿Qué puedo hacer para ayudarte? —se ofreció Valerie.

—De momento, nada. Tengo que decidirlo yo sola.

—Hoy en día muchas mujeres solteras tienen hijos, sobre todo a tu edad. Esa cuestión ha dejado de ser tabú y, por suerte, si es que decides tener el niño, no tienes por qué casarte con alguien que ni siquiera te cae bien. Aunque con lo mucho que trabajas no veo cómo podrías criar a un hijo tú sola.

—Yo tampoco —respondió April con franqueza—. Esto no entraba en mis planes.

No tenía sentido que tuviese aquel hijo, y ambas lo sabían, pero en última instancia la decisión era de ella. April sabía que, decidiese lo que decidiese, siempre contaría con el apoyo de su madre.

—Ya te diré algo cuando lo decida. Supongo que no olvidaremos fácilmente este cumpleaños. No pensaba decírtelo antes de tomar una decisión.

—Me alegro de que me lo hayas dicho —dijo Valerie—. A ti te corresponde decidir, April. Tu padre y yo te apoyaremos, hagas lo que hagas.

—No le digas nada a papá todavía —dijo April, inquieta. No se imaginaba contándoselo a él ni a Maddie. Si tuviera un bebé, sería una conmoción para todos. O quizá no. ¿Acaso importaba? Lo único que importaba era actuar de la mejor forma posible dadas las circunstancias, y aún no sabía qué sería lo mejor. Al fin y al cabo, acababa de enterarse y le costaba hacerse a la idea. Miró su reloj y Valerie pidió la cuenta—. Más vale que vuelva al trabajo.

—Yo también —dijo Valerie, aún pasmada tras oír la noticia de April.

—¿Qué harás esta noche? —le preguntó April—. ¿Saldrás con amigos?

—Ahora que todo el mundo sabe la edad que tengo, voy a meterme en la cama a llorar —dijo con una sonrisa apesadumbrada.

—¿Quieres venir a cenar al restaurante? Esta noche haremos la pasta con trufa blanca. Si lo prefieres, puedo hacerte un risotto.

—Creo que prefiero estar sola —respondió Valerie con franqueza.

April lo entendió. Ella también habría querido estar sola. Tenía mucho en qué pensar, pero debía trabajar.

—Te quiero, mamá. Gracias por tomártelo tan bien. Siento habértelo dicho el día de tu cumpleaños —dijo April mientras se ponían el abrigo.

—Lo que siento yo es que te haya ocurrido.

No le envidiaba la decisión a su hija, pero solo veía una posibilidad. Criar a un hijo y llevar un restaurante sin nadie que la ayudase sería demasiado para ella. Desde el punto de vista de Valerie, solo había una opción posible, no dos. April no podía tener el bebé, y menos sin un padre. Pero respetaba su derecho a tomar la decisión. Estaba segura de que April llegaría a la misma conclusión. Además, Valerie sabía que no tenía ninguna prisa por ser madre.

—Feliz cumpleaños, mamá —dijo April con tristeza mientras

se abrazaban en la puerta de La Grenouille—. Gracias por ser tan buena conmigo. Y, créeme, nadie diría que tienes sesenta años.

—Pues no me hagas abuela todavía —dijo Valerie con pesar—. No estoy preparada para eso.

—Yo tampoco —respondió April con franqueza—. Nunca pensé que tendría que enfrentarme a algo así.

—Bueno, feliz cumpleaños de todos modos, cariño.

Valerie le lanzó un beso, cada cual se subió a un taxi y volvieron al trabajo.

Al llegar al restaurante, April fue a su piso a cambiarse de ropa. Estaba en la cocina cinco minutos más tarde, agradecida por la distracción. Trabajó sin parar durante toda la tarde, haciendo ella misma los preparativos para la cena, y llegó la medianoche antes de que por fin se sentara a descansar. Había sido la mejor forma de pasar su cumpleaños, demasiado ocupada y cansada para pensar.

Habían servido siete raciones de pasta con trufa a pesar del precio, y los suflés al Grand Marnier estaban deliciosos. El personal le había regalado una tarta de cumpleaños, y el restaurante entero le había cantado «Cumpleaños feliz». De no ser por el resultado de la prueba de embarazo, habría sido una velada muy agradable. Sin embargo, resultaba imposible no pensar en aquel hecho que lo cambiaba todo. April sentía como si llevara un peso de mil kilos sobre los hombros, como si, al tener que afrontar aquella terrible decisión, hubiese envejecido diez años en un día. Al soplar las velas de la tarta, pidió que todo saliera bien.

Esa noche, en la cama, Valerie le deseó lo mismo. De pronto, cumplir sesenta años no le parecía tan devastador. Estaba preocupada por su hija. Y al apagar la luz recordó la predicción de Alan: que April iba a tener un hijo. Al pensarlo, Valerie sintió un escalofrío. Tenía razón, al menos en lo del embarazo. Faltaba ver si habría hijo. Eso la llevó a pensar en el hombre nuevo que le había predicho a ella. Si había acertado en lo de April, quizá acertase también en eso. Sería bonito, para variar. Sin embargo, en ese momento solo podía pensar en April.

Esa noche Jack Adams yacía en su cama atiborrado de analgésicos. No había acudido al Cipriani. Al salir del despacho se había arrastrado hasta su casa para acostarse. No hubo sexo acrobático ni modelos de veintidós años que celebrasen con él sus cincuenta años. Estaba muerto de dolor, viendo la televisión, pensando en cuánto se había divertido durante todos aquellos años y convencido de que la vida que conocía se había terminado para siempre. Había sido un cumpleaños horrible. Añoraba su juventud perdida, desaparecida entre los brazos de una chica la noche anterior. Estaba seguro de que Catwoman había acabado para siempre con Superman. Cumplir cincuenta años había sido aún peor de lo que se temía.

4

April volvió a la consulta de Ellen antes de acudir a la visita con su doctora, y lo primero que hizo fue confirmarle que había acertado en lo del embarazo.

—Lo siento —dijo Ellen en un tono comprensivo—. Esperaba equivocarme. Tu pulso sugería esa posibilidad.

—Eres más buena de lo que crees. —April le sonrió con pesar y se tendió en la camilla—. Yo también esperaba que te equivocaras.

—¿Qué vas a hacer?

Ellen estaba preocupada por su amiga.

—No puedo elegir —dijo April con tristeza. Llevaba toda la semana dándole vueltas y no le gustaba ninguna de las conclusiones a las que llegaba. Era la decisión más difícil a la que se había enfrentado en su vida—. No puedo llevar el restaurante y criar a un hijo. He de abortar. Esta tarde voy al médico.

—Criar a un hijo no es tan difícil como crees, si decides tenerlo.

—Tú tienes un marido que te ayuda —le recordó April—. Yo no. Ni siquiera conozco a ese tío, y seguramente no se lo diría.

—Larry no me ayuda demasiado con los niños. Casi siempre me ocupo de ellos yo sola, y tengo tres. Unas cuantas amigas mías lo han hecho solas. Algunas han acudido a bancos de esperma porque querían hijos, incluso sin marido. Al principio es un poco difícil, pero después las cosas se calman.

—Casi todos los días trabajo veinte horas, siete días a la semana. ¿Cuándo voy a encontrar tiempo para un bebé o un crío de dos años? No creo que pueda hacerlo, y quizá nunca lo haga. El restaurante es mi bebé.

April sabía lo que debía hacer, aunque no le gustaba.

—Tomarás una decisión —dijo Ellen en voz baja—. Haz lo que te parezca correcto.

—Estoy intentando saber qué es.

Desde que se había enterado, estaba preocupada y disgustada. Su madre la había llamado varias veces tratando de ofrecerle su apoyo, pero resultaba evidente que no creía que April debiese tenerlo, una opinión que April compartía en algunos momentos. El resto del tiempo no estaba tan segura. Era una decisión de enorme trascendencia. Sería un alivio acudir a su doctora esa tarde. April se había pasado la semana llorando, incluso mientras trabajaba en la cocina. Todo el personal, que la conocía bien, estaba preocupado por ella. Desde el día de su cumpleaños estaba insólitamente callada.

En la consulta, April se pasó casi una hora comentando el asunto con su doctora, que se mostró comprensiva y amable. La mujer la informó acerca de las opciones médicas que tenía y le sugirió que acudiese a un psicólogo para que la ayudase a tomar la decisión. Comprendía lo difícil que era. April le explicó que apenas conocía al padre y que no tenían relación alguna. Había sido un ligue de una noche bajo la influencia de un montón de vino. Aquella no era forma de tener un hijo, y desde luego no correspondía a sus deseos ni a sus planes. La doctora también lo comprendía. Le explicó cómo se desarrollaba un aborto y, calculando a partir de su última menstruación, llegó a la conclusión de que April estaba de diez semanas. La doctora le sugirió que hiciesen una ecografía para ver cómo estaban las cosas. Era el procedimiento habitual en la décima semana de embarazo. April accedió, y se sintió aliviada al saber que en la propia consulta disponían de un equipo para ecografías.

Una enfermera la acompañó a un cuarto suavemente iluminado y le hizo beber tres vasos de agua. A los veinte minutos le dijo que no vaciase la vejiga y se pusiera una bata. Cuando April se tendió en la camilla, la especialista le aplicó un gel en el vientre, conectó el aparato y se puso a mover una varita metálica por el gel mientras April miraba la pantalla. Entonces vio al minúsculo ser acurrucado en su interior. Tenía la forma y el aspecto de un bebé, pero era diminuto, y su corazón latía con regularidad. La especialista le dijo que todo estaba bien. Le mostró dónde estaba la cabeza, el «trasero», como ella lo llamó, y los palitos que se estaban convirtiendo en brazos y piernas. Aquello era un bebé, no una simple idea ni un error que había cometido con un absoluto desconocido. Aquello era ya una vida, con un corazón, y algún día un alma y una mente. Al mirar la pantalla, April sintió náuseas mientras las lágrimas le rodaban por las mejillas. Nunca en su vida se había sentido tan abrumada y tan sola, y al mismo tiempo tan cerca de algo o de alguien. Estaba viviendo una auténtica avalancha de emociones en conflicto. No estaba preparada para lo que sentiría al verlo. Aquello cambiaba todo lo que había pensado acerca de un bebé durante la última semana.

—Todo está bien —la tranquilizó la especialista, dándole unas palmaditas en el brazo.

A continuación le entregó una impresión de lo que habían visto en la pantalla. April seguía sosteniendo la ecografía en la mano cuando volvió a entrar en la consulta para ver a su doctora.

—Voy a tenerlo —dijo con la voz ronca mientras se sentaba de nuevo ante la mesa de despacho.

La doctora la miró.

—¿Estás segura? —le preguntó, y April asintió con la cabeza.

—Sí. Ya me las arreglaré.

Ya no podía ni quería librarse de él.

—Pues nos vemos dentro de un mes —dijo la doctora sonriente mientras se ponía de pie—. Si cambias de opinión, házmelo saber. Aún nos queda algo de margen, no mucho, pero sí unas cuantas semanas, por si decides no continuar con el embarazo después de todo.

Sin embargo, para April ya no era solo un embarazo; después de haber visto la ecografía, era un bebé. No era eso lo que quería hacer con su vida, pero estaba embarazada de dos meses. La fecha prevista para el parto era en junio. De pronto tenía un bebé y una fecha prevista para el parto. Salió de la consulta de la doctora en una nube, atónita. Había tomado una decisión. Y April supo que no cambiaría de opinión.

Paró un taxi y volvió al restaurante. En cuanto llegó fue a su piso y llamó a su madre, que aún estaba en el trabajo.

—Voy a tenerlo —dijo en voz baja.

—¿Qué vas a tener, cariño? —Acababa de salir de una reunión y tenía mil cosas en la cabeza—. ¡Oh, Dios mío! —exclamó cayendo en la cuenta—. ¿De verdad? ¿Estás segura de que quieres hacerlo?

No estaba contenta de oírlo, y April se dio cuenta.

—Lo he visto en una ecografía, mamá. Tiene el aspecto de un bebé. No puedo hacerlo. Quiero tenerlo —dijo llorando.

Al escucharla, Valerie se echó a llorar también.

—¿Vas a decírselo al padre?

Se sentía tremendamente preocupada por su hija.

—Todavía no lo sé. Solo sé que voy a tenerlo. Lo demás iré decidiéndolo sobre la marcha.

—De acuerdo —respondió Valerie con un tono firme—, si crees que puedo hacer algo, házmelo saber. Gracias a Dios que te encuentras bien. Cuando yo estaba embarazada de ti, me encontraba fatal. —Aunque no era aquella la decisión que había esperado que tomase April, estaba dispuesta a aceptarla y a apoyar a su hija—. ¿Estás segura?

—Estoy segura —dijo April con firmeza.

—¿Y cuándo cumples? —preguntó Valerie con aprensión.

—En el mes de junio —contestó April, sonriendo por primera vez en una semana.

—He de admitir que cumplir sesenta años y enterarme de que voy a ser abuela en la misma semana es un poco excesivo para mí —dijo Valerie, afectada.

Trataba de tomárselo bien. Había tenido una semana tremenda, pero, sin duda, a April le había ocurrido lo mismo. Su trigésimo cumpleaños había traído consigo un regalo inesperado. Valerie esperaba que no acabase siendo una carga intolerable para su hija. No iba a ser fácil. Tenía un negocio exigente que llevar, y su madre sabía cuánto significaba el restaurante para ella. Durante cuatro años había renunciado de buena gana a su vida personal con tal de cumplir su sueño, y de pronto se encontraría además con un bebé entre los brazos, sin ningún hombre que la ayudase. Desde luego, no era lo que Valerie habría querido para ella.

—Yo tenía la misma edad cuando te tuve a ti —añadió, pensativa—, pero contaba con la ayuda de tu padre, y se le daba muy bien cuidar de ti.

—Ya me las arreglaré, mamá. Otras mujeres lo hacen. No es el fin del mundo.

Y quizá, solo quizá, fuese el principio de toda una nueva vida para ella. Estaba dispuesta a hacer cuanto estuviera en su mano para tener el restaurante y un hijo. Mientras fuese un bebé podría tenerlo en el restaurante con ella. Cuando creciese un poco iría a la guardería. Se dijo que otras madres solteras salían adelante y que ella también podía hacerlo.

A continuación April telefoneó a Ellen para decirle que había decidido tener el bebé. Ellen se alegró muchísimo por ella. Prometió prestarle ropa de bebé y un cochecito. Al colgar, April se sentía más tranquila y un poco menos asustada. No dejaba de recordarse que debía ir paso a paso. Aún tenía que decidir si quería decírselo a Mike Steinman, pero aún no estaba preparada para dar la noticia, ni a él ni a nadie más. Antes tenía que hacerse a la idea ella misma. Y le iba a costar. Después de hablar con Ellen, se quedó sentada mirando la ecografía, que seguía sin parecerle real. La metió en el cajón del escritorio, se puso el delantal, se calzó los zuecos y bajó a trabajar. Esta vez, sin embargo, estaba mucho más animada, y todo el personal de cocina se alegró de que hubiese recuperado la sonrisa. Se sentía asustada pero también ilusionada, y se pasó la noche pensando que tenía siete meses para organizarse.

Esa misma noche Valerie estaba en la cama, viendo la televisión y pensando en su hija. Preocupada por la decisión de April de tener el bebé, saltaba de un canal a otro cuando vio a Jack Adams, el comentarista deportivo, entrevistando a un conocido jugador. Lo reconoció al instante, después de haberlo visto en el ascensor el día de su cumpleaños, cuando apenas podía caminar. Estuvo viendo el programa varios minutos. Jack Adams mencionó que había sufrido una lesión reciente en la espalda. Parecía recuperado y se movía con soltura por el estudio, pero comentó que había sido terrible.

Ella sonrió, pensando en el estado en el que se hallaba aquel día. En ese momento, en la pantalla, tenía un aspecto diferente. Parecía muy tranquilo, gracioso y alegre, muy distinto de la criatura desaliñada que casi no podía caminar aquel día, con ropa de gimnasia y chanclas de goma. En la pantalla era un hombre guapo, y se expresaba mejor que la mayoría de comentaristas deportivos. Tenía que reconocer que era atractivo. Sabía que la cadena lo había fichado por una cantidad importante. Muy importante. También había oído que era conocido por salir con mujeres muy jóvenes. Resultaba divertido verlo en la pantalla después de haber estado en el ascensor con él aquel día. Encorvado de dolor, parecía el enano saltarín, y sin pensar más en ello cambió de canal y se puso a ver una comedia de situación que le gustaba. Sin embargo, al cabo de unos minutos desconectó el televisor. Mientras apagaba la luz, se recordó a sí misma que debía llamar a Alan y decirle que había acertado en su predicción sobre April. Cuando el vidente le había anunciado que April tendría un hijo, ella creyó que se había vuelto loco. Pero estaba en lo cierto. Desde luego, era un vidente extraordinario. Se durmió pensando en él y en April. Valerie se pasó la noche viendo a su hija en sueños con un bebé entre los brazos, llorando y diciendo que había cometido un tremendo error, y suplicándole a su madre que la ayudase, aunque no había nada que ella pudiera hacer.

Al día siguiente Valerie se despertó convencida de que April estaba cometiendo un gran error, pero segura también de que no podría disuadirla. Una vez que April tomaba una decisión, pocas veces la cambiaba. Había sido así con el restaurante, tenaz y perseverante en todo momento, superando cada reto y cada obstáculo para alcanzar su objetivo. Valerie también había sido siempre así en su profesión. Era una mujer que sabía siempre lo que quería, y lo mismo le ocurría a su hija. Se trataba de una cualidad y no de un defecto, pero Valerie estaba segura de que April se equivocaba. Esa mañana la telefoneó para hablar de nuevo con ella. Seguía inquieta por culpa de la pesadilla que había tenido la noche anterior.

—¿Estás completamente segura de que es eso lo que quieres hacer? —insistió Valerie.

Aún era temprano, y April estaba sentada ante su escritorio, estudiando con detenimiento las facturas. Esa mañana se había levantado a las cuatro y había ido a la lonja de pescado a las cinco.

—Sí, estoy segura, mamá —dijo April en voz baja—. Yo no lo habría elegido intencionadamente, pero ahora que ha ocurrido me parece que no hay otra opción. Tengo treinta años, no sé si tendré alguna vez otra oportunidad de ser madre. Llevo cinco años sin tener una relación seria, solo la clase de cosas que suceden sin más, aunque no suele ser con absolutos desconocidos. Trabajo sin parar. ¿Cuándo voy a tener tiempo de salir y conocer a alguien? Siempre estoy trabajando. Y nunca me va a parecer que es el momento adecuado para tener un hijo. Algún día quiero abrir otro restaurante; entonces tendré dos y trabajaré más todavía.

»Aunque conozca a alguien, ni siquiera estoy segura de querer quedarme embarazada. Nunca he estado segura al cien por cien de que tener hijos encaje en mi vida, o de que se me vaya a dar bien. Sin embargo, ahora que ha ocurrido, no tengo agallas para renunciar y dejarlo correr. ¿Y si nunca vuelvo a quedarme embarazada o nunca conozco a nadie? En ese caso habré desperdiciado mi única oportunidad. Si tuviese veintidós años, quizá sería diferente, pero tengo treinta. Soy demasiado mayor para rechazar un regalo así.

»Y ni siquiera estoy segura de que fuese a sentirme de otro modo a los veinte. Esa personita a la que le late el corazón y que se ve en la ecografía es bastante convincente. Ahí hay un bebé, un ser humano vivo y real, no solo una pega en mi estilo de vida o un pequeño fallo de programación. Es una persona, y por alguna razón increíblemente estúpida, esto me ha pasado a mí. Ahora tengo que levantarme y aceptar el desafío, aunque me muera de miedo. Tendré que ir decidiendo sobre la marcha.

»Y, por fortuna, ya no es un drama tener un bebé si no estás casada. Todo el mundo lo hace. Las mujeres acuden a bancos de esperma y son inseminadas con el semen de un extraño. Al menos, yo sé quién es el padre de este bebé. Es un tío inteligente, educado, con trabajo y con buen aspecto. Puede que piense que es un gilipollas y que detesta mi restaurante, pero no parece un mal padre para este niño, y de momento tengo que basarme en eso. Dadas las circunstancias, lo mejor que puedo hacer es afrontar lo que sucedió. La responsabilidad es mía.

—Pero ni siquiera conoces a ese hombre, April —dijo tristemente su madre, expresando los propios miedos de April.

—No, no lo conozco, mamá. No elegí esto, y no lo habría hecho, pero quiero aprovecharlo en lugar de hacer algo que pueda lamentar durante el resto de mi vida si aborto.

—¿Y si lamentas tenerlo durante el resto de tu vida? —le preguntó su madre con franqueza.

April cerró los ojos mientras lo pensaba. Luego los abrió y sonrió. Por muy grandes que fuesen las dudas de su madre al respecto, la decisión estaba tomada.

—En ese caso lo mandaré a vivir contigo. Puedes decirle a todo el mundo que es tu hijo, y hasta parecer adecuadamente avergonzada. Entonces nadie creerá que tienes sesenta años. Creo que es la solución perfecta.

—Muy gracioso —dijo Valerie. Ya había decidido que en ninguna circunstancia reconocería públicamente su condición de abuela. Había cosas que superaban su capacidad de aguante, y esa era una de ellas. Aunque quería ayudar a su hija, no estaba dispuesta a perjudicar su imagen ni a admitir su edad—. Solo quiero estar segura de que sabes lo que estás haciendo.

—No lo sé —admitió April sin reparos—. No tengo ni la más remota idea de lo que estoy haciendo, ni de lo que sucederá cuando llegue el bebé. Simplemente haré cuanto esté en mi mano para organizarme. Esto le pasa a mucha gente. Espero que pueda convencer a Heather de que venga y me ayude los fines de semana. O quizá tenga que contratar a una au pair.

Sabía que su madre la ayudaría en caso necesario, pero quería intentar arreglárselas sola. Era su bebé, y suya era la decisión de tenerlo. Era una mujer de treinta años, había vivido sola en Europa durante seis años, dirigía un negocio de éxito; parecía poco probable que no pudiese criar a un bebé. Cuando intentaba pensar en ello con calma se sentía segura, aunque en otros momentos estaba tan asustada como parecía estarlo su madre. Todo era muy nuevo para ella. Sin embargo, tenía siete meses para hacerse a la idea y planificarlo todo.

—Creo que deberías llamar al padre —dijo su madre, aún preocupada.

April se quedó pensativa antes de responder:

—Puede que lo haga. No lo he decidido. Solo hace ocho días que lo sé. No es como si él y yo fuéramos amigos. Fue una estupidez. El clásico ligue de una noche, y lo emborraché porque era inteligente y atractivo, y quizá nos hiciera una buena crítica. Y mira lo que conseguí. Un bebé y una crítica de mierda. ¿Qué voy a decirle si le llamo? «¿Te acuerdas de mí? Soy la chica a la que le hiciste aquella pésima crítica, la que concibió aquella carta demasiado simplista, la que no sabe si servir exquisiteces o comidas sencillas, la que cocina por debajo de su nivel de habilidad. Bueno, pues ¿qué te parece compartir un crío conmigo durante el resto de tu vida?» Dijo que debería cocinar solo para niños, así que supongo que podría aprovechar para sacar el tema y decirle que, ya que él opina así, he decidido tener uno. No puedo imaginarme lo que le diría ni lo que pretendo de él. Ni siquiera sé si me gusta. Más bien me parece que no, aunque es muy atractivo y, si mal no recuerdo, fue muy bueno en la cama, pero no sé si quiero que tenga relación con nuestro hijo. Puede que sea un verdadero tarado, que no soporte a los niños o que tenga cien mil defectos que me resulten inaguantables. No puedo saberlo.

—Pero vas a tener a su hijo de todos modos —dijo Valerie con la voz temblorosa—. Esto es un poco moderno para mí —reconoció—. Quizá sea mayor de lo que creo. Sigue gustándome la idea de amar al hombre con el que tienes un hijo y querer que se quede contigo.

—A mí también, pero las cosas no han salido así. No soy la primera a la que le ocurre, y por lo menos hoy en día no tienes por qué casarte con un hombre que no te gusta o al que apenas conoces. No tienes que esconderte en otra ciudad ni dar el bebé en adopción. Y no tengo por qué abortar si no lo deseo. Hoy en día hay muchas mujeres que tienen hijos con hombres a los que casi no conocen, o a los que no conocen en absoluto. No digo que sea la mejor forma, pero creo que tengo suerte de vivir en un mundo, en una sociedad e incluso en una ciudad donde puedo manejar esto como quiera. El problema será mío y de nadie más, y estoy dispuesta a afrontarlo. No estoy muy segura de querer que el padre del bebé me ayude, interfiera, o incluso tenga que ver con la vida de mi bebé. Por ahora es mi bebé, no «nuestro bebé». Y la única razón por la que puede que acabe diciéndoselo es que respeto su derecho a saberlo. Sin embargo, aparte de eso, no creo que quiera nada de él. Nunca me llamó después de que pasáramos la noche juntos, ni me dio las gracias por la cena, así que él tampoco siente ninguna atracción por mí. Si hubiese estado interesado en mí, me habría llamado.

Valerie comprendió que tenía razón. April llevaba toda la semana pensándolo. Como no había tenido noticias de Mike Steinman desde su mala crítica, supuso que, o bien se sentía incómodo, o bien le importaba un comino. Con el embarazo resultaba mucho más difícil telefonearle. Ya habría sido bastante difícil si hubiesen salido juntos, pero como no era así no sabía si llamarle o no llamarle, y, en caso de hacerlo, si telefonearle ya o hacerlo cuando naciese el bebé. Además, no había querido que se entrometiera en su decisión. No contaba con él porque confiaba en sí misma. Y su madre no podía evitar admirarla por ello, aunque ella no habría decidido tener aquel niño, y menos estando sola. Estaba más que dispuesta a reconocer que no era tan valiente.

—De acuerdo, cariño. Solo quiero asegurarme de que sabes en qué te estás metiendo. —Suspiró—. ¿Cuándo vas a decírselo a tu padre?

La voz de Valerie volvía a sonar preocupada. Sabía que a su ex marido, Pat, no iba a gustarle. Era un hombre muy conservador y tradicional, y sin duda la maternidad en solitario no era lo que tenía en mente para su hija mayor. Por otra parte, quería a April con locura.

—Aún no lo sé —dijo April, echando un vistazo a su reloj. Esa mañana había quedado con el carnicero y quería encargar todos los cortes que necesitaría el mes siguiente. Además, tenía que ver al proveedor de aves para el día de Acción de Gracias. Llevaba una semana dejándolo todo para más adelante mientras lidiaba con la decisión respecto al bebé. Debía volver a centrarse en el restaurante. Sabía que en adelante tendría que hacer malabarismos para conciliar su actividad profesional y el cuidado del bebé. Más valía que se acostumbrara a ello, aunque de momento aún podía concentrarse en el restaurante a tiempo completo—. He de irme a trabajar, mamá. Vienes el día de Acción de Gracias, ¿verdad?

—Por supuesto.

April había celebrado las últimas tres cenas de Acción de Gracias en el restaurante, y todo el mundo estaba encantado.

Maddie no tenía que cocinar en años alternos y Valerie no tenía que contratar un catering para los años en que le tocaba a ella. Pat, Maddie, sus dos hermanas y su madre celebraban la cena de Acción de Gracias en el restaurante con ella. Esa noche servían la cena típica y nada más. También abrían en Nochebuena, y los clientes solían apiñarse en el comedor. Quería estar ahí para la gente que se sentía sola o para la que no tenía a donde ir. Faltaban tres semanas para el día de Acción de Gracias, y ya tenían casi todas las mesas reservadas. Durante un instante de locura pensó en invitar a Mike Steinman a cenar esa noche con ellos y comunicarles a todos la noticia en ese momento. Era una fantasía bonita, o al menos interesante, pero no tenía ningún sentido pedirle a Mike que celebrase con ellos una fiesta familiar, y además a él le parecería absurdo. Sabía que si decidía decírselo, tendrían que quedar los dos a solas.

—Te llamaré pronto, mamá —prometió April—. Ahora he de ponerme a trabajar.

—Yo también. Hoy grabamos el programa de Navidad. Tengo mil cosas que hacer. Ponemos los adornos, los menús para las fiestas, la decoración del árbol y envolvemos regalos insólitos. Hasta tenemos un cachorro en el programa. Se lo regalaré a Marilyn por Navidad, pero todavía no lo sabe. ¡Había pensado hacerlo en el programa!

Marilyn le caía bien a April. Llevaba cuatro años siendo la secretaria de su madre, y no solo la ayudaba con los detalles de la producción, sino que además le hacía recados personales. Contaba con cuarenta y dos años, no tenía novio y estaba casada con su trabajo. April pensó que el cachorro era una idea fantástica para ella.

Valerie, que hablaba desde el teléfono de su despacho, llevaba un vestido rojo, pendientes de oro y un collar de perlas. Estaba lista para salir en pantalla. Esa misma semana grabaría un reportaje sobre bodas navideñas. Para ello, había dispuesto en fila varios vestidos preciosos de terciopelo.

—¿Qué clase de perro le vas a regalar? —preguntó April con interés.

Le parecía un detalle muy bonito, y sabía que a los espectadores les encantaría. Su madre era genial en ese tipo de cosas. Sabía añadir al programa un toque humorístico, de sorpresa y de emoción. Siempre había algo más aparte de la elegancia o de la decoración. Su programa tenía sentimiento y su propio estilo, que a la gente le encantaba.

—Es un yorkshire terrier. Es adorable. Lo escogí la semana pasada.

—A la gente le va a encantar, mamá. Seguramente impulsarás las ventas en las tiendas de animales y los criaderos de todo el país, y también la adopción.

Valerie sonrió ante la idea. Estaba deseando darle el regalo a Marilyn.

Las dos mujeres colgaron a los pocos minutos. Valerie se quedó sentada ante su mesa y suspiró pensativa. Un bebé sin padre, sin un hombre que la ayudase y compartiese con ella ese momento tan importante no era en absoluto lo que ella deseaba para April. Valerie nunca había dudado del valor de su hija, pero esperaba que no se arrepintiese de su decisión durante el resto de su vida.

5

El día de Acción de Gracias April se levantó temprano para cocinarlo casi todo ella misma. Sus ayudantes, que llegarían más tarde, se ocuparían de los detalles. Esa noche los clientes acudirían temprano a cenar, así que avisó a sus familiares para que fueran a las ocho, cuando las cosas se hubiesen calmado un poco en la cocina.

Valerie apareció media hora antes con dos bolsas llenas de adornos para la mesa, y mientras los clientes comían pavo relleno, jalea de arándanos casera y puré de castañas, ella transformó la mesa para la familia Wyatt en una obra de arte. A la gente de las mesas vecinas les encantaba verla en acción. Colocó unos candelabros de plata sobre la mesa, trajo su propia mantelería con pavos bordados y, como de costumbre, logró una decoración genial. La mayoría de los clientes la reconocieron, y Valerie firmó varios autógrafos mientras preparaba la mesa. April, entretanto, se movía por la sala saludando a los clientes. Esa noche siempre había muchos niños en el restaurante, y April les dio unos pavos de chocolate que preparaba ella misma. El ambiente de la sala era siempre acogedor y festivo. April in New York parecía un lugar perfecto para celebrar la cena de Acción de Gracias, y muchos de sus clientes habituales lo hacían allí. Había varias mesas alargadas dispuestas para familias. Esa noche acogían a la mayor cantidad de gente posible.

El grupo sentado a la mesa de April era el mismo cada año. Su madre, su padre, su madrastra, sus dos hermanastras y April se sentaban a una mesa redonda situada al fondo de la sala. Ellen y su familia llegaban cada año a las seis en punto y se marchaban justo cuando llegaba el variopinto clan de los Wyatt. April había presentado a las dos familias varias veces. Al marcharse con sus pavos de chocolate en la mano, los hijos de los Puccinelli parecían borrachos de comida. Ese año, al mirarlos, a April le costó imaginar que al cabo de un año, en el siguiente día de Acción de Gracias, ella también tendría un bebé entre los brazos.

Ellen y ella cambiaron una mirada de complicidad al despedirse. Ellen estaba pensando lo mismo que su amiga, y estaba muy ilusionada por ella. Sentía un interés especial por su embarazo, ya que había sido la primera en adivinarlo. Las dos mujeres hablaron en susurros antes de que Ellen y su familia se marcharan, y April sonrió. En las últimas tres semanas su madre no había vuelto a hablar del embarazo. Había estado demasiado ocupada para pensar en ello, y por el momento prefería mirar hacia otro lado en lugar de centrarse en la próxima llegada de su nieto. Paso a paso, se decía. April también había estado demasiado ocupada para darle vueltas. Ni siquiera podía imaginarse cómo sería estar visiblemente embarazada, cuando apenas pudiese atarse el delantal alrededor de la cintura. Estaba de trece semanas y todavía no se le notaba su estado.

Cuando llegaron Pat y su familia, April estaba charlando con su madre y mirando las fotografías en las que aparecía Valerie regalándole a su secretaria el pequeño cachorro de yorkie. Marilyn había llorado en pantalla y le había puesto el nombre de Napoleón. El animal tenía un aspecto adorable, y el índice de audiencia del programa se había disparado antes incluso de que emitiesen el especial de Navidad.

April se sentía ilusionada ante la perspectiva de reencontrarse con Annie, a la que no veía desde su regreso a Boston a finales de agosto para seguir con sus estudios. Annie soñaba con trabajar algún día para el gobierno y poder aplicar su extraordinaria habilidad para las matemáticas. Su madre siempre decía que se la debían de haber cambiado en el hospital al poco de nacer, ya que ningún miembro de la familia sabía hacer operaciones complicadas ni llevar en orden el talonario de cheques, aunque April era muy competente con sus libros de contabilidad. Desde los seis años, Annie se había revelado como un verdadero genio de las matemáticas. April y Annie se parecían mucho físicamente, y de hecho Annie podría haber pasado por una pariente de la madre de April, porque Maddie y Valerie tenían unos rasgos muy parecidos. El grupo entero tenía cierto aire de familia, y era difícil saber qué vínculos de parentesco existían entre sus miembros. Maddie, de cincuenta y dos años, era más joven que Valerie, aunque aparentaba más su edad, y habría sido fácil creer que las dos mujeres eran hermanas. Formaban un grupo locuaz y bien avenido. Después de sentarse a la mesa, Maddie le preguntó a Valerie si resultaría oportuno servir ganso en la cena de Nochevieja que Pat y ella estaban organizando para unos colegas de él. Valerie le aconsejó un menú interesante para acompañar el ganso, alabó su peinado y, aunque no lo dijo, pensó que le convendría teñirse las canas. Maddie parecía mayor que Valerie en algunos aspectos. Aunque sus rasgos eran semejantes a los de esta, carecía de su glamour. Las cinco mujeres sentadas a la mesa eran altas, delgadas y muy atractivas. Por su parte, Pat, el único hombre de la familia, parecía una especie de gran oso de peluche de ojos dulces y cálida sonrisa. Le encantaba estar en compañía de «sus mujeres», como él las llamaba. April, que había perdido a sus abuelos cuando era muy pequeña, había tomado asiento entre su padre y Heather, su hermana menor, que se encontraba en el último curso de secundaria y confiaba en ir a la Universidad de Columbia, como April. A sus sesenta y cinco años, Pat llevaba casi cuarenta ejerciendo de profesor allí.

—Esperemos que te quedes más tiempo que yo —le dijo April en broma, mirando a su padre con una disculpa en los ojos.

Sabía cuánto se había disgustado Pat cuando ella dejó la universidad para estudiar cocina en Europa. Tenía aspiraciones académicas para ella, pero eso no era lo que April quería. Resultaba mucho más probable que sus hermanas siguieran los pasos de él, y ambas eran buenas estudiantes. La segunda familia de Pat tenía una inclinación mucho más académica e intelectual que la primera. Pero Valerie y él seguían apreciándose mucho, y se comportaban más como hermanos que como ex esposos. Incluso Pat seguía perplejo ante la inmensidad de la carrera profesional de Valerie. Cuando estaba casado con ella, lo abrumaba su ambición y su empuje. Ya podía reírse de ello, pero en aquella época se sentía completamente inadecuado e incapaz de seguir su ritmo. Ambos habían necesitado varios años muy infelices para reconocer que no estaban hechos el uno para el otro. Pat era mucho más feliz que antes, y durante veintiún años maravillosos Maddie había sido la clase de esposa que él necesitaba. Sin embargo, solo tenía buenos sentimientos hacia Valerie y la hija de ambos, y una enorme admiración por lo que su primera esposa había logrado en la vida. Valerie era una leyenda y una estrella, y se notaba incluso en una tranquila cena familiar. Llevaba un suave jersey de angora de color beis con hilos dorados entretejidos, pantalones a juego, unas botas italianas muy sexis de tacón alto, pendientes de diamantes y el pelo rubio cortado a la perfección. Maddie, en cambio, llevaba un traje de terciopelo marrón muy conservador. No había nada llamativo en ella. Las chicas, por su parte, llevaban una falda corta, tacones y unos jerséis bonitos. Pat parecía orgulloso y feliz cuando April le dio a probar dos de sus vinos nuevos para ver cuál le gustaba más. El profesor siempre se sentía impresionado por los vinos que su hija lograba traer de Europa y de Chile, a precios que sus clientes podían permitirse. Ella siempre le enviaba una caja de los que le gustaban.

La cena que les sirvió April esa noche fue mejor que nunca. La conversación en la mesa fue animada, y Heather dijo que tenía un novio nuevo. Annie llevaba cuatro años con el mismo, otro cerebro que estudiaba en el Instituto Tecnológico de Massachusetts con ella, y April empezaba a preguntarse si irían a comprometerse y a casarse pronto, aunque su hermana lo negaba. A Pat le dejaba perplejo que no hubiese ningún hombre en la vida de su ex esposa. Era una mujer muy hermosa, pero su carrera profesional había sido su principal prioridad durante mucho tiempo, y Pat pensaba que había renunciado a muchas cosas en nombre del éxito y la fama. A sus sesenta años estaba sola. No quería que la hija de ambos tuviese el mismo destino, y a veces le preocupaba que pudiera suceder. April estaba tan centrada en su restaurante que, como su madre, no parecía tener vida privada. Nunca hablaba de ningún hombre, lo cual no era de extrañar, ya que trabajaba ciento cuarenta horas por semana en el restaurante.

A las once seguían sentados a la mesa mientras el restaurante empezaba a vaciarse. Annie y Heather habían ido a la cocina para hablar con algunos de los ayudantes de chef y con el personal que conocían, en particular un chico francés muy mono. April acababa de servirles a su padre, a la esposa de este y a su madre un vino dulce buenísimo del valle de Napa, que según Valerie era tan bueno como el Château d'Yquem, o casi. Su padre estuvo inmediatamente de acuerdo y brindó por su hija. Las dos mujeres se unieron al brindis.

—Gracias por otra fantástica cena de Acción de Gracias.

Pat sonrió con cariño a April y se inclinó para darle un beso en la mejilla.

—Gracias, papá —dijo ella, sonriendo casi con timidez.

—En mi opinión, esta ha sido la mejor hasta ahora —dijo él con orgullo.

Agradecía que Valerie la hubiese ayudado a abrir el restaurante. Él no habría podido hacerlo, pero no le costaba ver cuánto talento tenía. Se entusiasmaba con todas y cada una de las críticas positivas que leía de April in New York y se alegraba por ella. Solo había habido una mala en septiembre; el crítico parecía un borde y un esnob, y estaba claro que no era capaz de reconocer la comida buena y saludable. Aparte de eso, Pat nunca había leído nada negativo acerca del restaurante. Lo único que deseaba era verla con un hombre bueno en su vida. No quería que acabase sola como su madre, tras renunciar a todo lo demás por su trabajo. Sabía que tampoco era demasiado tarde para Valerie, aunque ya no podía imaginarse a su ex esposa adaptándose a ningún hombre, algo que tampoco había hecho con él. Tenía unas costumbres muy arraigadas. Era tan perfeccionista que pocos hombres estaban a la altura de los niveles de exigencia que se imponía a sí misma. En cuanto a April, su carácter era mucho más relajado y menos exigente, pero tampoco tenía tiempo de conocer a nadie. Siempre estaba trabajando, y ser propietaria de un restaurante suponía un compromiso enorme. A no ser que tuviese una relación con un ayudante de chef, con el sumiller, con un camarero o con uno de sus proveedores, Pat no veía cómo iba a conocer a algún hombre. Cuando se acabaron el vino dulce volvió a sacar el tema.

—¿Alguna vez te tomas tiempo libre para divertirte? —le preguntó Pat con inquietud.

April se mataba a trabajar, pero parecía crecerse con el trabajo duro, igual que su madre. La segunda esposa de Pat era mucho más tranquila, y sus prioridades eran distintas. Pat era un hombre feliz.

—Últimamente no —reconoció April.

Siempre disfrutaba trabajando.

—¿No crees que ya es hora? Cada vez que venimos vemos lleno el restaurante. Me han dicho que hay que reservar con tres semanas de antelación. No podrías meter más gente aquí ni con un calzador. —Sabía que el restaurante era rentable y que April estaba devolviéndole el dinero a su madre más rápido de lo esperado—. ¿Por qué no te vas de viaje algún día? ¿Y si te marchas de vacaciones a Francia? Algo. No puedes trabajar todo el tiempo, April, no es sano.

Sin embargo, ambos sabían que el negocio de la restauración era así y que el éxito del restaurante se debía a que ella estaba allí día y noche supervisando hasta el último detalle y saludando a los clientes cuando podía salir de la cocina, cosa que hacía una o dos veces cada noche. April estaba en todo momento al pie del cañón, controlándolo todo. Y Pat estaba en lo cierto: no le quedaba tiempo para vivir. Llevaba tres años sin tomarse unas vacaciones, desde que abrió el restaurante, y ni un solo día libre, aunque tampoco lo quería.

—Te prometo que lo haré algún día, papá, pero la verdad es que tengo que estar aquí. No cuento con nadie que pueda vigilar el negocio en mi ausencia.

Y entonces miró a su madre y se quedó en silencio. Valerie no dijo nada, pero madre e hija cambiaron una mirada que no se le escapó a Maddie y que Pat no vio. Maddie sabía que su marido no quería preguntarle a April si había «conocido a alguien» últimamente. Ya sabía la respuesta. Era evidente que no. Pat detestaba darle la lata a April, pero se preocupaba. April se parecía demasiado a Valerie en su ética laboral y en su empuje. Su padre esperaba que se casara y tuviera hijos, y de momento no se vislumbraba nada de eso. Pat temía que aquello nunca cambiara y a menudo lo comentaba en privado con su mujer.

—¿Alguna novedad? —preguntó Pat en un tono críptico.

April fue a decir que no, pero vaciló. Quería decírselo, pero no sabía cómo. No pretendía decepcionarlo ni disgustarlo, y sabía que lo que iba a decirle no era lo que él quería para ella. Tampoco era lo que ella había planeado, pero había sucedido y deseaba que él lo supiera. Pat era su padre y lo quería. Era su modelo para todas las cosas normales y un matrimonio sólido y lleno de amor, como el que tenía con Maddie. Su madre era diferente, una estrella rutilante, pero no tenía nada de típico o de humano. El éxito de Valerie había sido enorme. April no aspiraba a ser como ella, aunque admiraba lo mucho que trabajaba e intentaba parecérsele en ese aspecto. Sin embargo, la vida que llevaba su padre con Maddie y sus hijas era más de su estilo. Ella nunca había querido ser famosa. Todo lo que rodeaba a la fama habría sido demasiado para ella. A April le bastaba con dirigir un restaurante de éxito en el que comer raras exquisiteces maravillosas o comida buena y sencilla y disfrutar de un ambiente acogedor. En ciertos aspectos, April se parecía mucho más a Maddie que a su madre. Pero a quien más se parecía era a su padre, y su respeto era importante para ella.

—Lo cierto es que hay una novedad —dijo April en voz baja, y los miembros mayores de la familia la miraron expectantes—. La verdad es que ha sido una sorpresa muy grande. No lo tenía previsto, pero a veces la vida funciona así.

Por un momento Pat no consiguió entender si iba a hablarle de un hombre nuevo en su vida, un segundo restaurante que se disponía a abrir o una oportunidad inesperada de vender aquel y ganar mucho dinero.

—Espero no decepcionarte, papá —dijo mirándolo con lágrimas en los ojos y apoyándole la mano en el brazo.

Él le pasó el brazo por los hombros para tranquilizarla. La quería, y April siempre lo había sabido. Nunca lo había dudado, ni por un momento.

—Nunca me has fallado, cariño. Nunca. Cuando dejaste la universidad me preocupé, pero al final las cosas te fueron bien. Eso es lo único que me importa. Solo quiero que seas feliz. Bueno, ¿qué gran sorpresa es esa? —Esperaba que fuese un hombre y no otro restaurante que le quitase más tiempo.

April aguardó unos momentos que parecieron interminables. De pronto miró a Maddie. Quería incluir a su madrastra en la revelación. Siempre había querido a aquella mujer que la había tratado como a una hija ya antes de ser madre.

—Estoy embarazada —dijo en voz baja, mirando a su padre a los ojos.

Esperaba que la perdonase por la forma descuidada en que había ocurrido y no le guardase rencor al niño. Aunque eso no habría sido propio de él.

Pat guardó silencio durante unos segundos que se hicieron eternos, sin saber muy bien qué decirle ni entender la situación.

—¿De verdad? Creía que no salías con nadie. ¿Vas a casarte?

Parecía un poco ofendido por no haberse enterado antes. Le gustaba pensar que April y él estaban muy unidos. Le lanzó una ojeada a Valerie, que tenía la mirada baja y no decía nada. Pat volvió a mirar a April mientras Maddie lo observaba todo.

—Ni voy a casarme, ni salgo con nadie. Te lo habría contado —dijo April con un suspiro, apoyándose contra él en busca de aliento y de consuelo. Tenía que contarle el resto de la historia. Sabía que su padre no se alegraría, pero nunca le había fallado, y no creía que fuera a hacerlo esta vez. Esperaba que no, aunque, como madre, a ella tampoco le habría agradado la situación. Valerie había reaccionado de manera comprensiva—. Tuve un accidente con un hombre al que apenas conozco. Le vi una vez. Había bebido demasiado. Terminamos en la cama, no me preguntes cómo, ni siquiera me acuerdo. Y acabo de enterarme de que estoy embarazada. No he hablado con él desde que sucedió. No sé si voy a decírselo. Ni siquiera sé si es buena persona. Es crítico gastronómico, y a juzgar por la crítica que escribió y el hecho de que nunca me haya telefoneado seguramente ni siquiera le caigo bien. Pero tengo treinta años, no sé si tendré otra oportunidad de quedarme embarazada y voy a tener el bebé. Quiero hacerlo —añadió para que su padre entendiese que la decisión estaba tomada, a sabiendas de todos los riesgos, quebraderos de cabeza y problemas que estaba dispuesta a afrontar—. No quería que ocurriera y, si he de ser sincera, tomo la píldora, pero creo que me olvidé una. Además, en ese momento tomaba antibióticos y la píldora perdió eficacia, así que me quedé embarazada. Quizá fuese el destino. Sea como fuere, voy a tener el bebé.

Lo miró con cautela, sin tener la menor idea de cuál sería su reacción. Visiblemente conmocionado, Pat intentaba asimilar la noticia. El profesor le lanzó una ojeada a Maddie, que, sentada al otro lado de la mesa, parecía preocupada por su hijastra, y luego volvió a mirar a April. Seguía pasándole el brazo por los hombros. No la había soltado ni un momento.

—Menuda historia. ¿Estás segura de que quieres tener el bebé? Es mucho para ti sola. Mucha responsabilidad, sin nadie en quien apoyarte. Nos tienes a mí y a Maddie, y a tu madre, por supuesto, y haremos cuanto podamos para ayudarte, pero la maternidad en solitario no es fácil. Veo a muchas de mis estudiantes en esa situación por diversas razones, algunas por decisión propia y otras porque simplemente ocurrió, pero nunca es fácil. ¿Renunciarás al restaurante? —preguntó, y April se apresuró a negar con la cabeza.

—Claro que no. No veo por qué tengo que elegir una de las dos cosas. Puedo hacer las dos, trabajar y ser madre.

Su propia madre lo había hecho, y era el ejemplo a seguir. Y la carrera profesional de Valerie era mucho más exigente, pero April también había contado con su padre en todo momento. Aquel bebé no tendría esa suerte. Aunque tendría a su madre, tres abuelos y dos tías. A April no le parecía un mal comienzo, y era todo lo que podía proporcionarle.

—Sé que puedes hacerlo —dijo su padre en voz baja, intentando mantener la compostura. Nunca había imaginado que April tuviese ligues de una noche ni que decidiera tener el bebé. Se preguntó si cumplir los treinta habría influido en la decisión. Tal vez pensara que era ahora o nunca. Sabía que últimamente eran cada vez más numerosas las mujeres que decidían tener hijos solas, así que no lo sorprendió del todo. Aunque no parecía nada propio de April—. Es que detesto verte asumir algo tan difícil tú sola. Creo que deberías hablar con el padre. Puede que sea mejor persona de lo que crees y quiera ayudarte e implicarse. También es su hijo. Y vas a necesitar toda la ayuda que puedas obtener. Vas a tener que hacer auténticos malabarismos, sobre todo si conservas el restaurante y continúas trabajando como hasta ahora. Va a ser muy duro para ti.

Mucho más duro de lo que quería para su hija. Siempre había esperado que se casara y tuviera hijos, en ese orden. ¿Qué padre esperaba otra cosa? Y April apreciaba que no le echase en cara lo sucedido.

—He estado pensando en telefonear al padre, aunque me siento un poco estúpida y no sé qué decirle. «Gracias por la mala crítica. ¿Recuerdas la noche que pasamos juntos cuando te emborrachaste en mi restaurante el fin de semana del día del Trabajo?» Si me hubiese llamado después, habría sido distinto. O por lo menos más fácil.

—Creo que vi su crítica. Era desagradable y sarcástica —dijo su padre con un tono irritado.

La lealtad de Pat hacia sus hijas era fervorosa, y esperaba que los demás también les fuesen leales. Estaba claro que a Mike Steinman, el crítico gastronómico que April había mencionado, no le había gustado el restaurante y no había tenido miedo de decirlo.

—Ese es el tipo.

La crítica de Steinman acerca de la comida y los esfuerzos de April había sido degradante y desdeñosa. No era un buen presagio para el futuro. Y su silencio durante los últimos meses tampoco la animaba. Era evidente que no había querido volver a verla, cualquiera que fuese el motivo. Así, telefonearle se volvía mucho más difícil. «¿Te acuerdas de mí? Voy a tener un hijo tuyo.» April no podía imaginar que él fuese a entusiasmarse al oír esa noticia. Ella tampoco se había entusiasmado. Pero ya se estaba adaptando. Y ya no era una «mala noticia» para ella, era un bebé.

—Bueno, esto es importante, desde luego —dijo su padre sonriente, intentando mostrarle su apoyo—. He de reconocer que ha sido una sorpresa y que no es lo que yo habría querido para ti. Sin embargo, si estás decidida a seguir adelante, Maddie y yo te apoyamos. —Echó un vistazo a Valerie, que asentía con lágrimas en los ojos—. Y tu madre también, creo. Así que parece que vamos a tener un bebé. —Llamó al sumiller con un gesto y le pidió una botella de champán—. ¿Cuándo cumples? —preguntó Pat mientras el camarero iba a buscar la botella que había encargado.

—En junio —dijo April mientras las lágrimas le resbalaban por las mejillas y abrazaba a su padre—. Gracias, papá. Gracias a todos —añadió mirando a su familia. Alargó el brazo para tocar a su madre y a Maddie. Ambas mujeres le sonreían llorando—. Siento haber hecho esto de forma tan estúpida. Gracias por reaccionar tan comprensivamente. Prometo hacerlo muy bien y tratar de ser una buena madre como vosotras dos.

—No te preocupes, cariño, lo serás —dijo su madrastra con

amabilidad—. No lo dudo ni por un momento, y será bonito tener un bebé en la familia. ¿Sabes ya si es niño o niña? —preguntó Maddie con interés, cogiendo la mano de April, que estaba sentada al otro lado de la mesa.

—Lo sabré en febrero, cuando me haga otra ecografía.

Dada su juventud, no necesitaría ninguna prueba invasiva para confirmar que no existían defectos ni problemas genéticos, lo cual suponía un alivio para ella. A los treinta años, el proceso era rutinario.

Entonces el sumiller regresó con el champán y lo sirvió justo cuando Annie y Heather regresaban de la cocina. Les sirvió una copa a cada una y se marchó con la botella vacía. Se daba cuenta de que ocurría algún suceso emotivo en la mesa y no quería inmiscuirse en la vida privada de su jefa. Era el sumiller que había trabajado hasta hacía poco con Daniel Boulud. Se llamaba Jean-Pierre y era de Burdeos. Se había especializado en vinos desde muy joven y había sido una gran incorporación al restaurante.

—¿Qué celebramos? —quisieron saber las hermanas de April nada más sentarse.

April las miró, incómoda, pero ya no tenía sentido ocultarlo. Tarde o temprano tendrían que saberlo.

—Voy a tener un bebé —dijo mirándolas.

Ellas le devolvieron la mirada, asombradas.

—¿Tienes novio? —preguntó Heather, atónita y un poco ofendida por no haberlo sabido antes.

April sonrió.

—No, no tengo. Solo un bebé.

—Entonces ¿cómo has podido quedarte embarazada? —le preguntó Heather a su hermana mayor.

En esta ocasión April soltó una carcajada.

—Me temo que me lo ha traído la cigüeña, y he decidido tenerlo. Así que las dos vais a ser tías en el mes de junio —contestó paseando su mirada entre Heather y Annie. Ambas la miraron y sonrieron mientras su padre alzaba la copa.

—Propongo un brindis por el nuevo miembro de esta familia, que estará con nosotros ante esta mesa en la próxima cena de Acción de Gracias. Y la verdad es que creo que debería agradecerle a April que no me endose a un yerno que puede no caerme bien, que habría podido arrastrarme a partidos de fútbol americano con un frío glacial o esperar que jugase al sófbol con él, una actividad que detesto. No tengo que impresionarle. Lo único que tenemos que hacer es querer a April y darle la bienvenida entre nosotros a este nuevo miembro de la familia.

Todos alzaron la copa y April empezó a llorar otra vez. Como no podía beber por el embarazo, le pasó la copa a su padre sin tomar ni un sorbo de champán. Desde que había decidido tener el bebé no probaba el alcohol, así que no había vuelto a beber desde las dos copas de champán que se tomó el día de su cumpleaños.

—Gracias a todos por vuestro apoyo. Os quiero —dijo en voz baja, mirándolos uno a uno con agradecimiento.

Poco después se marcharon, y April se fue a la cocina. Los lavaplatos lo estaban limpiando todo. Había pasado una cena de Acción de Gracias muy bonita, y su revelación inesperada había salido mucho mejor de lo que preveía. Su padre se había portado maravillosamente, su madrastra se había mostrado tan cariñosa como siempre, Valerie parecía estar haciéndose a la idea, siempre que nadie la llamase «abuela», y sus hermanas habían prometido ayudarla. No podía pedir más. Con un suspiro se quitó el delantal y subió a su piso. Se dejó caer en la cama, agotada física y emocionalmente. Se sentía muy afortunada por contar con su familia, con el restaurante y con el bebé que vendría, con sus ventajas y sus inconvenientes. Confiaba en que todo saliera bien. Cerró los ojos y se durmió tan pronto como su cabeza tocó la almohada. Había sido un día largo y decisivo.

6

Al día siguiente April se despertó temprano y se sentó en la cocina a tomarse una taza de café con leche. No había llegado nadie todavía y, de forma excepcional, tenía el restaurante para ella sola. El personal lo había dejado todo ordenado la víspera, y las mesas estaban ya dispuestas para el almuerzo. April pensaba en lo que su padre había dicho y en su cariñoso brindis. Entonces tomó por fin la decisión con la que llevaba semanas lidiando. Subió a su despacho y buscó el teléfono de Mike. Tenía el número de la redacción del periódico y un teléfono móvil. Mike respondió al segundo timbre. Su voz era profunda y sexy, pero cuando supo quién le llamaba no pareció muy contento. No era un comienzo alentador, pero April decidió seguir adelante de todos modos. No quería darle la noticia por teléfono, así que lo invitó a cenar en el restaurante. Mike respondió en un tono vacilante y no exento de dureza:

—Es demasiado pronto para escribir otra crítica —le advirtió, y luego su voz se suavizó un poco—: Lamento lo que dije. Es que pienso que podrías aspirar a más.

Por los platos que April había preparado, Mike se daba cuenta de que sus habilidades le habrían permitido ofrecer unas preparaciones mucho más elaboradas. Además, sabía por su currículo que había trabajado en restaurantes muy importantes. Aparte del surtido de exquisiteces de la carta, Mike no tenía ni idea del motivo que la llevaba a querer servir una comida que cualquiera podía preparar en su propia casa. No había entendido en absoluto lo que era April in New York, pero eso a April le daba lo mismo. No quería otra crítica, aunque fuese mejor; solo quería hablarle del hijo que esperaba. Y si nunca volvían a verse después de eso, a ella ya le estaba bien. No se hacía ilusiones de tener una relación con él, dado que nunca la había llamado. Y ni ella ni su hijo necesitaban nada de él. Contaba con el apoyo de su familia y esperaba poder ocuparse de sí misma y también de un bebé. Saber eso le facilitó la llamada, fuesen cuales fuesen las motivaciones que él le atribuyera. Desde luego, Mike andaba muy desencaminado.

—El restaurante parece funcionar —dijo ella sin darle importancia.

No quería hablar de ese tema con él. Los dos tenían puntos de vista completamente distintos, y después de leer otras críticas suyas sabía que era un esnob gastronómico, a diferencia de ella.

—A la gente le gusta —añadió April—, y esto es lo que siempre quise hacer. Un restaurante como este era mi sueño. Supongo que no está hecho para todo el mundo, pero a nosotros nos va bien. Y no llamaba para otra crítica —le corrigió—. ¿Cómo te fue el día de Acción de Gracias? —preguntó en un tono agradable.

—No celebro las fiestas. Y de todos modos detesto el pavo.

—No estaban empezando demasiado bien. Y luego, incómodo, Mike sacó otro tema embarazoso para ambos—: Siento no haberte llamado después de aquella noche. Fue genial, pero pensé que al ver la reseña te enfadarías conmigo, así que decidí no llamarte. Resulta un poco extraño escribir una mala crítica sobre un restaurante y luego invitar a salir a la propietaria. Sin embargo, lo pasé muy bien, y si fui un maleducado al no llamar después, lo siento.

Al menos tenía la decencia de sentirse avergonzado y de reconocer que la crítica fue dura. No carecía por completo de modales ni de cerebro, aunque no tuviese corazón. En efecto, su voz sonaba muy fría a través del teléfono.

—No te preocupes —contestó April con desenvoltura—. Simplemente me preguntaba si te gustaría venir a cenar. No es una cita ni trato de hacerte la rosca. Tampoco intentaré emborracharte esta vez.

Ambos se echaron a reír ante su confesión implícita.

—Los vinos eran fantásticos —admitió él. También había mencionado ese detalle en su despreciativa crítica. Fue lo único positivo que dijo, que April tenía una carta extraordinaria de vinos poco conocidos, excelentes y económicos. Ya era algo—. Y tú también estuviste fantástica —dijo animándose un poco—, aunque no recuerdo gran cosa. Hacía años que no bebía tanto. Tuve tres días de resaca.

Se echó a reír, pero April sospechó que no se reiría cuando se enterase del otro suceso que se había producido aquella noche. Y las consecuencias de aquella aventura no iban a perdurar tres días, sino el resto de sus vidas, o al menos de la de ella, ya que él no tenía por qué implicarse.

—Sí, yo también —reconoció April—. No suelo hacer ese tipo de cosas. El vino se me subió a la cabeza.

También se le subió a otras partes. Mike era más joven y atractivo de lo que ella esperaba. Tenía treinta y cuatro años, era soltero y tremendamente sexy. Habría sido difícil resistirse con todo aquel vino en el cuerpo.

—Eso es lo que dice todo el mundo —replicó él con un tono de broma.

Aquel ligue de una noche hacía que ambos se sintieran avergonzados, aunque lo estaban llevando bastante bien a través del teléfono. April estaba contenta de haber llamado. Sus padres tenían razón. Para ser un esnob gastronómico y un ligue de una noche que no la había llamado después, no parecía mal tipo.

—¿Te apetece venir a cenar esta noche en plan relajado? —insistió.

Mike se sintió halagado. Era una chica muy guapa, y no había nada que pudiera hacer por ella, dado que ya le había dicho que no podía escribir otra crítica del restaurante tan pronto, lo cual era cierto.

—Estamos a tope, pero si vienes sobre las nueve puedo guardarte una mesa pequeña al fondo. Y no te daré pavo ahora que sé que lo detestas. ¿Qué te parece langosta?

—Excelente. Antes intentaré acudir a una reunión de Alcohólicos Anónimos —dijo bromeando.

Tenía sentido del humor, y eso ya era algo. April había evitado hablar en un tono seductor o interesarse siquiera por él como hombre. No quería que tomase la cena por lo que no era. Quería transmitirle la impresión de que deseaba ser su amiga. Incluso eso sería llevar las cosas demasiado lejos, aunque resultaría útil si iban a tener un hijo en común.

—Gracias por invitarme —añadió él en un tono distendido—. Nos vemos a las nueve.

Lo impresionaba que ella le hubiese llamado después de la mala crítica que le había hecho, pero se habían acostado juntos y eso debía de significar algo. Por su parte, aunque April le gustaba mucho, no le había parecido políticamente correcto telefonearla tras despotricar contra ella y su restaurante. Había estado a punto de no escribir la crítica para poder volver a verla, pero al final decidió ser fiel a sí mismo como periodista. Se lo debía a su periódico. Así que, lamentándolo mucho, había renunciado a ella. Se alegraba de que April le hubiese llamado de forma inesperada para invitarlo a cenar, aunque no podía imaginar por qué. Sin embargo, debía reconocer que el sexo había sido fantástico para los dos a pesar de lo mucho que habían bebido. Era evidente que ella también se había quedado impresionada. Lo suficiente para llamarle tres meses más tarde. Y se alegraba de que lo hubiera hecho. Estaba deseando que llegase esa noche.

Mike apareció en el restaurante pocos minutos después de las nueve. Era aún más atractivo de lo que April recordaba. Tenía al mismo tiempo un aspecto serio y un aire infantil. Al verlo, el corazón le dio un vuelco. Su apariencia informal, con tejanos, botas de senderismo y un viejo jersey holgado, le resultó muy sexy. April recordó que Mike había estudiado periodismo en

Brown con la intención de llegar a ser corresponsal de guerra. Un ataque de malaria sufrido en su primer trabajo le había enviado a casa durante un año. Cuando se recuperó del todo, lo asignaron a la sección de gastronomía y se convirtió en crítico de restaurantes. No le gustaba demasiado, y habría preferido dedicarse a un campo que lo apasionara más, pero estaba bien considerado y tenía un buen empleo. Eso explicaba algunos de los comentarios mordaces que escribía. Sentía cierto menosprecio por algunos de los restaurantes que cubría y por muchos de los chefs. Sin embargo, al director del periódico le gustaban sus comentarios sarcásticos y sus frases ásperas. Era su estilo. Llevaba diez años haciendo críticas que contaban con mucho seguimiento, así que, le gustase o no, estaba bloqueado en ese puesto.

Nada más llegar al restaurante, buscó con la mirada a April. El jefe de sala lo acompañó a la mesa que compartirían, situada en un rincón tranquilo del fondo. Poco después April salió de la cocina con su delantal, secándose las manos en un trapo que le dio a un ayudante de camarero. Se paró en varias mesas para saludar a sus clientes, sonrió al ver a Mike y por fin se sentó. Estaba claro que no se había vestido para una cita. Su cabello oscuro estaba recogido sobre la cabeza en una cola de caballo hecha de cualquier manera, no se había maquillado y llevaba unos zuecos, los tradicionales pantalones a cuadros blancos y negros y una casaca de chef blanca, cubierta de manchas de la comida que había preparado esa noche.

Tenía la cara un poco más redondeada de lo que Mike recordaba, aunque le sentaba bien. Los ojos de color avellana de la chef parecían un tanto preocupados mientras, con una sonrisa, le daba las gracias por aceptar su invitación. April pidió una botella de vino chileno para los dos y le ofreció a Mike las últimas trufas blancas con pasta, además de la langosta que le había propuesto por teléfono. A él le pareció que sería una comida perfecta, mucho mejor que el pastel de carne, el pollo asado o el bistec tártaro por los que tenía fama el local. Los gustos de Mike eran más refinados, y su paladar más crítico, pero April ya lo sabía.

Y los vinos que Jean-Pierre les aconsejó para acompañar la cena eran todavía mejores que los que Mike había tomado con ella en la ocasión anterior.

—¿Ves a qué me refiero? —dijo él saboreando la pasta y a continuación la langosta—. Eres mejor de lo que sueles hacer. ¿Por qué quieres preparar hamburguesas cuando ahora mismo podrías estar en París, consiguiendo tres estrellas para tu restaurante, o incluso obtenerlas aquí en Nueva York? Trabajas por debajo de tus posibilidades, April. Eso es lo que trataba de decir en mi crítica.

Mike había escrito una reseña más negativa de lo que él pretendía y se arrepentía un poco de haber sido tan duro. Sin embargo, creía que la esencia era cierta.

—¿Con qué frecuencia crees que la gente quiere tomar comida así? —le preguntó April con franqueza—. ¿Una vez al mes, cada dos meses para una ocasión especial? Nadie puede comer de ese modo todo el tiempo. Yo no puedo, y si pudiera tampoco querría. Quizá tú sí, pero no es el caso de la mayoría de las personas. Nuestros clientes habituales vienen aquí una o dos veces por semana, algunos más incluso. Quiero preparar la mejor versión posible de lo que quieren comer cada día y de vez en cuando algún capricho exótico, como pasta con trufa o caracoles. Esta es exactamente la clase de restaurante que siempre he querido tener. Aún así, podemos servir cosas especiales, y las servimos. También ofrecemos eso, pero sobre todo pretendo ofrecer comida auténtica a personas reales de la vida real. Ese es el sentido de este restaurante.

Esa era su teoría desde el principio, y había funcionado. Durante toda la noche las mesas que los rodeaban permanecieron ocupadas, y casi a medianoche seguía entrando gente que deseaba cenar. Mike se había fijado en ello mientras charlaba con ella acerca de restaurantes de Francia y de Italia que a ambos les encantaban. Ya el día en que se conocieron se había percatado de que April conocía su oficio y además entendía de vinos.

—Quizá no estuve muy acertado —reconoció—. Sencillamente pensé que eras una perezosa y que no querías complicarte la vida.

April se echó a reír. De perezosa no tenía nada, y todos los que la conocían lo sabían muy bien.

—Quiero servir la comida favorita de la gente, sea la que sea, tanto si es sofisticada como si es sencilla. Quiero que deseen venir a mi restaurante cada noche. A mi madre y a mí nos encanta La Grenouille, pero yo no puedo ir allí cada día, aunque mi madre sí, o casi. Quizá yo sea una persona más simple que tú y que ella. A veces necesito comida reconfortante. ¿Tú no?

—A veces —confesó él con timidez—. Cuando quiero eso voy a una crepería, no a un restaurante de primera. Si salgo a cenar, quiero una comida excelente —dijo saboreando el último trozo de langosta.

En su opinión, la cena había sido absolutamente perfecta, de cuatro estrellas, y se habría ganado una crítica impecable por su parte si hubiera tenido que escribirla.

—De eso se trata —insistió April—. Aquí puedes comer unas crepes fantásticas, o gofres, o puré de patatas, o macarrones con queso. Deberías probar mis crepes alguna vez —le recomendó muy seria.

Él se echó a reír al ver su expresión solemne. April creía realmente en lo que hacía, y él no lo había entendido la otra vez. Quizá estaba demasiado borracho. Pero eso fue culpa de ella, que lo sumergió absolutamente en vinos demasiado buenos para resistirse. Esta noche estaba actuando con más prudencia. No quería volver a beber demasiado y hacer el ridículo. Le gustaba April y su pasión por su restaurante.

—Vale, la próxima vez que me compadezca de mí mismo volveré a por las crepes.

—Siempre que te apetezca venir serás bienvenido. Las crepes corren de mi cuenta.

—Has sido muy amable al invitarme esta noche. Supuse que me odiarías después de lo que escribí sobre tu restaurante.

—Te odié durante algún tiempo —dijo ella con franqueza—, pero lo he superado.

—Pues me alegro, porque la cena de esta noche ha sido fantástica —dijo Mike. Empezaba a entender que April trataba de hacer algo para todo el mundo, del paladar más refinado al más simple, e incluso comida de la que les encantaba a los niños. Su teoría tenía cierto mérito, aunque a él se le escapó la otra vez—. Bueno, ¿y por qué me has invitado a venir si no puedo escribir una reseña tan pronto y tú misma has dicho que no era una cita? ¿Para enterrar el hacha de guerra con langosta y pasta con trufa blanca? —preguntó con una expresión divertida.

Ella le sonrió, preguntándose si el hijo que esperaban se parecería a él o a ella, o sería una combinación de ambos. Se le hacía extraño pensar en eso.

—Tengo que decirte algo que creo que deberías saber. No necesito nada de ti, pero me parece que tienes derecho a esta información —empezó sin andarse con rodeos. Quería hacérselo saber. Eso era todo. Iba a tener un hijo suyo, y él tenía derecho a decidir si quería o no tener algo que ver en el asunto. Si no quería, ella lo aceptaría. No esperaba nada de él—. Cuando nos vimos en septiembre estaba tomando un antibiótico para una infección de garganta. No caí en la cuenta de que podía pasar, pero anuló los efectos de la píldora que tomaba y, si he de ser sincera, aquella noche me emborraché tanto que además me olvidé de tomarla. Estoy embarazada de tres meses. Tendré un bebé en junio. Me enteré hace cuatro semanas y decidí tenerlo. Tengo treinta años y no quiero abortar. Si no quieres, no tienes por qué tener nada que ver conmigo ni con el niño, pero considero que debes saberlo y que por lo menos tengo que darte la posibilidad de decidir.

April había sido lo más directa y sincera que podía. Él la miró como si se hallara en estado de choque. Se había puesto pálido. Su pelo era tan oscuro como el de ella, tenía los ojos castaño oscuro y su rostro estaba blanco como el mantel cuando replicó:

—¿Hablas en serio? ¿Y me lo dices ahora? ¿Para esto me has invitado a cenar? ¿Estás loca? ¿Vas a tenerlo? Ni siquiera me conoces. No sabes si soy un asesino en serie, un lunático o un pederasta. Además, ¿piensas tener un hijo de un tío con el que te has acostado una sola vez? ¿Por qué no abortas? ¿Por qué no me preguntaste qué me parecía antes de que fuese demasiado tarde para hacer algo al respecto? —preguntó, furioso, mientras sus ojos la miraban encendidos de ira.

Por un momento, April se arrepintió de habérselo contado.

—Porque mi decisión de tenerlo no es asunto tuyo —dijo con la misma aspereza—. Se trata de mi cuerpo y de mi bebé, y no te pido nada de nada. Ni siquiera tienes que volver a verme si no quieres. Y, francamente, a mí me importa un comino lo que hagas. No tienes por qué ver al niño en toda tu vida. Eso es cosa tuya, aunque si hubiese por el mundo un niño que fuese mío, yo querría saberlo para poder decidir si formar parte o no de su vida. Esa es la oportunidad que te estoy dando, sin compromisos. No tienes que mantenernos ni a mí ni al niño, ni contribuir en nada. Puedo arreglármelas sola, y si no puedo, mis padres están dispuestos a ayudarme, lo cual es un detalle por su parte. Pero pensaron, y yo estuve de acuerdo, que te debía al menos la información de que tendrás un hijo en junio. Eso es todo. Lo demás es cosa tuya.

April lo fulminó con la mirada y él la observó durante un minuto, echando humo por las orejas. Tenía que reconocer que ella estaba haciendo lo correcto, pero él no quería un hijo, ni con ella ni con nadie. Lo había tenido claro toda la vida. Y ella lo estaba estropeando todo. Habría de decidir si quería o no ser padre. Lo quisiera él o no, y sin consultárselo siquiera, April iba a tener un hijo suyo porque ambos habían sido lo bastante estúpidos para emborracharse y acostarse juntos y porque el método anticonceptivo que utilizaba ella no había funcionado. ¿Qué tenía de romántico aquello? Pero ella tampoco parecía sentimental. Solo sincera y práctica, y trataba de ser justa con él. Pero a él no le gustaba de todos modos. Lamentaba haber ido a cenar y haberse enterado, y aún lamentaba más haberse acostado con ella tres meses atrás.

—¿Y quiénes son tus padres, que se lo toman con tanta elegancia?

April se sorprendió de la pregunta. A aquel hombre le costaba imaginar a unos padres de una treintañera dispuestos a prestarle su apoyo. Mike ni siquiera conocía padres así. Desde luego, los suyos no lo eran. Hacía diez años que no los veía y no quería volver a verlos.

—Mis padres son gente normal y agradable —le contestó ella directamente—. Mi padre es profesor de Historia Medieval en Columbia, mi madrastra es logopeda y una mujer maravillosa, y mi madre es Valerie Wyatt. Habla de decoración del hogar y de organización de bodas en televisión —dijo, como si tuviese un trabajo como el de cualquiera.

—¿Estás de broma? —dijo él mirándola fijamente—. ¿Esa es tu madre? Por supuesto…, Wyatt… ¿Por qué no se me ha ocurrido? Por el amor de Dios, tu madre es el árbitro de todo lo que sucede en el hogar y en las bodas. ¿Qué opinan de esto? ¿No creen también que estás loca al tener ese niño? ¿Cómo te las vas a arreglar tú sola con un restaurante y un crío?

—Eso es problema mío, no tuyo. No te estoy pidiendo que vengas a cambiar pañales. Puedes visitarlo si quieres, pero si no lo haces a mí me da igual.

—¿Y si quiero más? —dijo él en un tono airado. Se sentía furioso por la jugarreta que ella y el destino le habían hecho. Comprendía que a April también le había sucedido, pero ella había decidido tenerlo. Él nunca lo habría hecho. Y su plan de tenerlo le parecía absolutamente estúpido y equivocado. En su opinión, no era justo traer al mundo a un niño cuyos padres no se amaban. Sin embargo, a ella le parecía aún peor librarse de él, así que lo tendría, tanto si él quería involucrarse como si pretendía desentenderse—. ¿Y si quiero ser padre y quiero la custodia compartida, por ejemplo? No digo que sea así, y no lo es. Pero ¿y si lo fuese? ¿Qué harías entonces, ya que te muestras tan independiente al respecto? ¿Compartirías el niño conmigo?

La idea dejó a April atónita.

—No lo sé —dijo en voz baja—. Supongo que tendríamos que hablarlo y llegar a algún acuerdo.

A April no le gustó cómo sonaba. No conocía lo bastante a Mike para saber si podía confiarle a un niño, pero él tenía razón. El hijo también era suyo.

—Pues quédate tranquila, que no quiero hijos. Nunca los he querido. Mi niñez fue una pesadilla, con unos padres alcohólicos y maltratadores. Mis padres se odiaban y me odiaban. Mi hermano se suicidó a los quince años. Lo último que quiero en el mundo es una esposa y unos hijos. No tuve infancia y no quiero joder la de nadie. Un mes antes de conocerte rompí con una mujer de la que estaba enamorado. Estuvimos juntos cinco años, y al final me lo planteó. Quería casarse y tener hijos, o encontrar a otro hombre que quisiera. Le di mi bendición, le di un beso de despedida y la dejé. No quiero un hijo, April, ni tuyo ni de nadie. No quiero ser responsable de que alguien sufra como sufrí yo de niño. No creo que valga para padre, pero tampoco quiero abandonar a nadie. Si no veo a ese niño ni me implico en su vida de algún modo, siempre me sentiré como si lo hubiese rechazado. No está bien que me hagas esto ni que se lo hagas al crío. Está bien que digas que te las arreglarás sola y que tus padres te ayudarán. Pero ¿cómo vas a explicarle que su padre pasó de vosotros? ¿De qué modo le afectará eso? ¿En algún momento pensaste en eso cuando decidiste tenerlo? Puede que abortar te parezca una crueldad, pero entre nosotros no hay nada ni lo habrá nunca. No es justo traer a este mundo a un niño al que solo quiere su madre y que su padre nunca quiso.

—¿Y si estuviésemos casados y enamorados y murieras? ¿Qué sucedería entonces? ¿Debería matar al niño también solo porque tú no estuvieras?

April tenía razón, pero Mike no pensaba admitirlo. Se mostraba inflexible en aquel tema, y había renunciado a una mujer a la que amaba por lo mismo. Ella había abortado dos veces en cinco años y se negaba a seguir haciéndolo. Quería hijos, y él no.

—Eso es diferente, y lo sabes.

Mike se removió en su asiento, echando humo por las orejas. La velada se había convertido en un fracaso. La cena con langosta no había valido la pena, y no quería volver a ver a April nunca más. Siempre estaba manipulándolo de algún modo, con algún motivo y algún plan oculto, pero en su opinión aquello era lo peor de todo. Darle una comida exquisita con el propósito de decirle lo del bebé que iba a tener y que él no quería era mucho más grave que emborracharlo para conseguir una buena crítica.

—Mike, mucha gente pertenece a familias monoparentales, y hoy en día muchas mujeres tienen hijos sin hombres. Acuden a bancos de esperma o les piden a sus amigos homosexuales que les donen su esperma para saber quién es el padre. Gais y lesbianas adoptan. No estoy diciendo que sea lo ideal, pero mucha gente sin pareja tiene hijos. A veces ocurre lo mismo, aunque una pareja se quiera, si uno de los miembros muere o desaparece. Vi al niño en la ecografía, le latía el corazón, tenía aspecto de bebé, algún día será un bebé, una persona. Yo tampoco quería tener un hijo, no lo tenía previsto en este momento y no me resultará fácil. Tienes razón, no sé quién demonios eres ni si eres buena persona. Pero no voy a matar a este bebé, a mi bebé, a nuestro bebé, porque tus padres fueran unos cabrones contigo. Siento muchísimo que te ocurriera, y esas cosas no deberían pasar, pero a veces pasan. Sin embargo, ahora que está aquí y ha pasado, este bebé tiene derecho a vivir, así que voy a darle esa oportunidad, aunque a mí no me venga bien. Lo haré lo mejor que pueda. Y tengo dos madres, un padre y dos hermanas que también lo querrán.

»Si quieres aportar algo y ser su padre, genial. Y si no, tampoco hay problema. Esto es un accidente que nos ha ocurrido a los dos. Trato de sacar el máximo partido de una situación difícil. No podemos hacer nada más.

Se estaba mostrando muy sensata, pero él negó con la cabeza tristemente. Había tenido la misma conversación con su anterior novia antes del segundo aborto. A ella había conseguido convencerla, pero podía ver que April lo tenía decidido. Mike estaba jodido, o al menos así se sentía.

—Esto es un accidente que puede arreglarse si eres razonable —dijo Mike en voz baja y muy seria, aún con la esperanza de disuadirla—. Si quieres hijos, búscate a algún tío que también los quiera. Yo no soy ese tío y nunca lo seré. No quiero hijos. No quiero estar casado con nadie, April, y no quiero este bebé.

Ella tampoco quería saber nada de él, pero aún así iba a tener a su hijo y nada la convencería de lo contrario. Mike lo veía en sus ojos.

—Yo no buscaba tener hijos —dijo ella con claridad—. No voy detrás de ti. No quiero nada de ti. Pero voy a tener este niño. Si quieres o no estar implicado, o verlo siquiera, es cosa tuya. Te avisaré cuando nazca el bebé y podrás decidir entonces.

April se daba cuenta de que estaba muy enfadado con ella, aunque sobre todo estaba asustado. Lo había obligado a afrontar algo que se había esforzado en evitar hasta entonces, renunciando incluso a una mujer a la que amaba de verdad. Le dijo a April que su ex novia salía ya con otra persona y esperaba casarse pronto. Tenía treinta y cuatro años y pensaba que no tenía tiempo que perder si quería hijos. Mike dijo que había preferido renunciar a ella. Y April acababa de soltarle la noticia de que un bebé estaba ya en camino. Desde el punto de vista de él, era una crueldad.

Finalmente se levantó, furioso.

—Gracias por la cena —dijo con frialdad—, aunque no estoy seguro de que haya valido la pena, dada la indigestión aguda que sufro ahora mismo. Cuando sepa lo que quiero te llamaré.

—No hay prisa —dijo ella en voz baja, levantándose y situándose frente a él. Era preciosa, pero a Mike no le importaba en ese momento. Solo podía pensar en lo que ella acababa de decirle—. El bebé no nacerá hasta junio. Gracias por venir a cenar. Siento que haya sido una noticia tan mala para ti.

Él asintió con la cabeza sin decir nada y salió del restaurante con la cabeza gacha, sin volverse a mirarla siquiera. Los camareros y el sumiller comprendieron que habían tenido una discusión. Sabían que se trataba del crítico que les había hecho una mala reseña tres meses atrás. Resultaba obvio que iba a tardar mucho en hacerles una buena crítica.

7

Al día siguiente April les contó a sus padres cómo había ido su encuentro con Mike Steinman. Valerie lamentó lo sucedido y Pat se enfureció. En su opinión, aquel hombre podría haberse comportado mucho mejor.

—No quiere hijos, papá —dijo April con calma, aunque ella también estaba disgustada. Sin embargo, no había nada que pudiera hacer—. Rompió con una mujer a la que quería con locura con tal de no tener hijos con ella.

Estaba tratando de ser razonable al respecto, aunque la postura de Mike le había parecido dura y extrema, igual que su crítica. Supuestamente, él era así. Y no era un rasgo de él que le agradase, pese a su evidente atractivo e inteligencia. Al parecer, lo habían maltratado mucho de niño. April lo sentía por él, pero pensaba que eso no era excusa para su comportamiento.

—Tú tampoco querías un hijo —le recordó su padre—, pero estás sacando el máximo partido de lo que ha pasado. ¿Por qué no puede él hacer lo mismo?

Tenía razón.

—No quiere, papá. No te preocupes. No pasa nada.

—Creo que es un absoluto imbécil.

—Tiene derecho a estar disgustado —dijo ella en voz baja.

Se lo tomaba con madurez, o lo intentaba, pero la noche anterior había llorado. Mike se había mostrado muy desagradable.

Y se quedó atónita al verlo entrar en la cocina del restaurante al día siguiente a mediodía, cuando ya se había marchado el último cliente. April estaba en la cocina, comentando las nuevas compras de vino con Jean-Pierre, el sumiller. Este desapareció tan pronto como entró Mike. Parecía acalorado, aunque más tranquilo que cuando se marchó el sábado por la noche. El sumiller se preguntó qué sucedía entre ellos. Aquello parecía más personal que de negocios.

—¿Puedo hablar contigo un momento? —preguntó Mike con sequedad.

Tenía aspecto de no haber dormido en dos días e iba sin afeitar. Parecía muy atormentado y descontento, aunque mucho menos enfadado con ella.

—Claro —dijo ella con calma.

La acompañó a su despacho, en el piso de arriba. Le señaló una silla, pero él no se sentó. Todos los muebles del despacho eran viejos, feos y desvencijados. Los había comprado de segunda mano para ahorrar dinero.

Mike miró a April intensamente.

—Oye, siento haberme disgustado tanto la otra noche y haber sido tan duro contigo. Es que no esperaba que ocurriera esto. Es mi peor pesadilla hecha realidad. Respeto lo que tratas de hacer y que asumas tu responsabilidad. Y siento no poder hacer lo mismo. Ojalá nunca nos hubiera ocurrido esto a ninguno de los dos. No quiero un crío, pero tampoco quiero ser alguien que abandona a un crío y genera aún más problemas. Me gustaría que abortaras, pero si no lo haces tengo que reflexionar. Dame tiempo para pensar y me pondré en contacto contigo. Eso es lo mejor que puedo hacer de momento.

April lo miró y apreció que al menos se lo estuviese planteando. Podía ver lo difícil que le resultaba. Lo más probable era que no fuese un gilipollas ni un mal tío, sino alguien que había sufrido mucho, alguien que no quería hacer sufrir a otros y simplemente no quería tener hijos. Daba la impresión de lamentar el día en que había puesto los pies en el restaurante.

—Gracias por pensarlo, Mike —dijo April en voz baja—. Siento que esto sea tan difícil para los dos. No debería ser así.

Ningún niño se merecía venir al mundo con unos padres afligidos y destrozados. Al menos ella ya no se sentía así. Había momentos en que el bebé le hacía incluso ilusión, y sabía que cuando por fin lo viese se sentiría feliz. Le parecía evidente que a Mike no le ocurriría lo mismo. Estaba demasiado asustado para disfrutar de él. Pero trataba de ser responsable, y ella lo respetaba por eso.

—Te llamaré —dijo él tristemente.

La miró un poco más, bajó las escaleras a toda prisa y desapareció. Cuando April volvió a entrar en la cocina, se había ido. No sabía cuánto tardaría en llamarla. Quizá no la llamara hasta después de que naciese el bebé, si es que la llamaba entonces. Desde luego, no pensaba ir detrás de él. Y si nunca volvía a tener noticias suyas, tendría que aceptarlo. Por fortuna, no estaba enamorada de él. Era el padre de su bebé. Ni más ni menos.

Esa tarde, al hablar con su madre, le contó la visita de Mike.

—Al menos lo está intentando —dijo April con generosidad.

—Tiene suerte de que no le denuncies para que te pase una pensión —le recordó su madre—. Otra mujer lo habría hecho.

—Da igual. No cuento con él para nada. Puede que todo sea más fácil si él no se implica.

Así pensaba desde el principio, y solo había contactado con él para hacer lo correcto. Ya había cumplido con su parte, y la decisión que Mike tomase era cosa suya. April no tenía expectativas ni se hacía ilusiones respecto a él.

Días después de ver a April por última vez, Mike seguía sin poder pensar con claridad ni concentrarse en su trabajo. Debía escribir la crítica de tres restaurantes nuevos y no se le ocurría ni una palabra que decir. No recordaba lo que había comido allí; todo cuanto lo rodeaba se había convertido en una imagen borrosa. Estaba en la redacción del periódico, sentado ante el ordenador, clavando en la pantalla una mirada inexpresiva, cuando Jim, un amigo suyo desde hacía mucho tiempo, se detuvo ante su mesa con una sonrisa. Mike llevaba toda la semana sin afeitarse, y su confusión mental asomaba a su rostro. Su expresión era una mezcla de desesperación y de desaliento.

—No puede ser tan malo —dijo Jim, apoyándose contra la mesa de Mike.

—La verdad es que es mucho peor.

Miró a Jim tristemente. Llevaban cinco años compartiendo un cubículo en la redacción del periódico y ya eran amigos antes. Mike lo consideraba su mejor amigo y tenía ganas de contarle lo que le había ocurrido, aunque todavía estaba demasiado disgustado. Hablar de ello haría que le pareciese real e irreversible.

—Parece que se te haya caído el mundo encima.

Jim estaba seguro de que no iban a despedir a Mike, pues al director del periódico le encantaban las reseñas que escribía. Además, hacía algún tiempo que no tenía novia, así que no podía haber roto con nadie. Jim no podía imaginarse por qué estaba tan disgustado.

—Eso es lo que ha ocurrido —confirmó Mike con una expresión desolada mientras Jim, atento, se sentaba en la esquina de su mesa—. El fin de semana pasado.

—¿Les pasa algo a tus padres? —preguntó Jim compasivamente.

Sabía que Mike tenía una relación lamentable con ellos desde hacía años.

—¿Quién sabe? Ya nunca me llaman, y yo tampoco los llamo. La última vez que los llamé mi madre estaba tan borracha que ni siquiera supo quién era yo. Supuse que no echarían de menos las llamadas.

Jim asintió con la cabeza. Conocía la situación.

—Entonces ¿qué pasa?

Mike parecía insólitamente reacio a contar lo que le preocupaba. Los dos hombres solían confiarse todos sus secretos.

—El fin de semana del día del Trabajo hice la reseña de un restaurante —empezó—. No me gustó nada la comida… Bueno, eso no es del todo cierto. Me gustó la comida, pero pensé que la carta no cumplía las expectativas. Era comida de restaurante barato preparada por una chef de primera categoría, capaz de hacerlo mucho mejor. Le hice una crítica pésima.

Parecía lamentarlo.

—¿Y ha presentado una demanda? —sugirió Jim.

Mike negó con la cabeza.

—No. Por lo menos, todavía no. Aunque podría hacerlo con el tiempo —dijo en un tono críptico.

Jim sonrió. Si se trataba de eso, sabía que Mike no tenía de qué preocuparse. Una mala reseña no le daba al restaurante fundamento para presentar una demanda, si lo que había dicho en esencia era que no le gustaba la comida.

—No puede presentar una demanda por eso. Ostras, si eso fuese cierto, te demandarían tres veces por semana —comentó Jim entre risas.

—Podría presentar una demanda de manutención infantil —dijo Mike sin rodeos.

Jim se puso serio y miró a su amigo durante largo rato.

—¿Te importaría explicármelo? Me parece que me he perdido algo.

También Jim parecía preocupado.

—Lo que yo perdí fue mi autocontrol —le confesó Mike, sintiéndose como un tonto—. Ella tenía una carta de vinos genial, y debí de probar media docena de vinos distintos. Nos emborrachamos juntos. Es una mujer guapísima. No recuerdo exactamente cómo ni cuándo sucedió, pero sé que al final acabamos en la cama, y lo poco que recuerdo fue impresionante. Habría sido memorable y habríamos vuelto a vernos de no haber sido porque decidí escribir la reseña de todas formas. Puse el restaurante como un trapo, así que pensé que sería de mal gusto llamarla. Tampoco tuve noticias suyas, hasta la semana pasada. Me invitó a cenar otra vez en el restaurante, y yo me lo tomé como una especie de oferta de paz. Resulta que me invitó a cenar para decirme que está embarazada.

Cuando acabó de hablar, Mike casi parecía enfermo.

—¿Y quiere dinero? —concluyó Jim, atónito.

El resto de lo sucedido le resultaba un tanto vago.

—No, ni un céntimo —dijo Mike con una expresión sombría—. Su madre es una famosa personalidad de la televisión y el restaurante tiene éxito, a pesar de lo que escribí sobre él. No quiere nada de mí, ni siquiera me invitó a participar en la decisión. Ha decidido tener el bebé, y solo pretendía informarme. —Mike observó con tristeza a su amigo, que lo miraba consternado—. Haga lo que haga, estoy jodido. O me mantengo a distancia de ella y del bebé, y entonces soy un gilipollas que está arruinando la vida de un crío inocente, o me implico, y entonces me meto de lleno en una situación que haría cualquier cosa por evitar. No quiero un hijo, nunca. Después de mi infancia, me prometí hace años que nunca tendría hijos. Y ahora esa mujer, esa desconocida, me hace esto. No puedo creérmelo. Y nada logrará que cambie de opinión. Créeme, lo he intentado. Está absolutamente decidida a tener ese bebé, y le importa tres pitos si participo o no. Creo que ella casi preferiría que no me implicara.

Y en cierto modo era verdad. Mike lo había percibido en el modo de darle la noticia. April no esperaba nada de él, y eso empeoraba la situación. Se mostraba tan generosa que la reacción automática y visceral de Mike quedaba aún peor. No quería el bebé.

—¿Parece buena persona? —preguntó Jim con interés, aún atónito por lo que Mike acababa de contarle.

—Sí, aunque solo puedo pensar en el bebé que me ha endosado.

—Si no te pide nada, no parece que te lo «endose» —le hizo notar Jim, tratando de ser justo.

—No desde el punto de vista económico, pero si tiene ese bebé me carga con la responsabilidad de la paternidad durante el resto de mi vida —dijo Mike, enfadado de nuevo.

—Quizá no sea lo peor que podría pasarte —dijo Jim en un tono reflexivo. Tenía dos años más que Mike, llevaba catorce felizmente casado y tenía tres hijos a los que quería con locura.

Siempre le aconsejaba a Mike buscarse a una buena mujer con quien casarse y tener hijos, pero Mike se mostraba inflexible al respecto—. Ya que va a tener el bebé de todos modos, ¿por qué no pasas algún tiempo con ella para conocerla, a ver qué te parece entonces? Es difícil no enamorarte de tus propios hijos —le hizo observar Jim.

Él había estado presente en el nacimiento de todos sus hijos, un acontecimiento que le había cambiado la vida, pero nunca se había resistido a tener hijos como le ocurría a Mike, y además Jim amaba a su mujer.

—Es curioso, mis padres parecen habérselas arreglado para no enamorarse de mí —dijo Mike con una sonrisa apesadumbrada—. No creo que todo el mundo esté hecho para ser padre o madre. Esa noción es probablemente lo único que tengo en común con mis padres. Nunca quisieron hijos, y jamás pierden ocasión de decirlo. Yo soy lo bastante listo para no intentarlo.

—El destino parece haber decidido otra cosa —dijo Jim levantándose y yendo a sentarse en la silla situada ante su propia mesa, a pocos metros de la de Mike.

Jim era el principal crítico de arte del periódico y, como Mike, debía escribir varias críticas a la semana. Invitaba a menudo a Mike a asistir con él a inauguraciones de exposiciones de arte. Por su parte, siempre que podía, Mike se llevaba a Jim cuando tenía que hacer la reseña de un nuevo restaurante. Lamentaba no haber invitado a Jim la primera vez que fue a April in New York. De haberlo hecho, nada de aquello habría sucedido.

—Creo que deberías pensártelo muy bien —dijo Jim escogiendo sus palabras con cuidado—. Esto podría ser lo mejor que te ha pasado en la vida. No hay nada más milagroso que tener un hijo.

—¿De qué parte estás? —preguntó Mike, irritado, mientras intentaba concentrarse en la pantalla de su ordenador e ignorar todo lo que Jim acababa de decirle.

—Estoy de tu parte —dijo Jim en voz baja—. Quizá haya sucedido por algo —dijo en un tono críptico—. Los caminos de Dios son inescrutables —añadió con aires de suficiencia.

Mike estuvo a punto de responder con un gruñido.

—Esto no tiene nada que ver con Dios. Tiene que ver con dos supuestos adultos muy borrachos que bebieron demasiado vino y se metieron en un follón de mil demonios ellos solitos —dijo Mike, dispuesto a responsabilizarse del error y del comportamiento dudoso, pero no del niño.

—No estés tan seguro —dijo Jim, y luego se concentró en la pantalla de su propio ordenador.

Ninguno de los dos volvió a hablar en toda la tarde.

April no tuvo noticias de Mike en las tres semanas siguientes, aunque tampoco las esperaba. Le dijo a Ellen que le extrañaría volver a saber de él. Mike no quería el bebé, hasta el punto de que su solución al problema podía ser la negación absoluta de su existencia y de la del niño. De hecho, se quedó sorprendida cuando él la llamó al teléfono móvil una semana antes de Navidad, a media mañana, cuando April se estaba preparando para el turno del almuerzo. Tenían todas las mesas reservadas para las siguientes cuatro semanas. Había decidido incluso mantener el restaurante abierto el día de Navidad y el de Año Nuevo para los clientes habituales, que querían un lugar al que ir.

—¿April? —dijo con una voz sombría y tensa.

—Hola. ¿Cómo estás, Mike? —respondió ella, tratando de mantener un tono alegre para contrarrestar lo desdichado que parecía él.

—Estoy bien. —Parecía atareado—. Siento llamar con una noticia así, pero estaba entregando un artículo cuando aquí se ha armado un jaleo tremendo. He pensado que debías saberlo. Saldrá en las noticias dentro de unos minutos, y quería que lo supieras antes. En la cadena donde trabaja tu madre se ha producido un secuestro. Se cree que el edificio ha sido ocupado por media docena de hombres. Nadie sabe todavía cómo ha sucedido ni quiénes son. Las pantallas se han quedado en blanco, y tu madre se encontraba en mitad de su programa cuando ha ocurrido.

Valerie hacía un programa matinal varias veces por semana y un programa nocturno. April miró su reloj y comprendió que él estaba en lo cierto. Su madre se hallaba en mitad del programa matinal.

—¿Está bien? ¿Le ha pasado algo?

April parecía aterrorizada, y Mike lo lamentó por ella. Durante la última cena que habían compartido se había dado cuenta de la estrecha relación que tenía con su familia, aunque le costaba entenderlo.

—No lo sé. Las pantallas se han quedado en blanco. Creo que los secuestradores ocupan dos plantas y que en las demás plantas del edificio hay unidades de operaciones especiales. Aún no han atacado. Y han conseguido mantener el asunto fuera de las noticias durante media hora, pero están a punto de revelarlo. No quería que lo vieras en televisión —explicó Mike en un tono compasivo y preocupado.

—Gracias, Mike —contestó ella conteniendo las lágrimas—. ¿Qué puedo hacer? ¿Crees que puedo ir?

—No dejarán que te acerques. Quédate donde estás. Te llamaré si me entero de algo. Enciende el televisor. Creo que están dando la noticia.

—Gracias —susurró ella, y colgó.

Lo que le estaba sucediendo a su madre la tenía aterrorizada. Encendió de inmediato el televisor de la cocina. La información resultaba alarmante. Seis hombres armados habían ocupado el edificio de la cadena una hora antes. Costaba creer que hubieran podido conseguirlo, pero así era. Después de tomar los primeros rehenes, seguían reuniendo a más en dos plantas del edificio. Decían que iban muy armados con ametralladoras y armas automáticas, que eran de nacionalidad y de origen desconocidos, que podían ser de Oriente Medio, o incluso terroristas estadounidenses, y que habían cerrado dos plantas del edificio. Todos los rehenes estaban retenidos en esas plantas y nadie se había atrevido aún a tratar de liberarlos por temor a que los mataran. El presentador mencionó las plantas que estaban ocupadas, y April se dio cuenta al instante de que una de ellas era la planta en la que se grababa el programa de su madre, el cual había desaparecido de la pantalla justo después de la presentación, al igual que varios otros. En aquellas dos plantas había varios estudios.

Con los ojos clavados en la pantalla, April marcó rápidamente el teléfono de su madrastra y le contó lo ocurrido. Le dijo que encendiera el televisor, y cinco minutos después la llamó su padre entre lágrimas. Estaba tan asustado como April. A todos les recordaba el 11 de septiembre. Aquello no era tan dramático, pero el riesgo potencial era enorme. A todos se les había ocurrido que podían volar parte del edificio en un atentado suicida y matar así a centenares de personas para lograr una gran repercusión mediática. También existía la posibilidad de que quisieran utilizar la cadena para difundir algún mensaje. Nadie lo sabía aún. Pero todo el mundo pensaba que los secuestradores debían de ser extremistas de alguna clase para intentar un acto tan desesperado.

Al cabo de cinco minutos, los gobiernos responsables de Oriente Medio y los grupos religiosos habían negado toda vinculación con el ataque. Consideraban que podía tratarse de un grupo fundamentalista, y no cabía duda de que el factor de riesgo era muy alto para todos los ocupantes de ese edificio y posiblemente de las manzanas que lo rodeaban si llevaban explosivos suficientes para causar daños importantes. Nadie sabía con certeza si ese era el caso. April estaba sentada con los ojos clavados en la pantalla y el corazón latiéndole con fuerza mientras escuchaba la emisión. Se volvió al notar una mano en el hombro, sin saber quién era. Se quedó atónita al encontrarse con Mike, que había ido al restaurante para estar con ella. Permanecieron todo el día pendientes mientras los equipos de crisis trataban de establecer contacto con los secuestradores. A las seis de la tarde el edificio seguía sitiado. Varias personas habían salido de una de las dos plantas aprovechando que los terroristas trasladaban a todos los rehenes a una sola planta para poder controlarlos mejor. Desde entonces, las fuerzas especiales habían ocupado la planta abandonada para acercarse al lugar en el que estaban retenidos los rehenes en la planta superior. Y quienes habían escapado decían que varias personas habían sido asesinadas. En los pasillos de la planta ocupada por las fuerzas especiales había dos cadáveres, pero no se había revelado su identidad. April rezó para que su madre no fuese una de las víctimas.

Las unidades de operaciones especiales ocupaban la azotea, la planta inferior y el vestíbulo, y de momento nadie se atrevía a hacer ningún movimiento por miedo a poner aún más en peligro a los rehenes. Habían evacuado los edificios adyacentes, y la calle se convirtió en un auténtico hervidero de equipos de crisis, de material, de bomberos y de policías que esperaban que sucediera algo.

Durante todo aquel tiempo Mike permaneció sentado con April, cogiéndola de la mano. El restaurante abrió sus puertas a los clientes, pero ella no salió de la cocina en ningún momento. Pasó horas sentada en el mismo sitio, rezando por su madre, mientras Mike permanecía sentado con ella en silencio, intentando de vez en cuando que comiera algo o dándole un vaso de agua. Lo sentía muchísimo por ella. April estaba mortalmente pálida, y Mike se preguntó si perdería el bebé debido a la conmoción, aunque no se atrevía a pensarlo en ese momento. Solo quería apoyar a April. Sus discrepancias acerca del hijo que esperaban por accidente no eran nada en comparación con aquel tremendo drama. Parecía inevitable que fuese a morir más gente cuando las fuerzas especiales entrasen en el edificio para liberar a los rehenes, ya que los secuestradores amenazaban con dispararles.

April no tenía la menor idea de cómo estaba su madre. No había comunicación con ninguno de los rehenes de la planta en que los atacantes los tenían prisioneros. Había helicópteros zumbando sobre el edificio, y varios habían aterrizado ya en la azotea. Nadie se atrevía a atacar la planta en cuestión por miedo a que los secuestradores los mataran a todos.

El primer mensaje claro llegó justo después de las siete de la tarde. Era un grupo desesperado de extremistas palestinos, dispuestos a morir y a matar estadounidenses en protesta por los recientes ataques de comandos israelíes en la frontera entre Palestina e Israel. Afirmaban que se proponían que los estadounidenses supieran lo que se sentía. El gobierno palestino negaba cualquier asociación con ellos y no sabía nada de sus miembros. Protestaban contra la difícil situación de su pueblo y pretendían llamar la atención del mundo, aunque para ello tuviesen que matar a personas inocentes. Su voluntad de morir dificultaba la tarea del equipo de negociadores que intentaba razonar con ellos. A aquellas alturas todos los gobiernos responsables de Oriente Medio se declaraban indignados por sus acciones y ofrecían cualquier ayuda que fuese necesaria. Llegaron varios delegados de las Naciones Unidas para tratar de contribuir a las negociaciones, o por lo menos servir de intérpretes. Acudieron en un gesto de buena voluntad y explicaron que el grupo actuaba por su cuenta, sin el conocimiento ni la aprobación de su propio gobierno, que también censuraba aquel acto. Ningún gobierno quería que los rehenes resultaran heridos. Mientras tanto, los secuestradores repetían frenéticos que estaban dispuestos a morir por su causa y a llevarse consigo al mayor número de víctimas posible. Parecían haber perdido la capacidad de razonamiento. Su ataque a la cadena había sido desorganizado pero de una eficacia estremecedora.

April permaneció allí sentada, llorando, mientras miraba la pantalla. Hablaba con frecuencia por el teléfono móvil con su padre y con Maddie, y Mike no se separó de ella ni un momento. No habló mucho, pero estuvo todo el día con ella.

En la calle en que se hallaba el edificio de la cadena reinaba un caos organizado y una tensión extrema. Los secuestradores afirmaban tener explosivos suficientes para volar el edificio entero, y eso era lo que pretendían hacer. Por todas partes había vehículos y hombres con uniformes de todas clases, fuerzas especiales, equipos de crisis, servicios de emergencia, bomberos, policías, capitanes de policía y jefes de bomberos, y se hablaba de la llegada inminente de una unidad de la Guardia Nacional. También había muchos diplomáticos de las Naciones Unidas con un aspecto sombrío y una expresión impotente. Por el momento todo el mundo se sentía así. Las unidades de operaciones especiales estaban listas para atacar, pero era necesario que el ataque se desarrollase de forma impecable, con rapidez y precisión, e incluso así había muchas posibilidades de que la mayoría de los rehenes muriera. Nadie quería asumir ese riesgo con un ataque chapucero que resultase mal orquestado o prematuro. No salió en las noticias, pero un reducido equipo de comandos israelíes que normalmente protegía al embajador de su país había acudido a asesorarlos, aunque su presencia aún habría enfurecido más a los secuestradores. Parecía que la mitad de la seguridad de los representantes de Oriente Medio en las Naciones Unidas estuviese allí para prestar su ayuda. Nadie quería verse asociado con los atacantes ni asistir a otro 11 de septiembre. La tensión era palpable, y a una manzana de distancia se había establecido un centro de mando lleno de expertos y de miembros de la CIA y del FBI. No había habido ningún aviso del ataque. Se había producido sin más, y hasta el momento nadie se atrevía a hacer un movimiento por miedo a empeorar la situación.

Por pura coincidencia, Jack Adams entraba en el edificio cuando sucedió. Se dio cuenta de que se había olvidado el teléfono móvil en el coche y volvió a salir, y cuando regresó cinco minutos más tarde el edificio estaba cerrado, aunque se quedó allí para ayudar. Todos los miembros de la policía y de las unidades de operaciones especiales lo habían reconocido, y los impresionaba que se hubiera quedado todo el día. Repasó con ellos los planos del edificio y deliberó con los servicios de seguridad de la cadena, que se sentían tan impotentes como todos los demás. Si no querían arriesgar la vida de los rehenes, tenían las manos atadas.

A las seis de la tarde los jefes de las diversas unidades estaban formulando un plan para subir por los conductos de ventilación desde la planta inferior y sorprender a los secuestradores. Jack, que tenía el privilegio de poder estar allí gracias a su estatus de VIP, escuchaba atentamente el plan con los demás.

Se calculaba que había un centenar de personas retenidas como rehenes. Los terroristas no habían liberado a nadie en las nueve horas que llevaban ocupando el edificio y, a juzgar por los mensajes frenéticos de los secuestradores, todo el mundo empezaba a tener claro que existía la posibilidad de que murieran todos. Era imposible razonar con aquellos hombres. No había modo de saber cuántas personas habían muerto ya. Nadie lo sabía con certeza, y los terroristas no lo decían. A las cuatro de la tarde el capitán de la unidad de operaciones especiales había establecido por fin contacto por radio con ellos, y varios intérpretes de las Naciones Unidas estaban ayudándolos a comunicarse, pero hasta el momento sus mensajes consistían sobre todo en amenazas y largas diatribas sobre la situación en su país. Varios negociadores de las Naciones Unidas de países de Oriente Medio intentaban disuadirlos en vano.

A las ocho de la tarde nadie ponía en duda que el único modo de liberar a los rehenes no era la negociación con los terroristas, sino la fuerza. Y el capitán de la unidad de operaciones especiales no quería esperar mucho más. Otros miembros de la misma unidad y el jefe de policía de Nueva York estaban examinando en detalle los planos del edificio en presencia de Jack Adams. Se centraban en los conductos de ventilación y los espacios de acceso a los mismos. Incluso el arquitecto del edificio estaba allí. Por fin la CIA y el FBI tomaron la decisión de enviar al interior a las unidades de operaciones especiales a las nueve de la noche, manteniendo informados en todo momento al gobernador y al presidente. El alcalde estaba presente, junto con diversos diplomáticos y un grupo operativo de las Naciones Unidas. El país entero estaba pendiente de una situación que recordaba demasiado al 11 de septiembre.

A las ocho y cuarto los terroristas hicieron un burdo intento de emitir con una cámara portátil. Tras divagar un buen rato, dijeron que iban a volar el edificio. No se los distinguía con claridad, pero a través de la cámara, que daba saltos como loca, se veía a varios rehenes apiñados al fondo. Los secuestradores parecían muy peligrosos. Solo eran seis, pero contaban con todo un arsenal de armas que nadie sabía cómo habían logrado introducir en el edificio.

Mientras aparecía el mensaje April miró con atención la pantalla, pero no vio a su madre. No tenía la menor idea de si a esas alturas estaba viva o muerta. Lo único que podían hacer era esperar a averiguarlo. Mike no decía nada, pero permanecía de pie detrás de ella y le daba un masaje en los hombros. Ella alzó la mirada hasta él y le dio las gracias. Tenerlo allí durante todo el día había supuesto mucho para ella. Su personal no sabía muy bien qué pensar. Todos sabían que no tenía novio, pero estaba claro que había alguna clase de vínculo entre el famoso crítico gastronómico y su jefa del que nada sabían hasta ese momento. Costaba creer que también fuese una novedad para April. Pero ella había agradecido que la hubiese acompañado durante todo el día y que la hubiera avisado de lo ocurrido antes de que saliese en las noticias.

A las ocho y media estaba en marcha el plan de intervención, una intervención arriesgada para todos, tanto para los liberadores como para los rehenes. Resultaría casi inevitable que hubiese víctimas.

Todos los edificios de la zona habían sido evacuados horas antes, y el tráfico había sido interrumpido por si los secuestradores cumplían su amenaza de volar el edificio. Allí solo había vehículos de emergencia, equipos de crisis, el ejército y un puñado de asesores. Jack Adams aguantaba, hablando con ellos siempre que tenía ocasión. Nadie sabía con certeza si estaba allí como periodista o solo como una persona afectada de cerca por los acontecimientos, ya que tenía amigos y compañeros de trabajo en el edificio asediado. Sin embargo, por ser quien era lo dejaban quedarse. Los miembros de la CIA y de las unidades de operaciones especiales charlaban con él, y siempre que resultaba apropiado participaba en las discusiones. Quiso entrar con una de las unidades de operaciones especiales, pero no se lo permitieron. No podía entrar en modo alguno. Era un riesgo que no podían asumir. La operación, muy profesional, se desarrollaría con un fuerte dispositivo de seguridad.

Finalmente las unidades de operaciones especiales se prepararon para intervenir. Poco antes habían cortado la electricidad en el edificio, y unos minutos antes de las nueve un grupo de cuarenta hombres bien entrenados entró por el sótano. Otro grupo había aterrizado en la azotea, y otro ascendía por los conductos de ventilación, siguiendo un plan estratégico cuidadosamente orquestado. Los hombres llevaban botellas de oxígeno y gafas de infrarrojos, e iban equipados con un chaleco antibalas y el mono característico. Jack vio cómo se marchaban con sus fusiles de asalto y sus ametralladoras.

Pasaban nueve minutos de las nueve cuando llegaron a la planta en la que estaban retenidos los rehenes, un dato que conocían gracias a las pocas personas que habían escapado por unas escaleras situadas en la parte de atrás cuando nadie miraba. Las pocas que salieron lo lograron por pura suerte, pero les habían dado información muy valiosa.

Gracias a los sistemas de succión que llevaban en los guantes y en el calzado, los componentes más especializados de la principal unidad de operaciones especiales habían ascendido por un conducto de ventilación a oscuras.

Salieron a un pasillo vacío y oyeron voces en las proximidades. Esas voces hablaban en inglés, y por pura casualidad los hombres de la unidad de operaciones especiales encontraron una sala con sesenta mujeres en el interior, vigiladas por solo dos hombres situados cerca de la puerta. Los tiradores de élite de la unidad de operaciones especiales abatieron en silencio a los guardias ante la mirada horrorizada de las mujeres, que, de forma milagrosa, consiguieron no gritar. A continuación los agentes les indicaron por señas que los siguieran sin hacer ningún ruido. Les hicieron cruzar tres puertas dobles y bajar dos tramos de escaleras a toda prisa. Muchas habían perdido los zapatos e iban descalzas. Todas parecían asustadas, pero se armaron de valor para bajar a toda velocidad, atónitas al ver que nadie las detenía. Mientras tanto, sus liberadores se preguntaban dónde estarían retenidos exactamente los rehenes varones.

Jack se hallaba en el vestíbulo con una de las unidades, esperando noticias de arriba, cuando las mujeres atravesaron una puerta contra incendios y cruzaron corriendo el vestíbulo, sollozando y descalzas. Nadie se había comunicado por radio para decir que las habían liberado y que iban a salir. La mayoría de los miembros de la unidad de operaciones especiales se había quedado arriba para buscar a los hombres. Y de pronto se armó un auténtico pandemónium mientras sesenta mujeres atravesaban corriendo el vestíbulo y las puertas principales del edificio con un puñado de hombres que les daban instrucciones. Los comandos del vestíbulo se pusieron en acción para echar una mano, al igual que Jack. Cerca de él, una mujer tropezó a punto de desmayarse. Jack la cogió en brazos y la sacó del edificio. Un reportero le hizo una foto mientras dejaba a la mujer con el bombero más cercano y se apresuraba a entrar de nuevo.

Las mujeres seguían bajando, y de pronto Jack vio aparecer a Valerie por la puerta contra incendios. Ella se quedó asombrada al reconocerlo. Jack se dirigía hacia ella y varias mujeres más cuando todos oyeron un disparo. Nadie sabía de dónde procedía, y en cuestión de segundos se armó la marimorena.

Un francotirador solitario había bajado por otra escalera cuando encontró a las mujeres desaparecidas y abrió fuego contra ellas. Dos mujeres cayeron al suelo y un comando recibió un disparo en el brazo antes de que nadie pudiese reaccionar. Para entonces el francotirador salía disparado entre la multitud con una máscara en la cara. Los comandos no se atrevieron a dispararle por miedo a matar a alguna de las mujeres, que corrían hacia las puertas gritando.

En ese momento Jack había llegado hasta Valerie, que estaba arrodillada junto a una mujer que había recibido un disparo en la cabeza. Y, sin pensar, Jack agarró a Valerie, la ayudó a ponerse en pie, la protegió con su cuerpo y la condujo hasta las puertas, donde un policía la sacó. En ese momento cuatro de los comandos apuntaron con cuidado y dispararon contra el francotirador, que murió en el acto. El hombre cayó boca abajo en un charco de sangre sobre el suelo de mármol, cerca de las dos mujeres a las que había matado.

Jack contemplaba incrédulo la escena mientras los rostros de las mujeres se arremolinaban a su alrededor. Oyó una voz masculina que le decía algo. Las palabras que oía resultaban confusas. Jack vio piernas a su alrededor y se preguntó qué había sucedido. De pronto lo vio todo negro y se desvaneció sin proferir un solo ruido.

Las mujeres estaban fuera del edificio cuando los comandos restantes se arrodillaron junto a Jack. El francotirador le había disparado en la pierna, alcanzando una arteria, antes de que la unidad de operaciones especiales lo abatiera. Pusieron a Jack en una camilla y lo llevaron a toda prisa hasta una ambulancia. Mientras tanto, Valerie y las demás mujeres recibían mantas y los cuidados necesarios antes de ser conducidas hacia las unidades médicas que llevaban horas esperándolas. Valerie vio que la ambulancia arrancaba sin saber quién estaba dentro. No había visto caer a Jack.

En el vestíbulo bomberos y policías cubrían los tres cadáveres con lonas. Era una escena horripilante, y el suelo de mármol blanco estaba cubierto de sangre.

Seguía sin haber noticias de arriba, pero en pocos segundos revivieron las radios. Los rehenes varones estaban a salvo. Tres murieron durante la operación destinada a liberarlos, y cuatro habían sido asesinados antes de que llegasen sus rescatadores. En total, once personas habían muerto en el ataque. Era más de lo que todo el mundo quería, pero mejor de lo que habían temido. Los terroristas restantes habían tratado de hacer explotar una pequeña bomba, obra de aficionados, que los artificieros habían desactivado en muy poco tiempo. Los comandos habían abatido a todos los secuestradores. Sus armas eran rudimentarias, y su plan tosco pero efectivo.

Los hombres que habían sido tomados como rehenes bajaron las escaleras, cruzaron la aterradora escena del vestíbulo y fueron atendidos por las unidades médicas, igual que las mujeres. Varias unidades de operaciones especiales seguían arriba comprobando si había más bombas.

Valerie abandonó la escena en un coche de policía con la sirena en funcionamiento mientras muchos de los vehículos que estaban en la zona empezaban a dar marcha atrás para alejarse de allí. Llegaban más unidades policiales para las labores de limpieza. Valerie pidió prestado un teléfono móvil a uno de los policías para llamar a April al restaurante.

En cuanto oyó la voz de su madre April se echó a llorar, sollozando aliviada. Valerie le dijo que debía declarar y acudir al hospital para pasar un reconocimiento, y que la llamaría tan pronto como llegase a casa, aunque todavía faltaban horas para eso. Tras colgar, April se perdió entre los brazos de Mike.

—Está sana y salva —le dijo, y se sonó la nariz en un pañuelo de papel que le dio alguien—. No ha tenido tiempo de decirme gran cosa. Me llamará más tarde. Si quieres vete. Estoy bien.

Le dedicó una mirada de disculpa y él negó con la cabeza. Se quedaría hasta el final. Entonces April llamó a su padre para decirle que Valerie estaba bien, y él también se echó a llorar. El día había sido increíblemente angustioso para todos. La tensión había durado casi doce horas. Costaba creer que seis terroristas hubiesen entrado en el edificio de la cadena y lo hubiesen ocupado mientras todo el mundo libre asistía a sus acciones a través de la televisión de cada país.

A las once de la noche se confirmó que habían muerto once personas, diez de ellas empleados de la cadena, aunque no revelaron su nombre hasta que se les pudiese notificar a las familias. La única víctima que Valerie conocía con certeza era Marilyn, su secretaria, una de las mujeres asesinadas por el francotirador en el vestíbulo, ante sus propios ojos. En el momento en que April hablaba con su padre, Valerie estaba en Bellevue sometiéndose a un reconocimiento y Jack Adams había ingresado en estado crítico en la unidad de trauma del hospital New York-Presbyterian.

Lo mencionaron brevemente en las noticias, que April vio en el restaurante. La información decía que Jack Adams había recibido un disparo al final del secuestro, mientras ayudaba a las mujeres liberadas a abandonar el edificio. Un francotirador lo había alcanzado en una arteria de la pierna. Lo identificaron como el *quarterback* retirado de la liga nacional de fútbol americano convertido en comentarista deportivo y dijeron que se había pasado todo el día en el lugar de los hechos, hablando con las unidades de operaciones especiales y otros equipos de crisis presentes en la escena y ofreciendo toda la ayuda que podía.

A aquellas horas el restaurante estaba cerrado y April abandonó por fin su puesto delante del televisor. Mike y ella parecían agotados, como si ellos mismos hubiesen estado allí. Se imaginaba cómo se sentía su madre mientras esperaba que la telefonease cuando le permitiesen abandonar el hospital. April quería ir con ella, pero Valerie había dicho que no podía ser. Era demasiado caótico.

Valerie llamó por fin a las dos y cuarto de la madrugada y dijo que estaba en un coche de policía, de camino a su apartamento. Todo había acabado, el edificio era seguro, los terroristas estaban muertos. Once personas habían perdido la vida, aunque el balance podría haber sido mucho peor. El ataque había resultado terrible para todos ellos, pero no era otro 11 de septiembre. Seis terroristas aficionados habían logrado ocupar una cadena y solo habían conseguido sembrar el caos y la muerte, sin servir a su causa. Incluso su propio gobierno se sentía horrorizado por lo que habían hecho.

La cadena había establecido ya la capacidad de emisión en otras plantas para poder reanudar la programación por la mañana y recuperar cierta apariencia de normalidad.

—Estaré allí en cinco minutos —le prometió April a su madre.

Iba a pasar la noche con ella, algo que se alegraba de poder hacer. Valerie, como todos los demás ocupantes del edificio, habría podido ser una de las víctimas y no una de las supervivientes. April estaba conmocionada y comprendía que lo único que la había ayudado a pasar por todo aquello era la presencia de Mike.

—No sé cómo darte las gracias —dijo mientras cerraba el restaurante e inspiraba hondo el aire frío de la calle—. Este ha sido el peor día de mi vida... y el mejor... puesto que ha sobrevivido. —Sentía un gran alivio y no soportaba pensar en lo que habría sucedido si los terroristas hubiesen asesinado a su madre—. Gracias por estar aquí, Mike.

Se había portado de maravilla con ella. April había visto un aspecto de él que no habría podido imaginar y que nunca habría conocido de otro modo. Un aspecto humano, tierno y compasivo, muy distinto de su actitud a veces demasiado directa, fría y distante.

—Me alegro de haber podido estar aquí —dijo él amablemente mientras paraba un taxi. También se sentía agotado—. Lo de Jack Adams es una pena —añadió mientras circulaban alejándose del centro. Mike iba a dejar a April en casa de su madre, donde pasaría la noche—. Cuando yo era niño, él era mi héroe. Siempre quise ser igual que él. Espero que salga adelante. Siempre he oído decir que es un buen tío, y parece que se ha comportado como un verdadero héroe al ayudar a la gente a salir del edificio. No tenía por qué hacerlo.

April asintió con la cabeza. En ese momento solo podía pensar en su madre, aunque sentía lo que le había ocurrido a Jack Adams.

Mike la dejó en el edificio de su madre en la Quinta Avenida.

Acto seguido volvería en el taxi al centro, donde vivía. April se ofreció a pagar el taxi y él se rió de ella.

—Creo que puedo hacerme cargo —dijo en un tono de broma—. Si tú pagas la universidad de nuestro hijo, yo me ocuparé del taxi.

Al oírle mencionar al niño que esperaban, April sonrió con timidez. Era la primera vez que salía el tema aquel día. Habían estado muy distraídos.

—Trato hecho —dijo ella con una sonrisa.

April no estaba segura de si habría tenido noticias suyas de no ser por lo de su madre, y lo mismo le ocurría a él. Mike necesitaba tiempo para pensar en lo sucedido y en lo que les esperaba. Aún no había decidido si quería involucrarse o no, pero se había alegrado de estar allí con ella. No podía dejar que afrontase sola aquella angustia y aquel terror. April le dio un abrazo.

—Gracias, Mike. Hoy has sido un héroe para mí y, pase lo que pase después, te quiero por ello. No habría podido soportar este día sin ti.

—Tómatelo con calma. Descansa un poco. Sé que seguramente no lo harás, pero mañana deberías tomarte el día libre. Hoy ha sido un día terrible.

—Sí que lo ha sido —contestó April asintiendo.

Mike subió al taxi. Cuando este arrancó, apoyó la cabeza contra el asiento y cerró los ojos. Nunca había pasado por nada tan duro y admiraba enormemente a April por su serena elegancia y su autocontrol.

April entró en el edificio poco después de que llegara su madre. Valerie llevaba todavía los pantalones y el jersey de color rojo que se había puesto para el programa de ese día, además de las zapatillas que le habían dado en el hospital cuando llegó sin zapatos. Aún temblaba cuando April la estrechó entre sus brazos, y una manta de hospital seguía rodeándole los hombros. April nunca había visto a su madre así, desaliñada, asustada y profundamente conmocionada.

—Te quiero, mamá —dijo April, abrazándola llorosa.

Valerie solo pudo asentir con la cabeza y sollozar entre los brazos de su hija. El terror de recibir un disparo o de morir en una explosión en cualquier momento había sido tremendo. Había tenido la certeza de que ninguno de ellos saldría vivo de aquello, y muchos de los expertos presentes coincidían con ella, aunque no lo habían dicho en público.

—Venga, tienes que acostarte —dijo April.

Su madre tembló con más fuerza y volvió a expresar su tristeza por la muerte de Marilyn. April la acompañó a su dormitorio y la desvistió como si fuera una niña. La metió en la cama y apagó las luces. Se tendió vestida junto a Valerie, encima de la colcha, y la abrazó con fuerza hasta que por fin se durmió. En el hospital le habían dado un tranquilizante. April se pasó horas despierta, mirándola y acariciándole el pelo, agradeciendo que hubiese sobrevivido. No pudo evitar pensar en Mike y en el bebé. Ya sabía que su bebé tenía un buen padre. Mike era de buen corazón, aunque no quisiera tener hijos. Tras estar a punto de perder a su madre, el bebé le parecía un regalo aún mayor. A veces el destino actuaba de formas extrañas. Su madre se había salvado, pero otras personas habían muerto, y ella tendría un hijo de un desconocido. Esa noche, mientras abrazaba a su madre, solo supo que se sentía muy aliviada. Y cuando el cielo se volvió gris pálido en la fría mañana de diciembre, April se durmió tranquilamente.

8

Gracias a la píldora que le habían dado en el hospital, Valerie no se despertó hasta las once de la mañana siguiente. April, que había telefoneado al restaurante para avisar que acudiría más tarde, estaba sentada en la cocina, tomando una taza de té y leyendo el periódico, cuando entró su madre en camisón, aún pálida y estremecida. Pat y Maddie habían llamado temprano para saber cómo se encontraba y April les había prometido que su madre les devolvería la llamada en cuanto se levantara.

—¿Qué tal te sientes, mamá? —le preguntó April aún preocupada.

Sin embargo, se sintiera como se sintiera, había sobrevivido. Eso era lo único que importaba.

—Como si hubiera vivido una pesadilla —dijo sentándose a la mesa de la cocina y echándole un vistazo al rotativo.

En la portada había fotografías del momento en que las mujeres liberadas salían corriendo del edificio. Había otras instantáneas de la salida de los rehenes varones. Parecían asustados e iban rodeados de los miembros de la unidad de operaciones especiales. Valerie miró una fotografía de Jack Adams y se acordó de que la había protegido del francotirador para sacarla del vestíbulo. El reportaje daba detalles de sus heridas y decía que seguía en estado crítico, aunque en condiciones estables.

—Fue una pesadilla —confirmó April aún conmocionada—. Fue el día más largo de mi vida mientras esperaba a averiguar si estabas viva.

—Lo lamento. Tuvo que ser horroroso para ti. ¿Dónde estabas?

—En el restaurante. Me pasé todo el día pegada al televisor de la cocina. Mike Steinman estaba conmigo. Llamó para avisarme antes de que dieran la noticia. La oyó en el periódico en el que trabaja. Vino y se quedó conmigo hasta que supimos que estabas a salvo. Me dejó aquí anoche.

—¡Vaya, qué novedad tan interesante! —dijo su madre levantando una ceja—. Creía que llevabas un tiempo sin saber de él.

—Y así era, pero llamó para decirme lo que te pasaba. Y después se presentó allí. Supongo que, a pesar de su actitud absurda y neurótica respecto a la paternidad y de su desprecio por mi restaurante, es un buen tío. Ayer se portó muy bien. Resulta agradable saber que es un ser humano, aunque nunca vuelva a tener noticias suyas.

—Estoy segura de que las tendrás —dijo su madre con un suspiro. Le dolía cada centímetro del cuerpo. El estrés y el trauma del día anterior la habían afectado mucho. Se sentía como si tuviera mil años—. ¿Sabes lo que le pasó a Jack Adams? —preguntó, preocupada.

—No he puesto las noticias para no despertarte. Por cierto, han llamado papá y Maddie. Les he dicho que les telefonearías cuando te despertases.

Bob Lattimer, el director de la cadena, llamó poco después. Quería asegurarse de que Valerie estaba bien. Le dijo que iban a tratar de volver a la programación normal al día siguiente, si ella se sentía en condiciones. Dedicarían la mayor parte de las emisiones de ese día a reportajes especiales sobre la noticia. Les daba la posibilidad de limpiar el vestíbulo y las dos plantas que habían ocupado los rehenes.

Después de hablar con él, Valerie entró en el salón y encendió el televisor. En todos los canales estaban emitiendo reportajes especiales. Al saltar de un canal a otro, vio a Jack Adams mientras se lo llevaba una ambulancia y luego unas imágenes en vivo en las que aparecía sentado en la cama, débil pero sonriente. Insistía en que no había sido ningún héroe y se había limitado a hacer lo que podía, que según él no era mucho. Dijo que la pierna se le estaba recuperando, aunque se rumoreaba que esa temporada no podría volver a jugar. Él insistió en que el rumor no era cierto y el entrevistador se rió. Cuando volvieron a retransmitir desde el estudio, el presentador repitió que Jack había sido un héroe al ayudar a sacar a las mujeres del edificio. Comentaron en broma que no era de extrañar que fuese Jack Adams el que había acompañado a las mujeres a la salida, puesto que nadie ignoraba lo mucho que le gustaban y lo mujeriego que había sido durante su carrera en la liga nacional de fútbol, una característica que tal vez conservase aún. Todos los presentes en el estudio soltaron una carcajada, y Valerie se alegró de saber que había sobrevivido. Había sido realmente un héroe con ella al tratar de protegerla del francotirador en el vestíbulo. Quería enviarle flores o champán para darle las gracias, aunque ignoraba en qué hospital estaría. Minutos después telefoneó a la cadena y la informaron de que Jack estaba en el hospital New York-Presbyterian.

Se lo comentó a April, que tuvo una idea mejor.

—¿Por qué no le envías una comida digna? Ha estado unas cuantas veces en el restaurante; puedo enterarme de lo que le gusta. Si no recuerdo mal, creo que le encanta nuestro pastel de carne. Podemos enviarle también pollo y puré de patatas. Pueden calentárselo en el microondas.

A ambas les pareció una idea estupenda, y April llamó al restaurante para organizarlo todo.

A continuación Valerie llamó a los familiares de Marilyn para darles el pésame. Estaban destrozados. Los horrores del día anterior se volvieron aún más reales para ella, y su propia supervivencia les pareció a las dos más milagrosa todavía. La madre de Marilyn le dijo llorosa que había ido al piso de esta en busca del pequeño cachorro de yorkshire que Valerie le regaló en el programa de Navidad y que iba a quedárselo. La trágica muerte de Marilyn iba a hacer que aquel programa ya grabado resultase muy doloroso para todos.

Valerie pasó el resto del día en casa, en albornoz, relajándose y descansando antes de volver al trabajo al día siguiente. No había motivo para que April no se fuera, dado que su madre no había resultado herida, pero esta seguía conmocionada y triste por Marilyn cuando April se marchó para volver al restaurante. Prometió traerle también a su madre un poco de comida. Un camarero había cogido ya un taxi hasta el hospital New York-Presbyterian con la comida para Jack y un mensaje de su madre. Las dos mujeres se abrazaron antes de que April saliera del apartamento. No le gustaba nada dejar a su madre, aunque fuera por poco tiempo, pero tenía que estar al tanto de lo que ocurría en el restaurante.

Telefoneó a Mike desde el taxi. Al contestar, parecía ocupado.

—¿Llamo en mal momento? —preguntó ella con cautela.

—No. Estoy justo dentro del plazo, y hoy la sala de redacción es un caos. Puedes imaginártelo después de lo de ayer.

—Solo quería darte las gracias otra vez por estar conmigo —dijo April con voz dulce, y él sonrió.

—Me alegro de haber podido hacerlo. ¿Cómo está tu madre?

—Está conmocionada, pero yo también y ni siquiera estuve allí. Para colmo, su secretaria fue una de las víctimas.

—¿Te encuentras bien?

No había preguntado por el bebé, pero ella supo a qué se refería.

—Estoy bien.

Mike lamentaba lo que habían sufrido todos. Había sido emotivo incluso para él, y eso que no conocía a la madre de April. Resultaba horripilante pensar que habían muerto once personas.

Entonces April tuvo una idea, aunque no sabía qué le parecería a él.

—Mi familia vendrá a cenar al restaurante en Nochebuena. Te invito a unirte a nosotros si te apetece. No sé si te gustaría o no. —No quería presionarlo, pero después del tiempo que habían compartido el día anterior mientras esperaban noticias de su madre, se sentía lo bastante cerca de él para atreverse a pedír-selo.

—Ya te dije que no celebro las fiestas. Cuando era pequeño eran una pesadilla en mi familia, con mis padres borrachos y pegándose. Prefiero fingir que no existen, pero gracias de todos modos.

—Lo entiendo —dijo ella en voz baja.

No concebía lo que sería crecer en una familia como la de Mike. No era de extrañar que no quisiera tener niños. Ser niño en su mundo ya había sido bastante malo.

—Te llamaré después de fiestas —prometió él—. O antes, si necesito comida reconfortante —añadió, y se echó a reír.

Había empezado a entender el restaurante de April y los motivos que lo hacían tan popular. No era Alain Ducasse o Tai-llevent, un nivel que ella podía haber alcanzado, pero en algunos aspectos era aún mejor, y Mike ya veía el mérito. Los platos que ofrecía April satisfacían una necesidad real de sus clientes. Era comida auténtica para la vida real, como ella decía, y la mejor que se podía encontrar en esa categoría.

—Llámame si necesitas crepes —le recordó April—. Entre-gamos a domicilio en las emergencias.

A continuación le contó que acababan de enviarle comida a Jack Adams de parte de Valerie.

—Al parecer, ese hombre ayudó a mi madre a salir del edifi-cio —le dijo—. Fue entonces cuando le dispararon.

—Tengo entendido que la herida fue bastante grave —co-mentó Mike.

A ambos les parecía increíble que Valerie hubiese escapado sana y salva. Desde luego, había quedado muy traumatizada, y decían en las noticias que se les había advertido a los rehenes que podían sufrir estrés postraumático durante mucho tiempo, pero al menos su estado físico era satisfactorio.

—Me alegro de que tu madre esté bien —reiteró Mike.

Luego dijo que tenía que volver al trabajo para no retrasarse en la entrega. Dijo que la llamaría pronto, aunque April no sabía si cumpliría su promesa. Al menos parecía que ya eran amigos. Eso ya era algo, dada la situación. Costaba creer que hubiesen sido amantes, aunque fuese por una noche.

Fue agradable volver al restaurante y hallarse de nuevo en aquel mundo familiar. El día anterior había supuesto una pesadilla tan grande que costaba creer que realmente hubiera sucedido. Todo el mundo le preguntó por su madre, y April se aseguró de que le hubiesen enviado la comida a Jack Adams. El camarero que se la había llevado al hospital dijo que le había hecho ilusión, aunque seguía teniendo mala cara. Había recibido una transfusión, pero le dijo al camarero entre risas que el pastel de carne y el puré de patatas de April equivalían a diez. Estaba rodeado de médicos y de enfermeras, y había allí un canal de televisión, pero habían dejado entrar al camarero de todos modos. April sabía que su madre estaría contenta.

—Mañana podemos enviarle más —dijo April a su personal de cocina.

Acto seguido se puso a organizar la cocina. Tenían pocas existencias y tendría que ir a la lonja de pescado por la mañana. Además, debía preparar troncos navideños y pudin de ciruelas para las fiestas. Iba a tener una semana muy ajetreada. Se olvidó por completo de Mike, del bebé e incluso del secuestro del día anterior mientras se movía a toda prisa por la cocina, comprobándolo todo rápidamente. Se sentía animada y feliz de estar de vuelta. Por la tarde llamó a su madre para saber cómo estaba y no le cogió el teléfono. April no se preocupó, pues supuso que su madre estaría durmiendo. Le convenía. A continuación se puso a preparar el servicio de cenas. April in New York estaba en plena efervescencia.

Esa misma tarde Valerie temblaba al ponerse unos tejanos, un jersey y un anorak largo y salir de su edificio para tomar un taxi. Tenía previsto quedarse en casa y tomárselo con calma, pero cuanto más lo pensaba más se daba cuenta de que quería agradecerle a Jack Adams personalmente lo que había hecho. No sabía con certeza cuándo le habían disparado, pero se acordaba de que la había protegido del francotirador hasta llevarla a la puerta de la calle y sacarla del edificio. Cuando bajó del taxi en la puerta del hospital New York-Presbyterian, aún se la veía pálida. Llevaba muy poco maquillaje, cosa rara en ella, aunque estaba guapa de todos modos.

Alan Starr, el vidente, la había llamado esa tarde y le había pedido disculpas por no haber visto el ataque terrorista en las cartas. Dijo que esas cosas sucedían a veces. Como todos los demás, se alegraba de que Valerie hubiera sobrevivido.

Jack estaba en una suite de la planta VIP del hospital, y para más seguridad había unos policías vigilando la puerta de su habitación. Jack no había recibido amenazas, pero el jefe de policía quería hacer por él cuanto estuviese en su mano, y esa mañana había ido a visitarlo en persona. Jack había firmado autógrafos para sus hijos y sus nietos, y le había dado las gracias por salvarle la vida la noche anterior, cuando recibió el disparo en la pierna.

Cuando Valerie llamó con los nudillos, Jack estaba descansando a solas. Uno de los agentes de la puerta la había reconocido enseguida. Le dijo que su mujer era adicta a su programa y tenía todos sus libros, pero no se atrevió a pedirle un autógrafo. Sabía que el día anterior había sido uno de los rehenes. Aún parecía conmocionada.

—Hola —dijo ella con cautela, asomándose a la puerta.

Jack estaba viendo la televisión y parecía medio dormido. Poco antes le habían puesto una inyección para el dolor, pero estaba lo bastante despierto como para reconocerla y sonrió en cuanto le vio la cara.

—¿Puedo pasar o llego en mal momento?

—No, es un momento perfecto. Gracias por la comida —dijo él, esforzándose por incorporarse.

Valerie le pidió que se quedara tal como estaba y prometió no estar mucho rato.

—No sabía que April fuese su hija. Su restaurante es mi lugar favorito para comer —añadió con sinceridad.

—También el mío. ¿Cómo se encuentra?

—No demasiado mal. Hace dos meses me lesioné la espalda y fue peor que lo de la pierna. Solo estoy un poco atontado por los analgésicos. ¿Y usted cómo está?

—Estoy bien, aunque un poco temblorosa. Fue un día aterrador. He venido a darle las gracias por ayudarme a salir. Fue un acto de valor por su parte y siento que recibiera un disparo —dijo ella en un tono de admiración.

Él sonrió. Llevaba todo el día oyendo frases parecidas, y todas las enfermeras de la planta se peleaban por cuidarlo. Estaba en buenas manos.

—No pasa nada. Me pondré bien —dijo él tratando de hablar en un tono alegre. Entonces cambió de tema—: El día que nos vimos en el ascensor no supe que era su cumpleaños hasta que lo vi en las noticias. Ese día no me encontraba nada bien. También era mi cumpleaños y estaba hecho polvo con mi hernia discal.

—Su espalda tenía muy mal aspecto. Me dio mucha pena. ¿Cómo está ahora?

—De eso ya estoy recuperado, aunque ahora voy a llevar muletas durante un tiempo por culpa de la pierna. ¡Joder, desde que cumplí los cincuenta estoy fatal! —Se echó a reír—. Todo me sale mal.

Jack había oído en las noticias la edad que tenía Valerie, así que sabía que era mayor que él, aunque no lo parecía. En su opinión, tenía un aspecto fantástico y no aparentaba su edad ni de lejos. Resultaba difícil creer que tuviese una hija tan mayor como April. Pese a los acontecimientos del día anterior y al poco maquillaje que llevaba Valerie, Jack pensó que estaba estupenda.

—No me hable de cumpleaños. Siempre he mantenido el mío en secreto, y este año salió en todas las emisoras de radio y cadenas de televisión. Casi me dio un infarto al oírlo. —Valerie suspiró—. Aunque después de lo de ayer ya no me parece importante. Tenemos suerte de estar vivos. Hoy ni siquiera me importa la edad que tengo.

A ambos les había hecho reflexionar sobre la realidad: muchos otros no habían sobrevivido.

—La comprendo muy bien, porque a mí me sucede lo mismo. Si he sobrevivido al disparo de un francotirador, creo que de ahora en adelante no me preocuparé por nada. La noche de mi cumpleaños pensé que estaba acabado.

—Eso me ocurrió a mí —dijo Valerie, sonriente.

Jack estaba cansado y ojeroso. Tenía una vía en cada brazo y un aparato que le permitía administrarse por sí mismo los analgésicos. Ya no se hallaba en estado crítico, pero no estaba recuperado. Al fin y al cabo, la víspera había estado a punto de morir.

—No quiero que se agote —añadió ella—. Solo quería darle las gracias en persona.

—Te lo agradezco mucho, Valerie —dijo él tuteándola por primera vez.

Al levantarse, ella se fijó en lo largas que eran las piernas de Jack, un hombre alto y corpulento.

—Gracias de nuevo por la comida. ¿Y si cenamos juntos alguna vez en el restaurante de April? Me mandarán a casa dentro de poco, a tiempo para celebrar la Navidad.

—Me ofrecería a cocinar para ti —le dijo ella aproximándose a la cama—, pero aunque sea capaz de poner una mesa fantástica, soy muy mala cocinera. April es la chef de la familia.

—Pues yo cocino bastante bien, si es que puedo permanecer de pie cuando salga de aquí, claro. Creo que lo más sensato será acudir al restaurante de April. Ya te llamaré. Gracias por venir a verme.

—Gracias a ti por salvarme —dijo ella seria y con lágrimas en los ojos—. Creí que íbamos a morir.

Jack cogió su mano y la sostuvo con una expresión igual de seria.

—Cuando os vi en el vestíbulo pensé que, si de mí dependía, no iba a dejar que os pasara eso, ni a ti ni a las demás. Ahora estás bien —la tranquilizó.

Ella asintió con la cabeza y se enjugó las lágrimas. Aún estaba muy afectada por los acontecimientos de la víspera y la muerte de su secretaria. Y Jack estaba apenado por Norman, el joven ayudante de producción de su programa, otra de las once víctimas. Les había tocado muy de cerca. Para ellos, los muertos no eran solo nombres, sino personas que conocían y apreciaban.

—Perdona. Aún estoy conmocionada —dijo Valerie con la voz temblorosa.

—Y yo —dijo Jack, y volvió a sonreír. La actitud de él inspiraba en Valerie una gran tranquilidad—. Cuídate —añadió, inquieto.

—Tú también. ¿Quieres que mañana te envíe más comida?

Había ramos de flores por todas partes, y docenas de ellos habían sido enviados a otras salas y habitaciones.

—Me encantaría. Soy adicto a la tarta de manzana del restaurante. Lo digo por si tu hija tiene un poco. También me gustan los gofres y el pollo frito.

Al parecer, conservaba el apetito.

—Gracias por venir, Valerie —añadió con una sonrisa—. Tómatelo con calma. No vuelvas al trabajo demasiado pronto.

—¿Estás de broma? —Ella se echó a reír—. Mañana vuelvo a grabar. Tengo que hacer otro episodio navideño para mi programa nocturno.

—Pues yo estoy de baja hasta la Super Bowl. Vivo o muerto, quieren que la presente desde Miami.

Desde que era comentarista deportivo, ese acontecimiento era el punto álgido de la temporada, igual que lo había sido cuando era jugador.

—Descansa tú también —dijo ella, y caminó hasta la puerta con una sonrisa.

Le estaba agradecida y sentía que tenían un vínculo especial. Le debía la vida. Y de pronto sentía que tenía un nuevo amigo. Era un tipo tranquilo y se sentía cómoda con él. Con ella no se mostraba seductor ni romántico. Solo era simpático y cálido, y resultaba agradable hablar con él.

—Cuídate, Jack —dijo despidiéndose con un gesto de la mano al abandonar la habitación.

Cuando Valerie se marchó, Jack se quedó pensando en ella. Parecía una mujer amable, diferente de lo que esperaba. Por lo que contaban de ella y por la imagen que mostraba en televisión, había supuesto que sería remilgada y estirada, y no lo era en absoluto. Era divertida e ingeniosa, y nada pretenciosa a pesar de la fama. Y era más guapa y mucho más práctica de lo que él esperaba.

Valerie siempre había oído decir que Jack era un casanova y un mujeriego, y él tampoco había respondido a su reputación. Parecía un gran oso de peluche con mucho sentido del humor y más agallas que nadie que ella conociese. Y mientras Valerie regresaba a su apartamento y él volvía a dormirse, ambos pensaban en lo agradable que resultaba tener un nuevo amigo, por inesperado que fuese. Los acontecimientos del día anterior habían creado un vínculo sin igual entre ellos. Los dos habían sobrevivido a algo inimaginable.

Valerie llamó a April desde el taxi y le dijo la comida que podía enviar al hospital al día siguiente. Su hija se sorprendió al saber que había salido de casa, pero ella le explicó que quería darle las gracias a Jack Adams en persona. A April le pareció todo un detalle, aunque no le extrañó: su madre se mostraba siempre muy considerada. Después de colgar, Valerie se preguntó si Jack cumpliría su promesa de invitarla a cenar en el restaurante. Debía de tener muchas otras ocupaciones y un montón de mujeres haciendo cola en espera de su atención. Sin embargo, Valerie confiaba en que la telefonease, porque le caía bien. Sería divertido cenar con él. De todos modos, aunque al final no la llamara, seguiría estándole agradecida. Como muchas otras personas, si estaba viva, se lo debía a él, y también a la unidad de operaciones especiales. De pronto cada segundo le parecía muy valioso, y el mundo nunca le había parecido más hermoso. Le dio al taxista una buena propina y se bajó del taxi. Sonrió al portero y subió a su apartamento, que le pareció el doble de bonito. Lo apreciaba todo mucho más; veía la vida con ojos nuevos. Haber sobrevivido le había insuflado nueva vida. Se sentía como si tuviera quince años, dijera lo que dijera su documentación. Los números parecían completamente irrelevantes. ¡Estaba viva!

9

El 24 de diciembre por la mañana Valerie asistió al funeral de Marilyn. Ya se había celebrado un gran número de funerales en memoria de otros compañeros menos afortunados que Jack y ella. Lo ocurrido parecía así mucho más real.

Jack no había podido acudir al funeral de Norman Waterman, el joven ayudante de producción al que tanto apreciaba y que también había muerto. Sin embargo, le había enviado a su familia una larga y sincera carta en la que les decía que era un excelente hombre, que lo admiraba mucho y que su muerte era una pérdida enorme para todos.

Cuando volvió a casa después de la misa, Valerie se puso a pensar en silencio en Marilyn, en lo maravillosa que era y en lo mucho que la echaría de menos. Costaba creer que aquellas personas se hubiesen ido para siempre. Un manto de tristeza la cubrió durante todo el día.

Para sorpresa de Valerie, Jack la llamó tras salir del hospital. Le dieron el alta esa mañana y la llamó por la tarde para desearle una feliz Navidad y darle las gracias por todas las comidas que le habían enviado desde April in New York. Dijo que su hijo pasaría las fiestas en su casa y que además contaba con la ayuda de una enfermera. Aún caminaba con muletas, pero dijo que se las arreglaba bien. La invitó a cenar en el restaurante de April el día después de Navidad. Le preguntó si prefería otro sitio, pero ambos coincidieron en que April in New York ofrecía la mejor comida de la ciudad y un ambiente agradable y relajado que les convenía a los dos. Acordaron que pasaría a recogerla para ir al centro. Descubrieron que vivían a pocas manzanas de distancia, y Jack dijo que pasaría a recogerla a las ocho. Valerie estaba encantada cuando colgó.

April recibió atónita una llamada de Mike tres horas antes de que su familia llegase al restaurante para la cena de Nochebuena. ¡Ese año tenían mucho que celebrar!

—Lo que voy a decirte puede sonarte absurdo y muy descortés —dijo Mike, incómodo—, pero me deprimo durante las fiestas. Creo que necesito comida reconfortante.

La compañía y el apoyo que Mike le había brindado el día del ataque terrorista había abierto entre ellos la puerta de la amistad. Él no sabía cómo decírselo, pero lo que quería en realidad era conocerla como amiga.

—¿Te envío algo? —dijo April sonriendo—. ¿Qué te apetece?

—En realidad estaba pensando en tu invitación a cenar con tu familia. Me gustaría ir, si puedo cenar crepes —sugirió Mike.

April se echó a reír y le dijo que estaría encantada de contar con él.

—Me gustaría conocer a tu madre después de pasarme un día entero contigo preocupándome por ella. ¿Crees que les importaría que estuviese allí?

—En absoluto —contestó ella sin darle importancia. No quería decirle que estaban desesperados por echar un vistazo al hombre que había engendrado a su bebé pero no mantenía una relación con ella. Era una situación absurda. Quería recordarles a sus padres que no debían decirle nada embarazoso. Pensaba que era muy valiente al ir allí, tanto si era por la comida como si no. Desde luego, para un hombre no resultaba nada reconfortante conocer a los padres de una mujer a la que había dejado embarazada sin amarla, sin tener relación alguna con ella ni querer el hijo. April sentía admiración por él, y también curiosidad por el verdadero motivo que lo había llevado a llamarla—. ¿Lo de las crepes iba en serio? —inquirió, sin saber ni por un momento si hablaba en broma.

—Desde luego —dijo él—. Suelo adoptar una posición fetal en Nochebuena y quedarme así hasta el día de Año Nuevo. Esto es para mí una gran ruptura de la tradición. No quiero agredir demasiado a mi organismo tomando además comida navideña, así que no la desperdicies conmigo. Soy el Grinch. Unas crepes serían fantásticas.

—Sus deseos son órdenes para mí, señor Steinman. Habrá en su plato una pila de mis mejores crepes de leche cuajada. ¡No habrá pudin de ciruelas para usted!

—Bien. ¿A qué hora?

—A las ocho.

—Gracias por dejar que me cuele en vuestra cena familiar. Creo que siento curiosidad. Doy por supuesto que les has hablado de mí —dijo con cautela. Parecía un poco nervioso.

April no quiso mentirle. Resultaba obvio que todos sabían quién era.

—Sí, pero se lo han tomado muy bien. Nadie va a hacerte pasar un mal rato.

—Eso está muy bien por su parte. Si yo estuviese en su lugar, no sé si haría lo mismo —dijo con franqueza.

—Supongo que piensan que somos un par de alcohólicos sinvergüenzas que recibieron su merecido —comentó ella en broma, y él se echó a reír.

Había muchas cosas que le gustaban de April, y le gustó la noche que habían pasado juntos en la cama, al menos lo que recordaba de ella. Aunque estaba borracho, no estaba ciego ni era estúpido. Era una chica lista, sexy y guapa. Sobre todo, era agradable, aunque se hubiese quedado embarazada. Mike aún no se lo había perdonado a ella ni al destino, pero estaría bien que pudiesen ser amigos. April no parecía querer más. Y de momento ya le estaba bien. Mike no quería pensar en el bebé todavía, y quizá no llegara a hacerlo nunca. Era demasiado para él. Le parecía preferible avanzar paso a paso. Primero conocería a April, y luego pensaría en lo demás. Lo conmovía saber que la joven no pretendía nada de él y que se tomaba sus circunstancias con agallas e independencia. Ese era uno de los rasgos que más le gustaban de ella. Además, empezaba a pensar que la idea de incluir comida reconfortante en la carta no era tan mala. Era exactamente lo que él quería en ese momento, no una cena en un restaurante de tres estrellas. Le encantaba la idea de cenar crepes en Nochebuena, y lo mismo les ocurría a muchas personas a las que les resultaban difíciles aquellas fiestas. Mike había captado por fin el mensaje de April. Mejor tarde que nunca.

April telefoneó a sus padres para advertirles que Mike estaría allí y pedirles que no le dijeran nada del bebé o de la situación de ambos. A su padre y a su madre les pareció que su asistencia a la cena era un indicio esperanzador de alguna clase de implicación por su parte, pero ninguno de ellos se atrevió a hacer ningún comentario. Sabían lo susceptible que se mostraba April al respecto y no querían disgustarla. Sin embargo, ambos estaban impacientes por conocerlo y ver lo que pensarían de él. De camino al restaurante, Pat avisó también a Maddie y a las chicas, que prometieron ser prudentes.

Pat y su familia fueron los primeros en llegar, y Valerie se presentó pocos minutos después. Tenía mejor aspecto, aunque aún se la veía cansada después del mal trago. Pat, Maddie y las hijas de estos la abrazaron y le dijeron que se alegraban mucho de verla. Podrían haber pasado una Navidad muy distinta si ella y los demás rehenes no hubieran sido rescatados. Ese día se habían celebrado funerales por muchas de las personas que no habían sobrevivido, y había otros previstos para la semana siguiente. Seguir viéndolo en las noticias hacía reflexionar.

El grupo entero, muy animado, fue a sentarse a la mesa, y en ese preciso momento llegó Mike, muy serio y respetable, vestido con chaqueta y corbata. Había adivinado que tenía que arreglarse para la cena. Valerie fue la primera en tenderle la mano con una amplia sonrisa.

—Gracias por haberle hecho compañía a April en aquel horrible día.

Él correspondió a su sonrisa, atónito ante su belleza y la juventud que aparentaba en persona. Tenía el aspecto de una auténtica estrella de la televisión, y a Mike no le costó ver su parecido con April a pesar de la diferencia de estilo. Él prefería la imagen natural de April, pero su madre también era una mujer preciosa.

—Me alegro de que esté bien. Fue un día tremendo —dijo Mike con evidente empatía.

Acto seguido tendió la mano a Pat y a Maddie, que se la estrecharon calurosamente, y saludó a las chicas. April le había buscado asiento entre Annie y ella misma. Pensó que sería demasiado arriesgado sentarlo junto a cualquiera de sus padres, que tal vez no supiesen resistirse a hacerle preguntas comprometidas a pesar de su advertencia. Sin embargo, Mike parecía muy cómodo en compañía de todos ellos. Eran personas amables y hacían que se sintiera a gusto.

Mike habló con Annie del Instituto Tecnológico de Massachusetts y con Heather de las universidades en las que la joven había solicitado plaza. Entabló con su padre una interesante discusión sobre historia medieval, un tema del que Mike parecía saber mucho. Su madre y él charlaron amistosamente. Habló con Maddie de varios temas, y todos se burlaron de él cuando llegaron sus crepes en lugar del rosbif y el pudin de Yorkshire que cenarían todos los demás. A Mike le gustaron tanto las crepes que pidió una segunda ración y se la comió toda. Como de costumbre, los vinos que eligió Jean-Pierre para ellos eran excelentes. Al final de la cena, todo el mundo estaba de buen humor y Mike decidió tomar uno de los troncos navideños de April, que se comió entero. Mientras se ponía las botas de comida, pensó que la familia de April era la gente más agradable que había conocido en su vida. Su padre llegó incluso a regañarlo por la mala crítica que le había dado al restaurante, y Mike reconoció que le producía mucha vergüenza.

—Fui un imbécil —confesó—. No entendí lo que hacía April. Vi que era una gran chef, y sabía por su currículo que tenía una formación excelente, así que pensé que sus platos estaban por debajo de sus posibilidades. En cambio, su idea es francamente genial. Solo he de pensar en lo que acabo de comer —dijo indicando las migas de las crepes, chorreantes de jarabe de arce. Eran lo que más le apetecía para cenar, y reconocía que su puré de patatas y su pasta con trufa blanca eran los mejores del mundo—. Algún día la compensaré —le prometió Mike a Pat, que pareció apaciguarse.

Bebieron champán con el postre. Algunos comieron tronco navideño, y los demás tomaron pudin de ciruelas, delicadamente flambeado. Y las dos chicas pidieron galletas con chocolate y malvavisco.

Después de cenar Jean-Pierre le ofreció a Pat una copa de coñac, y Mike también aceptó una. Los dos hombres se llevaban mucho mejor de lo que April esperaba. Valerie le pasó a su hija un brazo por los hombros, la abrazó y le susurró «Me gusta», y April contestó en el mismo tono «A mí también». Y cuando Mike fue al servicio, sus dos hermanas coincidieron en que era muy mono. Eso no significaba que fuesen a acabar juntos, pero por lo menos no había perdido totalmente el juicio cuando se fue a la cama con él; solo había sido un acto prematuro.

El grupo entero salió del restaurante después de medianoche, y no fueron los últimos en marcharse. Mike les dio las gracias a todos por permitir que se uniera a ellos, y no lo dijo, pero había sido la mejor Nochebuena de su vida. La familia de April le había caído muy bien. Antes de que Valerie subiera al taxi, April le dijo que Jack Adams acudiría a cenar al restaurante el día 26 de diciembre, por lo que se suponía que estaba recuperado.

—Lo sé —le respondió Valerie, sonriente—. Cenaré con él aquí. Me ha llamado hoy. Todavía camina con muletas, pero dice que se encuentra bien. Lo atribuye al puré de patatas y al pastel de carne que le enviaste. —Soltó una carcajada, y April pareció sorprendida.

—¿Te ha invitado a cenar? Es todo un detalle.

No le dijo a su madre que solía presentarse con chicas que tenían la mitad de su edad o menos. Era evidente que los dos se estaban haciendo amigos después de que él la rescatase de los terroristas. Una vez que todos hubieron subido a sus respectivos taxis, April volvió a entrar. Todo estaba bajo control en la cocina, así que subió a su piso.

Mike la llamó al móvil justo cuando se estaba metiendo en la cama. Parecía relajado y feliz, y no el Grinch.

—Gracias por la maravillosa velada. Tu familia me parece genial. Todos han sido muy amables conmigo, y no tenían por qué serlo. Podrían haber estado muy cabreados.

—Pues no es así. Tú también les has caído bien —dijo ella con franqueza—. Heather piensa que eres guapísimo —añadió, y él soltó una carcajada.

—La que es guapísima es tu madre. Tiene un aspecto increíble.

Mike sospechaba que había contado con cierta ayuda, pero los resultados eran fantásticos. Aparentaba quince años menos de los que tenía. Pat y Maddie también le caían bien. Todos le caían bien. Eran inteligentes, interesantes y cariñosos, y resultaba obvio que lo pasaban muy bien juntos. Era fácil entender por qué los quería tanto April, y estaba claro que ellos también la querían. Y a él le habían brindado una cálida acogida.

—¿Te gustaría salir a cenar un día de estos? —preguntó Mike inesperadamente, y April se quedó sorprendida—. El único problema es que tu restaurante se ha convertido en mi local favorito, así que no sé adónde podríamos ir. ¿Te gusta la comida china?

—Me encanta —dijo ella, ilusionada.

—Ya se me ocurrirá algo. También podríamos ir a un restaurante tailandés. ¿Qué te parece la semana que viene?

—Cuando a ti te vaya bien.

—Perfecto. Buenas noches, April. Feliz Navidad —le deseó, pronunciando esas palabras con sinceridad por primera vez desde hacía años.

—Feliz Navidad, Mike.

April sonrió al colgar. Resultaba gracioso pensarlo: estaba embarazada de él, de casi cuatro meses, y él la acababa de invitar a su primera cita. Y ella estaba entusiasmada.

El día después de Navidad, a la hora convenida, Jack se presentó ante el edificio de Valerie en un todoterreno Cadillac Escalade con chófer. Jack estaba sentado en el asiento trasero, y Valerie se sentó a su lado. Él llevaba un amplio abrigo de doble faz y un jersey de cuello alto, y ella se había vestido también de manera informal. Jack le había advertido que aún le costaba vestirse. Los dos se habían puesto unos tejanos gastados, y Valerie se abrigaba con un chaquetón de pieles. Una de las ventajas del restaurante de April era que podías vestirte como quisieras.

Jack y ella charlaron con desenvoltura a lo largo del trayecto hacia el centro. Él le contó que había pasado el día de Navidad con su hijo, el cual se había ido a esquiar con unos amigos esa misma mañana. Dijo que mantenía una buena relación con su ex esposa, que había vuelto a casarse poco después del divorcio, hacía dieciséis años, y tenía tres hijos pequeños. Valerie le explicó que ella también se llevaba muy bien con su ex marido, cuya segunda esposa, con quien tenía dos hijas, le caía estupendamente.

Jack reconoció de buen grado que no había sido un buen marido.

—De hecho —dijo con una expresión avergonzada—, fui terrible. Demasiadas tentaciones. Además, era demasiado joven. Estuvimos diez años casados, y no entiendo cómo ella pudo aguantar tanto. Si eres un *quarterback* y estás en la cima, se te sube a la cabeza. Me creía superior, y supongo que entonces lo era. Me divertía demasiado, y he de admitir que después he seguido haciéndolo. Este último cumpleaños me hizo pensar. Puede que haya llegado el momento de que me tome las cosas con más calma. La víspera de mi cumpleaños casi me muero.

Ella sonrió al recordarlo.

—Cuando te vi tenías muy mal aspecto.

—Creía que me moría. Tuve que pasar dos semanas en cama

por culpa de esa hernia discal. Jamás me había ocurrido nada parecido. Me lo tomé como una especie de mensaje.

—¿Y cuál sería el mensaje? —preguntó ella en un tono de broma.

Jack parecía animado a pesar de su reciente lesión, y a Valerie no le daba la impresión de que estuviese tomándose las cosas con calma. Salía a cenar menos de una semana después de recibir un disparo.

—No estoy seguro —dijo Jack con una sonrisa—. Quizá que me vaya a un monasterio. O al menos que me tome las cosas con calma. Llevo mucho tiempo en medio del jaleo. Mientras estaba en el hospital lo pensé también. Podríamos haber muerto todos. Creo que quiero utilizar más materia gris para plantearme cómo vivo y ser un poco más selectivo con las personas con quienes vivo.

Las modelos con las que salía eran muy hermosas, pero Jack sabía mejor que nadie que solo eran una serie de ligues de una noche. Hacía años que no tenía una relación seria. Empezaba a pensar que ya estaba listo para una. Aún no había conocido a la persona adecuada, pero tenía las cosas más claras desde el ataque terrorista.

Cuando April los vio bajar del coche en la puerta del restaurante, salió a recibirlos y ayudó a Jack a entrar en el local. Les había reservado una mesa de fácil acceso, y se alegraba de ver a su madre. Juntas instalaron a Jack en un banco acolchado, con la pierna herida sobre una silla. Jack dijo que estaba cómodo, y Valerie se sentó junto a él en el banco. Era una mesa discreta, pero todos los clientes habían reconocido a Jack. Incluso con muletas, era un hombre muy atractivo. Medía un metro noventa y tres y seguía pesando ciento ocho kilos. Valerie era una mujer alta, pero a su lado parecía bajita, al igual que April. Y, por supuesto, los clientes habían reconocido también a Valerie, como siempre.

April había ganado algo de peso recientemente y estaba perdiendo la cintura, pero con el delantal que siempre llevaba puesto nadie lo había notado hasta el momento. Aún pasaría algún tiempo antes de que el embarazo resultase evidente. Sabía que entonces tendría que dar muchas explicaciones. Nadie tenía la menor idea de lo que se estaba cociendo.

Esa noche, para cenar, Jack pidió todos sus platos favoritos. Tomó ensalada de cangrejo y langosta fresca de Maine. Valerie tomó una hamburguesa con queso que le apetecía desde hacía días. Además, compartieron un plato doble de deliciosas patatas fritas. Tras un debate serio entre un suflé de chocolate y un tronco navideño de los que habían sobrado, decidieron compartir una copa de dulce de azúcar caliente. Los dos disfrutaron mucho de la cena y se pasaron diez minutos alabando a April.

—Bueno, háblame de tu programa —dijo Jack mientras empezaban con el dulce de azúcar caliente.

Por si fuera poco, April les había dejado en la mesa una bandeja de bombones caseros, trufas y delicadas galletitas de mantequilla que había aprendido a preparar en Francia.

—¿Cómo llegaste a ser la autoridad por excelencia de todo lo que tiene que ver con el hogar?

—Vete a saber. Fui decoradora durante varios años, y siempre tenía muchas ideas para poner la mesa y para mejorar el aspecto de los hogares. Cuando empezamos no teníamos dinero, y yo siempre estaba pensando en cómo hacer cosas bonitas con un presupuesto limitado y haciendo las cosas yo misma. Mis amistades empezaron a pedirme consejo y ayuda. Organicé un par de bodas. Escribí varios libros, acabé trabajando en la cadena y, sin saber cómo, me convertí en una gurú de la vida refinada.

Tal como lo contaba, parecía muy sencillo. A lo largo de los años había considerado mucho su trabajo, e incluso seguía probando cosas nuevas y estudiando minuciosamente todos los detalles. Además, estaba dispuesta a trabajar más duro y durante más tiempo que nadie y a hacer cualquier sacrificio que fuese necesario. El esfuerzo había sido una parte importante de su éxito. Poseía una gran disciplina en su trabajo.

—Sí, como yo acabé en el Salón de la Fama —replicó él con

una carcajada—. Le di un par de patadas a un balón, hice un par de ensayos y allí estaba. Valerie, nadie sabe mejor que yo que no es tan fácil. Yo me dejé la vida en la liga nacional de fútbol americano, y todo el mundo dice que tú te matas a trabajar. Igual que tu hija, mírala, no se ha sentado en toda la noche. Al final creo que los dos sabemos que el trabajo duro es lo que vale.

—También como comentarista deportivo trabajaba mucho, y las entrevistas que Valerie había visto eran muy buenas. Los índices de audiencia de su programa eran excelentes—. Dime una cosa: ¿cuántos partidos de fútbol americano has presenciado en tu vida? Sé sincera. No me mientas, que me daré cuenta —le advirtió con una sonrisa.

—¿Sinceramente? Dos —contestó Valerie, incómoda.

No sabía nada de deportes. Y nunca lo había visto jugar, aunque sabía que era una leyenda.

—¿Profesionales o universitarios?

—Universitarios. Cuando estaba estudiando.

—Tenemos que hacer algo al respecto. —Jack lo pensó un momento. Era algo muy diferente de lo que solía hacer, pero ¿por qué no? Los dos acababan de recibir una segunda oportunidad—. ¿Qué te parecería acudir conmigo a la Super Bowl? Tendrías tu propia habitación, por supuesto —la tranquilizó—. Yo tengo que trabajar, pero creo que lo pasarías bien. La Super Bowl es lo mejor que hay. Se celebra en Miami dentro de cuatro semanas. Solo espero poder moverme mejor para entonces, aunque en cualquier caso tengo que ir. Quieren que la presente como sea.

Valerie vaciló durante solo una décima de segundo y se echó a reír.

—Me encantaría. Trataré de hacer alguna clase intensiva antes de ir.

—No tienes por qué. Te lo explicaré cuando estemos allí.

Ella soltó una carcajada.

—Llevo años diciéndole a la gente cómo organizar fiestas para la Super Bowl. Vas a convertirme en una mujer sincera.

—Pues ya es hora. Mi hijo siempre me acompaña. Espero que no te importe. Es un gran chico. Seguramente sabe de fútbol americano aún menos que tú. Detesta los deportes, supongo que gracias a mí. Pero la Super Bowl le parece divertida. Solía venir cuando yo jugaba. Creo que era muy ruidosa para él y que sigue siéndolo. Cada vez que voy añoro mis tiempos de jugador. Es duro renunciar a todo eso. Gané cuatro Super Bowls. No se puede pedir más. Me alegro de haberme retirado cuando lo hice, pero a veces aún lo echo de menos. ¿A quién no le ocurriría? Ser comentarista deportivo es genial, pero no es como participar en el juego.

—Yo también me siento así a veces —reconoció ella—, cuando veo a mujeres jóvenes que están empezando su carrera. Es duro hacerse mayor.

Ambos miraron a April. A ellos les parecía una niña, y en cierto modo lo era.

—Yo acostumbraba a decirme que aún era joven, pero el último cumpleaños pudo conmigo —admitió él.

—A mí me pasó lo mismo —dijo Valerie con una sonrisa triste—, sobre todo cuando lo anunciaron en la radio. Cuando te vi en el ascensor ese día tenía ganas de matar a alguien, pero al verte tan encorvado me diste pena.

Al pensar en la noche que había pasado con Catwoman y su desastroso resultado, a Jack le entró la risa.

—Creo que esa fue mi última cana al aire. Después de eso, pensé que quizá hubiese llegado el momento de madurar. Sobrevivir al secuestro terrorista de la cadena fue una revelación para mí acerca de lo que importa y lo que no. Algunos de mis actos han sido bastante estúpidos. En el fondo, destruí mi matrimonio por simple chulería.

Las palabras de Jack le hacían pensar en sí misma. Ella había hecho algo parecido, aunque Pat se lo había tomado muy bien. El secuestro y las víctimas también habían supuesto una revelación para ella. Y de pronto se daba cuenta de que la mayoría de las decisiones que tomó mientras estaba casada guardaban relación con lo que era bueno para ella y su carrera, y no con lo que le convenía a él o al matrimonio. Un poco arrepentida, Valerie se preguntaba si se habría equivocado.

—Pues yo arruiné el mío para progresar en mi profesión —confesó ella, apesadumbrada, con su sinceridad habitual—. Aunque estaba casada con el hombre equivocado. En realidad, nunca funcionó. Es una persona maravillosa, pero éramos demasiado diferentes. Reconoce que se moría de miedo conmigo. Él quería más hijos, y ahora me gustaría haberlos tenido. Pero yo quería construir un imperio y lo hice. Eso requiere muchos sacrificios, y no estoy segura de que merezca la pena. Me encanta mi trabajo, y sigo disfrutándolo mucho, pero no es lo único en la vida. Me ha costado mucho darme cuenta —dijo Valerie con una sinceridad y una franqueza que impresionaron a Jack.

—Sí, a mí también —reconoció Jack—. Divertirse no lo es todo en la vida. De lo contrario, acabas rodeado de una multitud de aprovechados con ganas de pasarlo bien a tu costa y un montón de chicas bobas y muy guapas que están ahí para sacarte el dinero. Eso cansa. Puede que fuese una suerte que me lesionara la espalda el día de mi cumpleaños. En las dos semanas que pasé en cama compadeciéndome de mí mismo tuve tiempo para pensar.

—Yo he pensado mucho en ello en los últimos años, pero no sé qué más podría hacer —dijo Valerie en voz baja—. Mi matrimonio se acabó hace veintitrés años. April es mayor y no me necesita. Lo único que me queda es el trabajo, y es lo que mejor se me da.

Jack la miró con aire reflexivo. Sus palabras tenían sentido también para él.

—Creo que lo que necesitas ahora en la vida, Valerie, es el fútbol americano —le contestó en un tono de broma—. El mes que viene, en Miami, te daremos un curso de inmersión total. A cambio, tú puedes enseñarme a poner la mesa.

Aunque le tomaba el pelo, Jack sentía un gran respeto por

su carrera profesional. Su nombre era muy conocido. Valerie era una auténtica autoridad mundial sobre la vida refinada. No había una sola chica en Estados Unidos que planease su boda sin uno de los libros de Valerie. Resultaba fácil despreciar sus logros, pero Valerie era una industria en sí misma. Era un negocio, una estrella, un icono y una leyenda, todo en uno, igual que Jack. Cada uno a su manera, ambos estaban en el Salón de la Fama, pero al final los dos habían comprendido que por muy emocionante que pudiera ser a veces, sencillamente no era suficiente. Pat lo había comprendido cuando se divorciaron. Él se casó con Maddie y se dedicó a tener más hijos con una mujer cuya mayor alegría en la vida era su familia y su matrimonio. Con ella se entendía como nunca con Valerie. Casi todas las decisiones de Valerie habían sido unilaterales y se habían basado en lo que era bueno para su carrera profesional. En aquella época era lo que más ilusión le hacía. Era demasiado tarde para volver atrás, y no lo lamentaba. Sin embargo, algunos de los sacrificios realizados habían perdido buena parte de su sentido.

Jack Adams estaba en una situación parecida. Había optado por una vida de diversión y no se arrepentía, pero a sus cincuenta años no había nadie importante en su vida, a excepción de su hijo. Nunca había frenado el ritmo el tiempo suficiente para casarse de nuevo y tener más hijos. Se decía que algún día lo haría, y las mujeres con las que salía eran lo bastante jóvenes para que él aún pudiera volver a casarse y ser padre otra vez. Muchos hombres de su edad y más mayores tenían una segunda familia, sobre todo los de éxito. Sin embargo, deseaba haberlo hecho cuando era más joven. Cuando veía a los otros tres hijos de su ex mujer, se daba cuenta de que en algún momento la había fastidiado. A los cincuenta años era difícil recuperar el tiempo perdido. Y aún más difícil a la edad de Valerie. Un día te despertabas y estabas solo, y te preguntabas cómo había sucedido. En el caso de Valerie y Jack, ambos sabían cómo.

—Si volvieses a empezar, ¿lo harías de otra forma? —preguntó Jack.

Ella reflexionó antes de contestar.

—Puede que sí y puede que no. Quizá debería haberme esforzado más por salvar mi matrimonio, pero Pat y yo no queríamos las mismas cosas. Él deseaba una vida académica y yo no. No me importaba la historia medieval, ni que consiguiese ser profesor titular en la universidad, ni tampoco sus estudiantes. Estaba demasiado interesada en mi propia carrera y en mi futuro. Viajaba sola en un tren exprés. Ni siquiera me di cuenta de que nadie viajaba conmigo, y seguramente no me habría importado, aunque ahora sí me importa. Me gustaría contar con la compañía de alguien en ese tren, que ya no avanza tan deprisa. Sigue avanzando a buena marcha, eso sí, pero hay sitio para alguien más a bordo. Antes nunca lo hubo. Creo que lo que más lamento ahora es no haber dedicado tiempo ni esfuerzo a encontrar a otra persona después de Pat. Estaba demasiado ocupada. Pero un día te despiertas y estás sola, y ya no hay nadie en la estación que quiera subir al tren. Has estado circulando demasiado deprisa. Aunque no quiero acabar sola algún día, cuando sea una anciana, podría ocurrir. No paré en suficientes estaciones para dejar subir a bordo a nadie más. Y cuando te das cuenta de eso es demasiado tarde para cambiarlo. Tienes una vida, un programa, una carrera profesional que es la envidia de todo el mundo, una historia, pero si estás sola no estoy segura de que tus logros signifiquen tanto.

—No es demasiado tarde para que alguien suba a ese tren contigo —dijo Jack en voz baja, y era sincero—. Eres una mujer preciosa, Valerie. Solo tienes que frenar el ritmo lo suficiente para que alguien suba a bordo.

Ella asintió con la cabeza. Se daba cuenta de que él sabía exactamente a qué se refería. A su modo, Jack había hecho lo mismo.

—Lo estoy intentando —dijo ella con franqueza—. Hay gente que dice que no puedes tenerlo todo, una carrera profesional de éxito y una relación. Yo siempre pensé que sí se podía, aunque no me he esforzado demasiado.

—Yo creo que puedes tener las dos cosas. A mí también me han dicho eso. Me parece una gilipollez. Creo que la gente que lo dice es una envidiosa a quien le molesta la idea de que puedas tenerlo todo. Sí se puede; solo tienes que moderar tus deseos. Yo he dedicado los últimos veinticinco años de mi vida a salir con todas las tontas de este país. Eso no tiene nada de malo si lo que de verdad quieres es salir con tontas, pero si quieres más en algún momento tienes que apearte de ese tren también. Yo olvidé apearme de ese tren. Hace poco me caí de él, y empiezo a pensar que fue una suerte. Me desperté.

Ella asintió con la cabeza. Desde luego, tenía que tomar una decisión acerca de la clase de mujeres que quería. Había sido una conversación interesante.

April se les acercó con una sonrisa. Llevaba toda la noche de pie, entrando y saliendo de la cocina y saludando a los clientes. A Valerie le preocupaba que ella también permaneciera demasiado tiempo en el tren de su profesión. Aquel bebé iba a hacerle mucho bien. Iba a poner algo real y humano en su vida. Así no solo podría amar un restaurante, sino también a una persona, a un niño. Lo único que Valerie no lamentaba en su vida era haber tenido a April. Había sido el mayor regalo de todos.

—¿Cómo os va? —les preguntó observando los restos del dulce de azúcar caliente.

Se habían comido casi todas las trufas de chocolate, y también las galletitas de mantequilla. Solo quedaba una de cada.

—Yo diría que nos ha ido muy bien. Ha sido una velada estupenda. Tu madre me está contando todo lo que hay que saber para poner la mesa, y yo le he explicado lo que son los goles de campo y los pases incompletos.

April se echó a reír. Era evidente que lo estaban pasando bien.

—Pero no dejes que te enseñe a cocinar —añadió April.

—No te preocupes. Por suerte te tenemos a ti. Por cierto, la langosta estaba deliciosa —contestó él para alegría de la joven.

A continuación Jack pagó la cuenta. Valerie vio que estaba cansado. Seguramente la pierna seguía doliéndole más de lo que quería reconocer, y la salida había sido un poco prematura. Cuando se marcharon parecía andar más despacio con las muletas, aunque dijo que la culpa era de toda aquella comida, que lo lastraba. Sin embargo, parecía agotado, y Valerie sospechó que se sentía dolorido.

Cuando la dejó en la puerta de su edificio, ella le dio las gracias por la cena. Jack dijo que lo había pasado muy bien, y ella respondió lo mismo.

—Le diré a mi secretaria que te llame por lo de Miami. Te daré el nombre del hotel y las fechas, a ver si te van bien. No hace falta que reservemos vuelo; la cadena nos enviará allí en el avión de la empresa.

Era una forma agradable de viajar. Desde luego, Jack era una estrella, y lo bueno era que Valerie también. Estaban en un plano de igualdad. Jack iba a ser un amigo maravilloso.

—Intenta descansar un poco durante las fiestas —le aconsejó ella.

—Mira quién habla —dijo él, y se echó a reír—. ¿Cuántos días de descanso te tomaste después del secuestro? Recuérdamelo, ¿fueron uno o dos?

Valerie respondió con una carcajada. Jack tenía razón. Ambos se habían pasado la vida esforzándose al máximo, haciendo todo lo posible, y esa actitud tenía muchas ventajas. Les había llevado al punto en el que se hallaban. Sin embargo, en ese momento de sus respectivas vidas, ambos se planteaban cuál había sido el precio de ese frenesí. Y, por razones diferentes, los dos querían frenar un poco el ritmo, no del todo, pero sí lo suficiente para dejar que alguien más subiese al carrusel con ellos. Esa noche los dos habían sido sinceros y abiertos al abordar el tema. Sería interesante ver si podrían hacerlo. Valerie estaba deseando asistir a la Super Bowl con él, si tenía tiempo. Nunca había hecho nada así. Parecía divertido, y le gustaba la idea de hacer algo tan diferente.

Jack le dio un beso en la mejilla. Valerie se bajó del coche, se despidió con un gesto de la mano y entró en el edificio. Lo había pasado muy bien. ¿Quién habría adivinado que acabarían siendo amigos?

10

Para su primera cita, Mike escogió un minúsculo restaurante chino de Chinatown situado cerca de Canal Street. Parecía un local de mala muerte, pero la comida era delicada y exquisita. Él ya había estado, por lo que conocía sus especialidades. April se quedó fascinada al ver la carta, llena de platos maravillosos a base de tiburón y de langosta. En el momento de hacer la reserva Mike había encargado pato a la pequinesa, y estaba perfecto. Tomaron también un aromático pollo en papillote, tiburón salteado y unos platos de verduras cuyas especias intentaron adivinar. April preguntó la receta de cierto plato de carne para servirlo en su restaurante, pero el propietario se limitó a soltar una carcajada.

—No van a contarte sus secretos —dijo Mike sonriendo de oreja a oreja.

Se alegraba de que le hubiese gustado tanto la comida.

—Di la verdad —le dijo ella mientras disfrutaban de un delicado helado de té verde—. ¿No es más divertido esto que informar desde zonas en guerra?

—A veces —reconoció él—, pero solo cuando la comida es así de buena. No sabes cuánta comida mala tomo mientras escribo críticas. Hay muchos chefs sin imaginación, y su comida no vale para nada.

—¿Pensaste eso cuando me hiciste la mala crítica? —preguntó ella con una expresión nostálgica.

Mike aún se sentía avergonzado y esperaba compensarla algún día.

—No. Pensé que la comida era estupenda, pero que no te esforzabas lo suficiente con la carta. Me convenciste de lo contrario con las crepes de Nochebuena, e incluso antes. Ahora sueño con tu puré de patatas, y hasta me encantan tus macarrones con queso.

April le había hecho probar un poco de los dos platos en Nochebuena.

—Tengo que reconocer que no son tan buenos como esto. Siempre he querido ir a China y aprender en serio cómo preparan la comida. —Aún había muchas cosas que April quería hacer. Pero su vida iba a volverse infinitamente más complicada en junio. Iba a pasarse algún tiempo sin viajar a ninguna parte.

Salían del restaurante cuando ella le formuló una pregunta, aunque se arrepintió antes incluso de acabar de pronunciar aquellas palabras.

—Mañana voy a ver a mi doctora para la visita de los cuatro meses. ¿Hay alguna posibilidad de que quieras venir a ver la ecografía o a escuchar el latido del corazón? No herirás mis sentimientos si no quieres, solo se me ha ocurrido preguntártelo por si te apetecía.

Ambos sabían que no era así, pero April se lo preguntó con tanta amabilidad que Mike pensó de pronto que debía hacerlo. Sentía que aquel bebé no era suyo, solo de ella. No tenía relación alguna con él. Aún le costaba creer que existiese siquiera. Era de ella pero aún no era suyo, y quizá nunca lo fuera. Veía por primera vez la ligera redondez de su vientre. Sin embargo, los pantalones holgados que llevaba cuando no trabajaba, así como la casaca y el delantal que se ponía en el restaurante, ocultaban la presencia del bebé casi todo el tiempo. Pero él sabía que estaba allí, esperando a destruir su vida para siempre.

—Claro. Tal vez. ¿A qué hora vas? —preguntó en un tono vago. Parecía incómodo.

—A las cuatro en punto.

April le dio la dirección de la consulta de su doctora. Mike asintió y se dijo que podía hacerlo. No era para tanto. ¿Qué daño podía hacer una visita?

—Podemos quedar allí —confirmó él.

April lo miró con una sonrisa tierna, y a Mike se le encogió el corazón. No sabía cómo decirle que tenía miedo de lo que vería y de lo real que le parecería el bebé después. ¿Y si el bebé resultaba ser como él, a quien sus padres le echaban la culpa de todo, o como su hermano, que no pudo afrontar sus constantes peleas y acusaciones y se suicidó a los quince años? Las cosas así no aparecían en una ecografía, y eran más devastadoras que las deformidades o las anomalías. Y si dejaba entrar a ese niño en su vida, y a April con él, ¿acabarían rompiéndole el corazón o considerando que no daba la talla? No podía arriesgarse. Con una familia como la suya, April no tenía la menor idea de la clase de infancia que había tenido él. ¿Y si era tan malo como sus propios padres? Eso sería aún peor. ¿Y si la condición de mal padre era hereditaria? ¿Y si estaba oculta en algún lugar de sus genes? April tenía tres modelos sólidos en los que inspirarse, y Mike no tenía ninguno.

La acompañó a su piso, situado encima del restaurante, y recordó demasiado bien lo que había sucedido allí cuatro meses atrás. Había momentos, como esa noche, en los que sentía la tentación de acercarse a ella otra vez y en esta ocasión hacerlo bien, porque le importaba y la respetaba, no por el vino, pero pensaba que era demasiado tarde para un nuevo comienzo. El hijo de él ya estaba creciendo en el vientre de April. Ya había hecho bastante daño. Ambos habían cometido una terrible equivocación. No quería cometer otra empezando de nuevo con ella. Le dio un beso en la frente y la dejó en las escaleras que llevaban a su piso. Al marcharse, parecía abrumado por la tristeza. April se preguntó si de verdad se presentaría en la consulta de la doctora al día siguiente. Al menos se estaban haciendo amigos poco a poco. Había disfrutado mucho durante la cena.

A la mañana siguiente acudió a su sesión de acupuntura con Ellen. Su amiga comentó que el bebé se estaba convirtiendo en un bulto de buen calibre. No podían saber si era niño o niña, aunque Ellen dijo que tal vez fuese capaz de averiguarlo más adelante a partir del pulso de April. Esta dijo que esperaba que fuese niña. Si iba a estar sola con ella, una niña le resultaría más fácil. Mike no había declarado ninguna preferencia. Al fin y al cabo, no quería el bebé.

El restaurante se llenó en el turno del almuerzo. Además, surgió un problema con uno de los frigoríficos y April estuvo a punto de marcharse demasiado tarde. Al salir del restaurante se cruzó con el técnico, que entraba en ese momento. Llegó a la consulta a las cuatro y cinco, y Mike no estaba. April estaba casi segura de que no acudiría. La estaban pesando cuando oyó que alguien preguntaba por ella en recepción. Era Mike. April salió a la sala de espera para recibirlo con una sonrisa. Había aumentado cuatro kilos y medio en los últimos cuatro meses y podía ganar once en los cinco siguientes. A partir de ese momento iba a empezar a ganar peso de verdad.

Mientras permanecían sentados en la sala de espera en compañía de otras mujeres embarazadas con vientres enormes, Mike parecía afligido. Cuando entraron en la consulta, estaba pálido y tenía cara de estar a punto de salir corriendo. April se lo presentó a la doctora, una mujer agradable y tranquila, y acordaron hacer una ecografía rápida para que Mike viese al bebé con sus propios ojos. April aún no había notado sus movimientos, y la doctora le explicó que los notaría en las siguientes semanas. Mike nunca le había puesto la mano en el vientre, y April dudaba que alguna vez lo hiciese. No obstante, se decía que él no estaba allí como padre del bebé, sino como amigo.

La doctora dejó a April y a Mike con la especialista. Tras vaciar la vejiga y ponerse una bata de algodón, April volvió a la consulta. Se tendió en la camilla para que pudieran ponerle el gel y vio que Mike apartaba la mirada. Solo se veían sus largas piernas y su vientre redondeado. Una vez que la máquina estuvo en funcionamiento, la especialista se puso a mover la varita por encima de su abdomen y el bebé apareció en la pantalla. Mike lo miraba fijamente con absoluta fascinación. Tenía el aspecto de un bebé. Estaba acurrucado, pero resultaban visibles la cabeza, la espalda, los brazos y las piernas, las manos y los pies. Y el latido rítmico del corazón era igual de claro. Lo oían a través del micrófono. Mike miró asombrado a April y luego volvió a clavar la vista en la pantalla. Ella le sonreía mientras notaba cómo se movía la varita por su vientre sobre el frío gel para que él pudiera ver al niño que crecía en su interior. El bebé que habían concebido juntos como un accidente nunca había parecido más real, ya no solo para ella, sino también para él.

Mike no dijo ni una palabra cuando la especialista le entregó la impresión para que se la llevase a casa. No hizo ninguna pregunta; simplemente se la quedó mirando mientras salía de la consulta seguido de April. Esta se alegraba de que Mike la hubiese acompañado y esperaba que se sintiese menos enfadado y asustado.

Siguió a April a la sala de exploración, dejó caer la ecografía en la papelera y se puso a mirar alternativamente a April y a la doctora. April vio una fina capa de sudor en su cara y pensó que iba a desmayarse.

—Lo siento —le dijo a April con voz ronca—, no puedo hacer esto. Es que no puedo. Esto es un terrible error.

Y luego, sin una palabra más, abandonó la sala. April lo siguió. Mike ya había cruzado la sala de espera a grandes zancadas y salió por la puerta mientras ella permanecía allí plantada, en bata. A continuación April volvió corriendo a la sala de exploración y se echó a llorar. Se disculpó ante la doctora, quien le aseguró que esas cosas pasaban. Algunos hombres se sentían demasiado abrumados por la responsabilidad para aceptar la idea fácilmente. Pero April sabía que era más que eso. Era puro terror y un rechazo absoluto a cualquier relación con aquel bebé. Mike no podía, y ella tuvo la repentina sensación de que nunca volvería a verlo.

La doctora examinó deprisa a April para que pudiera marcharse y le dijo que todo iba bien. Diez minutos más tarde, April iba llorando por la calle, consciente de que llevar a Mike a la consulta de la doctora había sido un tremendo error. Cogió un taxi para volver al restaurante, y aún lloraba cuando Mike le envió un mensaje que decía: «Lo siento. No puedo». Él habría querido decirle que no debería haber tomado la decisión de tener el bebé, pero no tenía sentido repetirlo. Ya era demasiado tarde para cambiar las cosas, y de todos modos April no lo deseaba. No abortó cuando tuvo la oportunidad. Mike se sentía traicionado por ella y por aquel terrible capricho del destino. Y April tuvo la abrumadora sensación de que desaparecería, esa vez para siempre.

Volvió al restaurante temblorosa y deprimida, más asustada que nunca. Estaba claro que Mike no quería involucrarse. Al principio no contaba con él, pero de pronto se daba cuenta de que se estaba enamorando de él, tal vez en parte por el bebé, aunque además aquel hombre realmente le gustaba. De pronto le dolía mucho perderlo. Y, sin embargo, sabía que no podía hacer nada para evitarlo.

11

Jack telefoneó a Valerie al día siguiente de haber cenado en April in New York y le preguntó si le apetecía ver una película con él en Nochevieja. Reconocía que no se sentía con ánimos para volver a salir, pero en su apartamento disponía de una sala de cine y un surtido de películas de estreno que tal vez le gustasen. A Valerie el plan le pareció divertido, y además no tenía nada más que hacer. En Nochevieja April trabajaba siempre, y a Valerie no le gustaba salir esa noche. Disfrutar de una película en casa de Jack le parecía el modo perfecto de pasar la velada. A él también le hacía ilusión. Esta vez tenía pensado encargar una cena un poco más elaborada para que la velada resultase más festiva. Aún así, le dijo a Valerie que se relajase y acudiese vestida con tejanos. No necesitaban presumir de nada y podían pasar una noche tranquila y sencilla sin salir de casa. A ella le encantó la idea, aunque no le comentó sus planes a April porque no le parecían importantes.

Cuando Valerie se presentó en el apartamento, la enfermera la hizo pasar. Jack estaba con sus muletas en la cocina, organizando la cena. Teniendo en cuenta lo sucedido, se las arreglaba muy bien.

Alzó la vista, contento de verla. Había decidido cocinar él mismo. Había encargado caviar, ostras y buey de mar, estaba preparando pasta para acompañarlo y había hecho una enorme ensalada, que descansaba en un cuenco. Parecía un auténtico festín. Jack le sirvió a Valerie una copa de champán Cristal. Estaba pálido pero tenía buen aspecto.

—Bueno, ya veo que has estado muy ocupado —comentó Valerie con una sonrisa—. ¿Qué puedo hacer para ayudar?

Parecía que lo había hecho todo. La comida estaba ya dispuesta en unas fuentes.

—Tu hija dice que eres una amenaza en la cocina —bromeó Jack, y ella se echó a reír—. Quizá sea mejor que te sientes.

Jack se movía cojeando de un lado para otro, aunque se las arreglaba bien a pesar de las muletas. De vez en cuando iba a la pata coja para descargar la pierna herida.

—¿Por qué no me dejas hacer algo? Si no te fías de mí, al menos puedo acercarte lo que necesites. Vas a hacerte daño —dijo Valerie, preocupada.

Jack sonrió de oreja a oreja. Estaba acostumbrado a cuidar de otros y no a que las mujeres lo cuidasen, pero le gustó aquella inquietud tan maternal que resultaba nueva para él.

—Me encuentro estupendamente —la tranquilizó—. Si quieres, puedes poner la mesa.

—Pues eso se me da muy bien —dijo ella, segura de sí misma.

Jack señaló el armario en el que guardaba la porcelana y los manteles individuales. Los había de diversos colores y estampados, y ella escogió unos mantelitos de lino gris y unas servilletas con hilos de plata que puso en la mesa redonda de cristal situada al otro extremo de la cocina, con vistas a Central Park. Era una sala inmensa con unas vistas fabulosas, aún mejores que las de ella. Jack vivía a solo unas manzanas de distancia del apartamento de Valerie, situado más al norte, aunque en una planta mucho más alta. Desde su casa se veían los dos ríos, a este y oeste, y todo Central Park. Era el perfecto apartamento de soltero. Pocos minutos después, con la mesa ya puesta, la acompañó a un despacho decorado con paneles de madera para enseñarle unas estanterías llenas de trofeos y de premios que cubrían una pared. Se los señaló orgulloso como un niño, y Valerie se quedó pasmada al ver cuántos había.

—Los demás están en la caja fuerte —dijo Jack en un tono vago.

Ella los miró con interés y leyó las placas de todos. Correspondían a algunos puntos culminantes de su carrera, y Jack le aseguró con una sonrisa infantil que tenía muchos más. Parecía decirle: «¡Mira, mamá! ¡Mira lo que he hecho!». Valerie se sintió impresionada y atraída. Comprendió que era un hombre de grandes logros con el corazón de un niño, y eso le gustó.

—Eres muy importante —dijo volviéndose hacia él con una sonrisa.

Había en Jack una inocencia que la conmovía, aunque estaba presumiendo y ambos lo sabían.

—Sí que lo soy —respondió Jack sonriendo abiertamente como un niño satisfecho de sí mismo—. Pero usted también lo es, señora Wyatt. Es tan importante como yo.

Su amistad incipiente resultaba equilibrada en muchos aspectos. Jack siempre había salido con mujeres que se sentían impresionadas por él pero que no habían logrado gran cosa por su parte. Eran demasiado jóvenes para haber hecho nada todavía, aunque en algunos casos habían trabajado como modelos. Ese era el problema de salir con mujeres muy jóvenes. No suponían un gran reto ni aportaban nada, salvo su atractivo cuerpo. Valerie era mucho más interesante, y a Jack no le importaba la diferencia de diez años que existía entre ellos. No tenía la sensación de que ella fuese mayor, y además no lo aparentaba. Parecían tener más o menos la misma edad. Él no lo habría reconocido, pero se había operado los ojos y también se ponía inyecciones de Botox. Mantener un aspecto juvenil resultaba fundamental no solo para su carrera de comentarista deportivo, sino también para su vida sexual. Era mayor que las chicas con las que salía, pero no quería que se notase, al menos demasiado.

Luego acompañó a Valerie de vuelta a la cocina, donde ella acabó de poner la mesa. Añadió unos candelabros de plata y encendió las velas. Acto seguido seleccionó unos platos con una ancha franja plateada. Todo lo que tenía Jack era elegante pero masculino, y de la mejor calidad. Mientras repasaba el contenido del armario, Valerie se había fijado en que los candelabros y la cubertería eran de Cartier; los platos, de Tiffany, habían sido hechos por encargo en París y llevaban su nombre en la parte inferior. Era un hombre amante del lujo y de las cosas buenas de la vida, y poseía estilo y buen gusto. Había recorrido un largo camino desde sus tiempos de jugador de fútbol americano y había adquirido una pátina de sofisticación, pero también conservaba un carácter natural y sencillo. Era lo que les gustaba a las mujeres. Jack era muy atractivo, pero seguía siendo real.

Se acercó cojeando con las muletas, miró la mesa y asintió con la cabeza en señal de aprobación.

—Me encanta cómo has puesto la mesa. No todo el mundo puede decir que la mismísima Valerie Wyatt le ha puesto la mesa a la hora de la cena. Me siento muy honrado —comentó.

Ella se echó a reír y dio otro sorbo de champán. Estaba disfrutando de la velada con Jack, que parecía sentirse muy a gusto y contento de estar en su compañía.

Valerie cogió las fuentes que Jack había llenado y las distribuyó por la mesa. Pocos minutos después, él bajó la intensidad de las luces y puso música. Se sentaron. La enfermera había desaparecido en cuanto llegó Valerie, y esta se dio cuenta de que se sentía muy cómoda con él, lo cual resultaba sorprendente, ya que apenas se conocían. Jack era un hombre muy agradable e interesante, con muchos matices. El éxito no lo había estropeado. Si acaso, había ampliado sus horizontes y le había abierto los ojos a las mejores cosas de la vida. Disfrutaba de lo que el dinero podía proporcionarle, pero también se interesaba por la gente. Hablaba mucho de su hijo, que estaba en la universidad. Era evidente que lo quería con locura y que pasaban tiempo juntos siempre que podían.

Durante la cena hablaron de arte. Jack también tenía buen ojo para eso, y Valerie se había fijado al entrar en un impresionante cuadro de Diebenkorn que valía una fortuna. Había dos obras de Ellsworth Kelly en la cocina que añadían color al espacio. Una era un profundo corte de azul, y había una roja a su lado. A Valerie le gustaron las dos. Charlaron con desenvoltura mientras cenaban. Era una Nochevieja perfecta entre amigos, más relajada que romántica, y Valerie se sentía muy a gusto. Tenía la impresión de que él trataba de conocerla, no de seducirla, y eso la atraía. Sabía que podía tener a todas las mujeres que quisiera y que no necesitaba añadirla a su colección, aunque ella tampoco habría querido formar parte de su tropel de «chicas».

La comida era deliciosa, y la pasta que había preparado estaba muy rica. Él mismo había mezclado el aliño de la ensalada. Se tomaron el caviar y las ostras, y Valerie se sirvió un poco de buey de mar. A continuación Jack le sirvió un poco de pasta. Costaba creer que después de lo que habían vivido pocos días atrás se estuviesen relajando en aquella cocina, disfrutando de los pequeños lujos y los caprichos de la vida.

—Es raro, ¿no? —comentó Jack—. Hace diez días recibí un tiro de un francotirador en la pierna, y ahora estamos aquí, como si nada hubiera ocurrido, cenando ostras y pasta y hablando de la vida.

Valerie echó un vistazo a las muletas y alzó una ceja. No le parecía que recibir un tiro no fuese nada.

—La gente tiene una capacidad enorme para recuperarse de los peores desastres y tragedias. La situación es caótica, y de pronto todo vuelve a parecer normal. —Sonrió relajado. El trauma que había vivido no se le notaba en los ojos.

—Yo no puedo decir que me sienta completamente normal —confesó Valerie mirándolo a la luz de las velas—. Tengo pesadillas todas las noches, y eso que fui muy afortunada.

Ambos pensaron en los compañeros que habían muerto, en las once víctimas. Todos habían sufrido un gran trauma, él incluido, lo reconociese o no.

—Los dos fuimos afortunados —dijo Jack con suavidad.

A Valerie la impresionaba que él se sintiera así. Y su amistad había sido el resultado de aquel acontecimiento espeluznante. Aún lo recordaba ayudando a salir a las mujeres del edificio. Los sonidos y los olores de aquel vestíbulo seguían obsesionándola, y quizá nunca dejaran de hacerlo. Era difícil borrarlos de su mente, aunque sabía que con el tiempo se desvanecerían. Sin embargo, para ella, aún continuaban vivos. Y seguramente para él también pese a lo que decía. Jack se alegraba de estar vivo, a pesar del dolor de la pierna.

Él se puso a contarle anécdotas de su época de deportista para distraerla. Veía en sus ojos que seguían atormentándola los recuerdos de aquel horrendo día. Al menos él no recordaba en absoluto el momento en que había recibido el disparo. Valerie sabía que se hablaba de concederle un premio por su heroísmo. El alcalde en persona lo había telefoneado algunos días antes para darle las gracias, y Valerie se había enterado en la cadena.

Entonces Jack habló de su matrimonio, de los errores que lamentaba, de las cosas que echaba de menos, de los instantes de felicidad. Valerie se sintió conmovida al saber que el momento culminante de su vida no había sido ninguna de sus victorias en la Super Bowl ni su entrada en el Salón de la Fama, sino la llegada al mundo de Greg, su único hijo. Ese detalle de Jack le gustó mucho.

—Yo siento lo mismo por April.

Habría sido la ocasión ideal para decirle que su hija iba a tener un bebé, pero no se lo contó. Hablar de ello hacía que se sintiese vieja. Ya era bastante malo tener sesenta años y estar sola. No tenía valor para decirle que iba a ser abuela ni para admitirlo siquiera ante sí misma. Aún no lo había asimilado. Pat parecía más relajado al respecto, pero él era un hombre y estaba felizmente casado. Además, su edad no le preocupaba. En eso coincidían Jack y Valerie: a los dos les costaba aceptar la edad que tenían y lo que significaba en su vida. Y ambos trabajaban y vivían en un mundo que apreciaba la juventud por encima de todo. No resultaba fácil envejecer rodeado de personas con la mitad de años que tenían muchas ganas de ocupar tu lugar y ansiaban que cometieses algún error. Valerie era muy consciente de ello en su trabajo, y Jack también. Valerie y él compartían muchas más experiencias de las que ella había compartido con Pat o incluso con hombres más recientes en su vida. Y Jack no tenía nada en común con las chicas con las que salía. Solo eran más trofeos en su pared. Pocas veces podían mantener una conversación. Su único vínculo con ellas era el sexo. ¿Y qué sucedería cuando eso fuese cuesta abajo? Esa cuestión le preocupaba.

Valerie lo había ayudado a retirar los restos de la cena, y él había servido un poco de helado en unos cuencos de cristal.

—Mi edad no me importaba —reconoció Jack—. Nunca pensaba en eso. Siempre era el tío más joven de cualquier reunión. Sin embargo, un día me di cuenta de pronto de que ya no era así. De repente era el más viejo e intentaba convencerme de que no podía ocurrirme. Ahora, sin comerlo ni beberlo, tengo cincuenta años. ¡Cincuenta! Y tengo que competir en la pantalla, en la cadena y en el dormitorio con tíos veinte años más jóvenes que yo o con la mitad de mi edad. No importa que haya sido un *quarterback* famoso, que posea una sala llena de trofeos o que tenga buen aspecto para mi edad. Sigo siendo lo que soy; ellos lo saben, y yo también. Resulta aterrador, ¿no crees, Valerie?

Mientras se tomaban el helado, ella le sonreía con cierta tristeza. Jack nunca había sido tan sincero con nadie.

—A decir verdad, Jack, cincuenta años me parecen muy pocos —dijo con una carcajada. Ella también se mostraba franca.

—Supongo que depende de tu perspectiva —dijo Jack.

Estar con ella le producía un sentimiento relajante y agradable. No tenía que esforzarse tanto como con mujeres más jóvenes. No intentaba impresionarla. Podían cenar en la cocina vestidos con tejanos y decir la verdad. Ella tenía tanto éxito como él, o incluso más, y afrontaba los mismos problemas todos los días. En ciertos aspectos, para Jack era un poco extraño estar con una mujer tan conocida como él, pero esa igualdad le gustaba, aunque nunca la hubiese buscado. No tenía la sensación de que ella fuese mayor que él. Le daba la impresión de que Valerie era su igual y tenía su misma edad. Ambos poseían una apariencia juvenil y tenían opiniones e intereses parecidos. Los dos adoraban a sus hijos. Incluso habían cometido en su juventud los mismos errores en su desesperación por abrirse camino y establecerse. Sin pretenderlo siquiera, se habían convertido en superestrellas cuando el simple hecho de tener éxito y de ser buenos en lo que hacían habría sido suficiente. En cambio, se habían pasado de largo. El éxito y la fama eran grifos muy difíciles de cerrar.

—Eres mucho más famoso que yo —comentó Valerie con tranquilidad.

En ciertos aspectos le gustaba, pero Jack lo negó con vehemencia.

—No es verdad. Hay mucha gente que no sabe quién soy. Tú, en cambio, tienes un nombre muy conocido que es sinónimo de elegancia y de estilo de vida. Lo mío es el fútbol americano y nada más.

—¿Quieres que discutamos sobre quién es más famoso? —sugirió ella.

Entonces le entró la risa tonta. Parecía una niña. Jack se estaba divirtiendo con ella. Era la mejor Nochevieja que pasaba desde hacía años.

Valerie le mencionó también los rumores que corrían por la cadena, es decir, que el alcalde iba a darle una mención honorífica por su valor. En cuanto lo dijo, Jack pareció incómodo y le restó importancia, diciendo que el departamento de policía y sus unidades de operaciones especiales eran quienes la merecían, y no él.

Cuando acabaron de cenar, Valerie metió los platos en el fregadero. Se ofreció a meterlos en el lavavajillas, pero Jack dijo que alguien vendría por la mañana para hacerlo. Después de guardar las sobras en el frigorífico subieron al estudio, que tenía unas vistas aún más espectaculares. Se quedaron contemplando juntos cómo destellaban las luces de la ciudad. Entonces Jack pulsó un botón, y unas persianas bajaron hasta cubrir las ventanas para que pudiesen ver una película. Jack también tenía una sala de proyección, pero dijo que aquella era más cómoda y acogedora. Se sentaron en dos grandes butacas, uno junto a otro, y Jack metió una bolsa de palomitas en el microondas. Le dio a elegir entre varias películas y escogieron una que ninguno de los dos había visto todavía. Valerie llevaba meses sin ir al cine. No tenía tiempo. Muchas noches se quedaba hasta tarde trabajando en sus libros o en sus programas.

—Trabajas demasiado —le recordó él, y ella se mostró de acuerdo—. Yo me divierto más que tú —confesó—. O al menos me divertía. Hace dos meses que no salgo, desde Halloween.

No quiso entrar en detalles, aunque Valerie adivinó que esa noche debió de suceder algo importante, dado que lo había visto al día siguiente en el ascensor del trabajo, en el cumpleaños de ambos. Aunque él le había dicho que fue un accidente, ella intuía que había algo más. Jack no lo habría reconocido ante Valerie, pero desde entonces solo había tenido relaciones sexuales una vez, con una de sus amigas más sosegadas, pero le producía tanto nerviosismo la idea de volver a hacerse daño que casi no se atrevió a moverse, y la experiencia no fue agradable ni para él ni para la joven. Lo aterraba la posibilidad de sufrir una rotura de disco, y desde entonces no se había atrevido a volver a hacer el amor. La víspera de su cumpleaños le había cambiado la vida, y temía que quizá fuese para siempre. De un modo extraño, Valerie y Jack estaban en extremos opuestos del espectro, pero con el mismo resultado final. Él tenía un tropel de mujeres a su alrededor y ella no tenía a nadie. Sin embargo, los dos estaban solos en todos los aspectos que de verdad contaban. Así era, aunque hasta entonces ninguno de ellos había caído en la cuenta. Ambos se sentían solos, cada uno a su manera, y preocupados por el futuro, aunque a todos los efectos su vida fuese en apariencia maravillosa.

Se comieron las palomitas alegremente mientras veían la película. Era una comedia romántica sobre un actor con un millón de amigas que se enamora de la presuntuosa protagonista, quien le hace ascos y no quiere saber nada de él. A lo largo de toda la película, el protagonista trata de convencerla de que es buena persona mientras las mujeres con las que ha tenido relación pasan a visitarlo, se tropiezan con los dos, trepan desnudas a las ventanas y se presentan en su casa, lo que aumenta el aborrecimiento de la chica. Algunos de los incidentes descritos en la película eran muy divertidos y los dos se rieron a carcajadas. Jack se veía reflejado en la película, pues no le costaba imaginarse en el papel del actor acosado si alguna vez se enamoraba de verdad. Era una historia ligera y ambos se partieron de risa ante lo mal que lo pasaba el protagonista. Tuvo un final feliz, por supuesto, y eso les gustó a los dos. La película ayudaba a crear el ambiente adecuado para aquella Nochevieja entre dos amigos que se recuperaban del reciente trauma e intentaban no pensar en cosas trascendentes.

—¡Me ha encantado! —dijo Valerie, entusiasmada.

Jack encendió algunas luces suaves. Estaban muy cómodos en las butacas. Le había dejado a Valerie una manta de cachemira para que se acurrucara debajo, puesto que le gustaba mantener el apartamento más fresco de lo que les gustaba a la mayoría de las mujeres. Valerie no tenía ganas de levantarse; estaba muy a gusto.

—No soporto las películas tristes ni la violencia, ni nada que tenga que ver con los deportes —dijo sin pensar, y luego soltó una carcajada y se disculpó.

—¡Vale, ya me he enterado! —exclamó él.

Sin embargo, no lo sorprendió ni lo ofendió. Veía películas con mujeres constantemente, y casi todas opinaban lo mismo que Valerie. Veía las violentas él solo, y también las películas de tíos sobre guerra y deportes.

—A mí también me gustan las historias bonitas —añadió—. Soy un buenazo y me gustan las pelis de tías con final feliz. La vida ya es lo bastante dura sin tener que ver películas que te dejen deprimido durante tres días. No las soporto —dijo, y hablaba en serio.

—Sí, a mí me pasa lo mismo —coincidió Valerie—. Me gusta pensar que todo puede salir bien.

—¿Qué significa para ti que todo «salga bien»? —inquirió Jack.

A menudo se hacía la misma pregunta. Jack tenía una idea bastante clara de lo que quería de la vida. Aún no lo había encontrado, y el objetivo cambiaba ligeramente año tras año. Su versión de un final feliz a los treinta y a los cuarenta años era diferente de la que tenía en ese preciso instante. Y lo mismo le ocurría a ella.

—Estar contenta, tranquila, sin grandes dramas en mi vida —contestó ella, pensativa—. Compartir mi vida con alguien, solo si es la persona adecuada. No quiero volver a estar con nadie que no lo sea. Tener buena salud, indudablemente, aunque esa es una respuesta que se da por supuesta. Sobre todo estar contenta y tranquila, querer a alguien que me quiera y sentirme bien conmigo misma.

—A mí también me suena bien —dijo Jack, y soltó una risita—. Y no olvides, Señor, unos buenos índices de audiencia para nuestros programas.

—Sí —replicó Valerie echándose a reír—, aunque he de reconocer que no me acuerdo de eso cuando pienso en lo que deseo para mi vida personal.

Jack la miró sorprendido y preguntó:

—¿Piensas con frecuencia en esas cosas?

—La verdad es que no lo hago con frecuencia, solo a veces. Casi siempre me limito a ir avanzando y a hacer lo que toca. Creo que lo pienso el día de mi cumpleaños, o en Año Nuevo; esas fechas clave siempre me conmueven. Pienso en lo que debería tener y estar haciendo, pero nunca estoy a la altura, así que intento dejar de darle vueltas. La vida nunca va por donde tú quieres, y además creo que ahora, de todos modos, se me ha pasado el arroz.

Valerie pareció triste al decirlo, pero ya llevaba meses sintiéndose así. Aquel último cumpleaños la había afectado muchísimo.

—¿Qué se supone que significa eso? —preguntó Jack, perplejo, como si no entendiese a qué se refería ella.

Valerie tomó aire antes de contestar. Como ya eran amigos, ella sentía que podía ser sincera con él. De todas formas, él nunca la consideraría como posible pareja. Ella sabía que Jack no tenía ningún interés por ella en ese aspecto, ni por ninguna mujer de su edad. Eran amigos, y eso bastaba.

—Hay que reconocer que las mujeres como yo no están demasiado valoradas. Los hombres de mi edad quieren salir con mujeres como las que salen contigo. Nadie busca a mujeres de sesenta años, salvo quizá los viejos de noventa. Los de ochenta toman Viagra y buscan a chicas de veinticinco años. La mayoría de hombres preferiría salir con mi hija que conmigo. Es así de simple. Si además la mujer es famosa y tiene éxito, el resultado es que el tío sale huyendo por la puerta o ni siquiera llega a presentarse. Ya no me hago muchas ilusiones al respecto.

No le dijo que llevaba tres años sin tener una verdadera cita y que no recordaba la última vez que había mantenido relaciones sexuales. Valerie empezaba a pensar que quizá nunca volviera a tenerlas, lo cual le parecía triste. Pero no podía inventarse a un hombre a partir de la nada, y hacía mucho que no se cruzaba en su camino ni una sola cita remotamente posible. Había renunciado a las terribles citas a ciegas que la gente solía buscarle con hombres de pasado oscuro, muy irritables o acomplejados por su personalidad y sus logros, y que a veces incluso se mostraban desagradables. Esas citas siempre resultaban deprimentes y decepcionantes, así que ya no se molestaba en acudir.

Y hacía mucho tiempo que no había nada más, a pesar de las inyecciones de Botox, los buenos cortes de pelo, el cuerpo tonificado con un entrenador y la ropa cara. Lo viejo era viejo, y ella se sentía así.

—Hablo con un vidente un par de veces al año. Lleva años diciéndome que voy a conocer a un hombre estupendo. Creo que lo dice para darme esperanzas. Nunca sucede, o por lo menos no ha sucedido en un montón de tiempo. La mañana que te vi en el ascensor con la espalda hecha polvo había ido a verlo.

—Pues debe de tener colmillos —dijo Jack en un tono de broma, recordándolo perfectamente a pesar de lo dolorido que estaba, pues ella era una mujer de una belleza fuera de lo común y lo había impresionado—. Te sangraba la cara.

Valerie titubeó un instante, pero luego se echó a reír otra vez con despreocupación.

—Acababa de ponerme unas inyecciones de Botox después de verlo. El que tiene colmillos es mi dermatólogo, no el vidente.

Su sinceridad conmovió a Jack. Valerie era una mujer muy abierta, lo cual resultaba sorprendente en alguien de su posición.

—Yo también me pongo —admitió él con la misma sinceridad—. ¿Y qué pasa, si nos dan buen aspecto? No suelo pregonarlo por ahí, pero, mierda, los dos nos ganamos la vida en la pantalla, y desde que se ha implantado el vídeo de alta definición, toda ayuda es poca.

—¿Verdad que sí? Ya no le puedes mentir a la cámara, aunque sabe Dios que yo lo intento.

Ambos se rieron de sus mutuas confesiones, que no les parecían demasiado escandalosas. Hasta los maestros de escuela y las mujeres jóvenes se ponían inyecciones de Botox. No era algo reservado a la gente muy rica o a las estrellas de cine.

—La vanidad que supone es un poco embarazosa, y creo que mi hija piensa que soy una tonta. Ella ni siquiera se maquilla, seguramente como reacción hacia mí, pero yo me gano la vida en parte gracias a mi aspecto, y lo mismo te sucede a ti. Además, si tengo una apariencia un poco más joven, me siento mejor. Envejecer no es divertido ni sencillo.

Ambos sabían que era verdad y, cada uno a su manera, llevaban dos meses debatiéndose con ese pensamiento.

—No eres vieja, Valerie —dijo él con franqueza y amabilidad—. Todos nos sentimos así a partir de cierta edad. Siempre me fastidia pensar que me estoy desmoronando. No soporto que me hagan una foto, y luego cinco años más tarde veo la misma foto y pienso que entonces tenía buen aspecto, mientras que ahora estoy horrible. No sé por qué estamos tan obsesionados con la edad en este país, pero así es. A todos nos cuesta asumir la nuestra. Conozco a mujeres de treinta años que se sienten viejas.

»Y estoy de acuerdo con tu vidente. Creo que un día de estos va a aparecer algún hombre genial. Te lo mereces. Olvídate de los viejos de noventa años. Y de los de ochenta. También me cuesta competir con ellos si su cuenta bancaria es más abultada que la mía. Eso es muy jodido. —Pero esa era la clase de mujeres con las que él salía, muchachas que pretendían conseguir dinero y poder, y por eso les gustaba él también. Jack no se hacía ilusiones en ese sentido—. ¿Has pensado alguna vez en un tío mucho más joven? Me refiero a los de treinta y cinco. Ahora lo hacen muchas mujeres. Creo que Demi Moore lo puso de moda. Sé de una mujer de cincuenta años que tiene un novio de veintidós y está encantada. Es más o menos lo que hago yo. Casi siempre es divertido.

Valerie lo miró y negó con la cabeza.

—Me sentiría estúpida. Nunca me he sentido atraída por un chico de esa edad. Me gustan los hombres maduros. Creo que eso solo haría que me sintiese más vieja. No quiero acostarme con un hombre lo bastante joven para ser mi hijo. Además, deseo compartir vivencias, puntos de vista e inquietudes similares. ¿Qué tienes en común con alguien de esa edad? En realidad se trata de sexo, no de amor. Puede que esté anticuada, pero me gustaría tener las dos cosas. Y si tuviese que sacrificar algo sería el sexo, no el amor.

Por el momento no tenía ninguna de las dos cosas, pero siempre había sido fiel a sí misma. Jack lo intuía. Era una mujer que sabía quién era y qué quería, qué estaba dispuesta a sacrificar y qué no. Pero a nadie le resultaba fácil encontrar a la persona adecuada. Él tampoco la había encontrado, así que se conformaba con disfrutar del sexo y divertirse tanto como pudiera, aun a riesgo de soportar una hernia discal si se divertía demasiado.

—No creo que sea fácil encontrar a alguien a ninguna edad. Mira a toda la gente de veinte y treinta años que intenta quedar con alguien por internet. Eso significa que conocer gente se ha vuelto cada vez más difícil. No sé por qué, pero así es. Las personas están mejor informadas, son más exigentes. Se conocen mejor a sí mismas gracias a las terapias psicológicas. Las mujeres no quieren solo a un tío que pague las facturas y no están dispuestas a aguantar cualquier cosa para conseguirlo; quieren a un compañero. Eso reduce considerablemente las posibilidades. Y siempre hay por ahí tíos como yo que rompen el equilibrio saliendo con chicas de veinte años, lo cual deja a las mujeres de cincuenta años sin nadie con quien salir, salvo algún troglodita que se pasa el tiempo viendo la tele y bebiendo cerveza, que nunca ha hecho terapia y no sabe quién demonios es ni tampoco le importa.

—Entonces ¿cuál es la respuesta? —preguntó ella, perpleja.

Jack parecía entender el problema a la perfección, pero no tenía más soluciones que ella.

—Sexo, drogas y rock and roll —contestó él con una amplia sonrisa mientras ponía en el equipo de música algo más alegre.

Faltaban cinco minutos para la medianoche y la velada había pasado volando.

—Ahora en serio, no sé cuál es la respuesta —añadió Jack—. Creo que lo más probable es que algún día encuentres a la persona adecuada por accidente. Y nunca es quien pensabas que sería, ni lo que pensabas que querías. Es como la compra de viviendas. Yo buscaba una casa de piedra arenisca rojiza en East Sixties y no quería ver nada más. Salió al mercado este apartamento, y mi agente inmobiliario me trajo aquí a rastras a pesar de mis protestas. Me enamoré de este piso, y ahora no podrías sacarme de aquí. Creo que tenemos que mantenernos abiertos a lo que llegue. Creo que ese es el auténtico secreto de la juventud y de una buena vida, mantenerse abierto, interesado e ilusionado, aprender de la vida, probar cosas nuevas y conocer a gente nueva. Así, ocurra lo que ocurra, lo pasas bien. Si mientras tanto aparece la persona adecuada, estupendo. Si no, al menos te estás divirtiendo. A mí me parece que la vida comienza a acabarse cuando empezamos a apagarnos, a rendirnos y a limitar nuestras opciones. No quiero que me suceda eso jamás. Deseo continuar abriendo puertas nuevas hasta el día en que me muera, sea cuando sea, tanto si la muerte me llega mañana como a los noventa y nueve años. El día que dejas de abrir puertas y renuncias a las nuevas oportunidades es como si estuvieras muerto. Eso al menos es lo que creo yo.

—Me parece que tienes razón —dijo ella, esperanzada.

Le gustaba su forma de ver las cosas y su filosofía de vida. Estaba plenamente vivo e ilusionado por todo lo que hacía. Por eso no estaba allí sentado agarrándose la pierna, quejándose del trauma que había sufrido ni de haber estado a punto de morir. Al contrario, quería dejar atrás el pasado y pasarlo bien con ella, conocer a una persona nueva y hacer una nueva amiga. A Valerie le gustaba su forma de pensar y, al mismo tiempo, era una inspiración para ella.

Entonces Jack miró su reloj y encendió el televisor a tiempo de ver la esfera de Times Square, donde una muchedumbre de miles de personas esperaba para asistir a la entrada del Año Nuevo. Jack empezó a contar. Ya casi estaban. Diez…, nueve…, ocho…, siete… Él sonreía y ella también…, y cuando llegaron a «¡Uno!», él la rodeó con los brazos y la miró a los ojos.

—Feliz Año Nuevo, Valerie. ¡Espero que sea un año fantástico para ti en todos los aspectos!

Le dio un beso suave en los labios y la estrechó entre los brazos.

—Igualmente, Jack —dijo ella, y era sincera.

Se abrazaron y los dos pensaron a la vez que ya era un año fantástico. ¡Los dos estaban vivos!

12

Valerie almorzó con April el 2 de enero. Le contó que el día de Año Nuevo le había enviado a Jack una botella de Cristal acompañada de una nota de agradecimiento que decía: «¡El mejor Año Nuevo de mi vida! ¡Gracias! Valerie». Ambas pensaban que Jack era una persona muy agradable, a pesar de salir con aquellas «niñas espectaculares», en palabras de April. Casi todas las chicas que acudían con Jack al restaurante parecían cazafortunas, aunque a él no pareciese importarle.

Valerie le dijo que él la había invitado a acompañarlo a la Super Bowl, y April se quedó atónita al saber que iba a ir.

—Pero si no soportas los deportes, mamá, y sabes menos de fútbol americano que yo, que no sé casi nada.

—Tienes razón, pero en Nochevieja Jack dijo algo muy acertado sobre mantenerse abierto a la vida, hacer cosas nuevas, conocer a gente nueva y abrir puertas nuevas. Creo que ese es el antídoto contra el envejecimiento y la decrepitud. Tal vez me aburra como una ostra, pero también es posible que me divierta. ¿Por qué no probarlo? Me invitó como amigo, no en plan romántico, con mi propia habitación. ¿Por qué no hacer algo diferente para variar? No quiero quedarme sumida en la rutina.

Su hija se quedó impresionada por su actitud. La propia Valerie se había dado cuenta de que después de sobrevivir al ataque terrorista contra la cadena estaba más abierta a nuevas experiencias y más agradecida por estar viva. Podría haber muerto como les ocurrió a otros y, sin embargo, había recibido una segunda oportunidad. Aquel suceso aterrador la había liberado en algunos aspectos importantes. Las pequeñas molestias parecían menos graves, y todo parecía un regalo, sobre todo un nuevo amigo como Jack, y una oportunidad de ir a la Super Bowl con un famoso futbolista retirado. ¿Por qué no? Quizá envejecer fuese eso, le dijo a April. Quizá fuese preguntarse «¿Por qué no?». También April estaba arriesgándose al estar dispuesta a tener y aceptar con alegría un bebé que no había previsto. Valerie comprendía de pronto que la vida era vivir, no acurrucarse en un rincón demasiado asustada, cansada o decepcionada como para moverse o probar nada nuevo. April había tomado una decisión tremenda, y pese a la preocupación que le causaba, Valerie la admiraba por ello, aunque no quisiera ser abuela. Para eso no estaba preparada, y no se avergonzaba en absoluto de decírselo a su hija.

—El niño tendrá que llamarme tía Valerie o señora Wyatt —le dijo a April, y ambas se rieron—. Si me llama yaya, lo negaré enseguida y haré como si no os conociera a ninguno de los dos. ¡Todavía no estoy preparada para ser abuela de nadie! Mi vanidad no me lo permite. —Estaba más que dispuesta a reconocerlo y aún parecía bastante indignada al respecto—. Por cierto, ¿cómo va todo? ¿Cómo te encuentras?

April tenía buen aspecto, pero su madre veía tristeza en sus ojos. Temía que aquello fuese más penoso de lo que April creía. Tener un bebé sola no era nada fácil, y Valerie opinaba que era triste estar embarazada sin contar con el padre del bebé, aunque cada vez resultase más frecuente. Para Pat y para ella había sido muy bonito aguardar el nacimiento de April. La apenaba que su hija no pudiese disfrutar de esa experiencia con un hombre que la quisiera y cuidara de ella. April trabajaba tanto como siempre: acudía a la lonja de pescado cada mañana a las cinco, se reunía con comerciales de pescadores y se peleaba con mayoristas de carne para conseguir mejores precios, haciendo jornadas de veinte horas sin nadie que la quisiera o le frotase la espalda. A su madre le parecía un camino muy duro.

—Hace unos días noté cómo se movía el bebé. Fue una sensación muy dulce, como el aleteo de una mariposa. Al principio pensé que eran gases o una indigestión, pero luego me di cuenta de lo que estaba sintiendo. Ahora me pasa a menudo.

Parecía muy conmovida, pero triste. Su madre la conocía bien.

—¿Cómo está Mike? ¿Lo has visto?

Valerie esperaba que así fuera. Le caía bien. Y quizá pudiera surgir algo entre ellos a pesar de aquel comienzo tan poco prometedor. Cosas más raras habían ocurrido. Pero April negó con la cabeza.

—No, no lo he visto. Ha desaparecido. Creo que cometí una estupidez. Fuimos a cenar a un restaurante chino y lo pasamos muy bien. Entonces se me ocurrió invitarlo a acompañarme a la consulta de la doctora para que viera al bebé en una ecografía. Y le entró el pánico. Se marchó y después me envió un mensaje diciendo que no podía. Supongo que tuvo una infancia bastante desagradable y no quiere formar parte de la de nadie más. Rompió con una novia hace unos meses porque ella quería casarse y tener hijos. Supongo que es una de esas personas de pasado oscuro que nunca van a poder comprometerse con nadie.

De pronto lo veía, y Valerie pareció molesta.

—Puede llorar por su infancia tanto como quiera, pero el bebé existe, y tú también. Tú tampoco lo buscaste; creías que tomabas precauciones. No es como si hubieras hecho una locura. Os sucedió a los dos. No puede darle la espalda solo porque le complique la vida. ¿Y qué? ¿A ti no te la complica? Claro que sí, diría yo. Llevas un negocio y estás embarazada tú sola, de un bebé que no querías. Creo que te debe algo más que salir huyendo a esconderse. Eso es demasiado fácil. Pensé que era mejor persona.

Parecía decepcionada y, aunque no lo dijo, April también lo estaba. Durante un momento de locura, cuando él accedió a acompañarla a la consulta de la doctora, April esperó que se implicase. Pero era evidente que eso no iba a suceder. No había sabido nada de él desde que salió de la consulta y le envió el mensaje. Y ella no iba a telefonearle y tratar de imponerle al bebé o su propia presencia. Sabía que eso sería un error colosal. Tenía que dejarlo marcharse, si era eso lo que él quería. El bebé era solo de ella.

—Fui yo quien decidió tenerlo, mamá, no él. Fue mi decisión. No lo consulté con él; me limité a informarlo. Él no quiere al niño.

April se mostraba firme y realista. Sintiese lo que sintiese por Mike, él no sentía lo mismo por ella ni por el bebé. No podía golpearse la cabeza contra una pared de ladrillo y ni siquiera lo intentaría.

Valerie seguía preocupada por su hija cuando se separó de ella después del almuerzo. April se fue a la cocina con un aire melancólico. Le gustaba ver a su madre, pero se sentía desanimada desde la última vez que había visto a Mike. Lo habían pasado muy bien en la cena. Había albergado esperanzas acerca de una posible relación entre ellos, aunque de repente se daba cuenta de que resultaba imposible. Ella siempre sería la mujer que lo había obligado a tener un hijo que no quería, y él nunca se lo perdonaría. Su relación estaba condenada al fracaso desde el principio.

Jean-Pierre, el sumiller, la observó mientras cogía una naranja y se sentaba a repasar unas facturas. Quería comprobar las recientes irregularidades en las facturas de la carnicería y asegurarse de que no los estaban engañando. Había detectado un cargo por una pierna de cordero que nunca habían recibido y varios lomos de cerdo. Aquello no le gustaba nada.

—¿Te preparo una taza de té, April? —le preguntó Jean-Pierre.

—Me encantaría, gracias —dijo ella asintiendo distraída con la cabeza.

Cuando él le dio la taza de té, April alzó la vista y sonrió. Era una taza del té de vainilla que encargaba en París y que les encantaba a sus clientes. Y era desteinado, lo cual estaba aún mejor.

—¿Cómo te encuentras? —preguntó él en voz baja.

Aún no le había dicho a nadie lo del embarazo. Con el delantal puesto no se notaba, aunque no tardaría en resultar visible. Mirando de cerca ya se veía un bulto. Quienes lo habían observado pensaban que simplemente estaba ganando peso. También tenía la cara más redonda, pero nada más había cambiado.

—Estoy bien —le contestó al sumiller, y le dio las gracias por el té.

El hombre le había añadido una galleta, y April se la comió.

—Trabajas demasiado, April —la riñó con ternura.

—Todos lo hacemos —dijo ella con franqueza—. Eso es lo que hace falta para llevar un buen restaurante. Atención constante a los detalles y estar en todo momento al pie del cañón.

April apreciaba mucho las sugerencias de Jean-Pierre y su trato con los clientes. El sumiller, por su parte, sentía un profundo respeto por la habilidad de su jefa para comprar grandes vinos a buenos precios. La consideraba una profesional brillante, y sus teorías y su pasión le encantaban, al igual que el ambiente del restaurante. Le parecía una mujer extraordinaria. Ningún chef le había inspirado tanta admiración desde que llegó de Francia, y eso que había trabajado con algunos muy buenos. April y él tenían la misma edad. Jean-Pierre se había criado y formado en Burdeos, y llevaba cinco años en Nueva York. Hablaba muy bien inglés. Al casarse con una estadounidense había conseguido un permiso de trabajo, algo importante para April. Su mujer y él, que tenían un hijo de tres años, acababan de divorciarse. Ella lo había dejado por un camarero de Lyon que trabajaba en un restaurante francés.

—Sé que no se lo has contado a nadie —dijo él con tacto mientras April se bebía el té a sorbos—, pero últimamente me he fijado en los cambios.

—¿En el restaurante? —preguntó ella, preocupada.

No creía que hubiese cambiado nada. Nunca era buena señal que el personal viese antes que tú que las cosas iban a peor, y April se asustó al oír sus palabras. ¿A qué se refería? ¿Robo?

¿Alguien que metía la mano en la caja? ¿Mal servicio? ¿Comida o presentación chapucera?

—Me refería a los cambios en ti —contestó él señalándole el vientre, y ella se sintió aliviada al instante—. Te veo triste, April —añadió Jean-Pierre con audacia—. Estos momentos no pueden ser fáciles para ti.

Ella no supo qué responderle. No quería reconocer que estaba embarazada, pero si lo negaba, en pocas semanas él y todos los demás se enterarían de todos modos.

—Supongo que simplemente tengo que considerarlo un regalo inesperado —dijo con un suspiro—. Por favor, no digas nada aún. Pensaba que no se notaba. De momento no voy a decirlo. Aquí no va a cambiar nada, pero los demás se preocuparán de todas formas. Quizá piensen que me ocuparé menos del restaurante, pero no será así.

Intentaba tranquilizarlo, pero él parecía compadecerse de ella. Aunque era un hombre agradable y un buen empleado, April no tenía ningún otro interés en él. Siempre evitaba las relaciones demasiado cercanas con su personal, y no iba a infringir esa norma. Además, intuía que Jean-Pierre sentía un interés personal por ella, una novedad que no la complació.

—¿Y quién se va a ocupar de ti, y no solo del restaurante? —dijo él a propósito.

—Puedo cuidarme —replicó April con una sonrisa—. Siempre lo he hecho.

—No es tan fácil con un niño, y menos ahora.

Ella asintió con la cabeza sin saber qué decir. Aquella conversación la hacía sentirse incómoda.

—¿Y el padre del bebé? —preguntó Jean-Pierre.

—No va a implicarse —respondió ella encogiéndose de hombros.

—Ya me lo imaginaba.

También había adivinado que el padre era Mike. Había visto cómo lo miraba ella. Por otra parte, Mike había celebrado la Nochebuena con la familia. Sin embargo, no había vuelto desde entonces, lo cual no era buena señal, y la tristeza en los ojos de April decía el resto. El sumiller sabía que estaba sola y se compadecía de ella.

—Si hay algo que pueda hacer por ti, me gustaría ayudarte —añadió en un tono afectuoso—. Eres una persona maravillosa y te portas muy bien con todo el mundo. Todos te queremos.

No le dijo que él la quería, aunque podría haber llegado a decirlo si April lo hubiese animado un poco, cosa que ella se cuidó mucho de hacer. No deseaba confundir a Jean-Pierre. No estaba interesada en él. Además, tras el divorcio debía de sentirse vulnerable y solo sin su mujer y su hijo.

—Gracias —dijo ella sencillamente—. Estoy bien —lo tranquilizó para cortar el tema, tratando de dejarle clara su postura.

—Si me necesitas, estoy aquí —repitió Jean-Pierre.

Acto seguido desapareció en la bodega. Ya había dicho bastante. Le había hecho saber que le importaba como persona y que le gustaría cuidar de ella como mujer, si se lo permitía. De momento April no parecía estar abierta a esa posibilidad. Esperaba que lo estuviese algún día, quizá cuando naciese el bebé. Él no iría a ninguna parte. Se le partía el corazón al saber que estaba embarazada y sola. Jean-Pierre era un buen hombre. Sin embargo, April no quería tener nada que ver con él en ese sentido. En ese momento quería a Mike o a nadie. Era incapaz de pensar en tener una relación con nadie mientras llevase en el vientre al hijo de otro. Eso era demasiado complicado. La situación ya era bastante enrevesada. De todas formas, estaba mejor sola. Ya tenía bastantes preocupaciones.

Esa tarde Jack llamó a Valerie a su despacho. Parecía ocupada, y le dijo que estaba entrevistando a alguien y que le llamaría más tarde. Él supuso que la entrevista guardaría relación con el programa, pero Valerie estaba sentada frente a una joven que le había enviado el departamento de recursos humanos como posible secretaria para sustituir a Marilyn. Valerie no sabía si reír o llorar. La chica se llamaba Dawn. Tenía un piercing en la nariz y un pendiente de brillantes justo encima del labio superior. Llevaba el pelo de punta, fijado con gel y teñido de negro azabache con un mechón azul intenso. En cada brazo lucía tatuajes coloridos de personajes de dibujos animados. También tenía un tatuaje de una rosa roja en el dorso de cada mano. Aparte de eso, iba pulcramente vestida con unos tejanos, unos tacones y un jersey negro de manga corta. Su forma de expresarse revelaba inteligencia, había estudiado en Stanford y tenía veinticinco años. No se parecía en nada a la secretaria con la que Valerie había trabajado durante años y a la que tanto quería.

Dawn dijo que había trabajado en Londres desde que se graduó, primero en la edición británica de *Vogue* y luego en una revista de decoración, pero la vida en Inglaterra se había encarecido demasiado y decidió regresar a Nueva York. Nunca había trabajado en televisión, pero su madre era diseñadora de interiores en Greenwich, Connecticut, y Dawn había trabajado para ella durante todas las vacaciones de verano mientras estudiaba en el instituto y la universidad, por lo que estaba familiarizada con el mundo de la decoración. Había sido asignada a la sección de hogar del *Vogue* británico, y con el tiempo pasó a *The World of Interiors*. Se había licenciado en periodismo, y Valerie vio que era una chica despierta. Valerie trató de no centrarse en el aspecto de Dawn, aunque el pendiente de brillantes que llevaba encima del labio no dejaba de atraer su mirada. Desde luego, no parecía una chica de Greenwich. Sin embargo, contestaba a todo lo que decía Valerie de forma directa e inteligente. Cuando acabó la entrevista, a Valerie no se le ocurrió ninguna razón para no contratarla, aparte de su aspecto. Una razón que no era válida ni políticamente correcta, aunque la hacía echar de menos a Marilyn más que nunca.

—Siento lo de su secretaria —dijo Dawn al levantarse—. Debe de ser muy duro para usted tener que cambiar después de haber trabajado durante tanto tiempo con ella.

Además de despierta, era educada y muy serena. De no ser

por los piercings, los tatuajes y el pelo, a Valerie le habría parecido perfecta.

—Sí que lo es —reconoció ella con un suspiro—. Todo aquello fue terrible, muy triste. Perdimos a once compañeros.

Dawn asintió respetuosamente con la cabeza y estrechó la mano de Valerie antes de irse. Su apretón de manos le indicó a Valerie que poseía confianza en sí misma sin ser demasiado enérgica. Esa seguridad exenta de despotismo la hizo reflexionar. Quizá su aspecto no importase. Dawn era limpia y pulcra, aunque su estilo no podía estar más alejado del de Valerie.

—Por cierto, no me importa trabajar muchas horas —se atrevió a sugerir Dawn—. No tengo novio. Vivo en la ciudad y me encanta trabajar. Tampoco tengo problema con los fines de semana.

La joven resultaba muy interesante. Era lista, despierta y muy dispuesta, aunque a Valerie le pareciese extraña. Se preguntó qué pensaría April de ella y decidió que seguramente le caería bien. De todos modos, April podía permitirse tener a alguien con ese aspecto en la cocina, mientras que ella debía confiarle la acogida de los invitados del programa. Sin embargo, si a Valerie le caía bien, quizá también les gustase a otras personas. Esforzándose por tener una mentalidad abierta, le dijo a Dawn que el departamento de recursos humanos se pondría en contacto con ella. Valerie no se comprometió con ella antes de que se marchase. Necesitaba tiempo para pensarlo.

Media hora después cogió el teléfono con un suspiro y llamó a recursos humanos.

—Bueno, ¿qué te parece? —le preguntó la jefa del departamento.

Aunque Dawn era la primera candidata que veía, Valerie debía admitir que era buena. Y sus credenciales y sus referencias laborales eran excelentes.

—Creo que es muy espabilada, aunque tenga aspecto de bicho raro. No soporto los piercings, el pelo ni los tatuajes.

—Ya me lo imaginaba. Es justo lo contrario de Marilyn,

pero me gustó. Ya me esperaba que no la eligieras, pero quise darle una oportunidad. Tiene todo lo que quieres, aunque con la imagen incorrecta.

Era cierto. La chica era joven y divertida, y se moría de ganas de trabajar. Había visto el programa de Valerie antes de la entrevista e hizo comentarios inteligentes al respecto.

—No te preocupes, Valerie. Le diré que no. Ella también sabía que había pocas posibilidades y me lo dijo. No todo el mundo quiere a una secretaria con personajes de dibujos animados en los brazos, aunque Piolín y Campanita me parecen muy monos.

—Se arrepentirá cuando tenga cincuenta años —dijo Valerie, sensata. Después dejó atónita a la jefa de recursos humanos—: Contrátala. La quiero. Me gusta. Es lista. Puedo soportar a Campanita y Piolín. Necesito a alguien que pueda hacer el trabajo, y creo que ella puede. No sabe nada de bodas ni de recibir, pero sí de decoración, y puedo enseñarle el resto.

Se lo había enseñado todo desde cero a Marilyn, que había sido maestra de escuela antes de empezar a trabajar con Valerie. Sin embargo, había sido la mejor secretaria que Valerie había tenido hasta el momento.

—¿Hablas en serio? —preguntó la sorprendida jefa de recursos humanos, impresionada por la decisión de Valerie, la cual mostraba una apertura a nuevas ideas que no sabía que Valerie tuviese.

—Desde luego —dijo esta con firmeza—. ¿Cuándo puede empezar?

—Está dispuesta a venir mañana, aunque si no te importa prefiero que empiece la semana que viene para poder hacer todos los trámites y el papeleo.

—Me parece perfecto —dijo Valerie con desenvoltura.

—Has tomado una buena decisión.

—Eso espero. Ya lo veremos —dijo Valerie en un tono optimista.

En cuanto colgó, un poco conmocionada por su propia decisión, llamó a Jack, quien se disculpó por haberla interrumpido antes.

—No pasa nada —lo tranquilizó ella. Se arrellanó en su asiento y volvió a suspirar, tratando de no pensar en Marilyn y de echarla tanto de menos—. Estaba entrevistando a una nueva secretaria.

—Eso debe de ser muy duro para ti —dijo él en un tono comprensivo—. Aquí están entrevistando a gente para el puesto de Norman. Aún no han encontrado a nadie. El simple hecho de pensar en ello me resulta demasiado deprimente.

—Lo sé. La he contratado —comentó Valerie, y entonces se echó a reír—. Parece salida directamente de una película de ciencia ficción, con piercings por toda la cara y el pelo azul. *Un mundo feliz.* He pensado qué demonios, es licenciada por Stanford, tiene unas referencias estupendas y está dispuesta a trabajar muchas horas y hasta los fines de semana. Lleva en los brazos unos tatuajes de Piolín y de Campanita a todo color, y ni siquiera se ha puesto manga larga para esconderlos. Hay que reconocer que tiene agallas.

La descripción hizo reír a Jack. No podía imaginarse a Valerie con una secretaria así.

—Bien hecho. Podría resultar estupenda.

—Eso espero —dijo Valerie.

Acto seguido, Jack la invitó a ver otra película en su apartamento esa noche. Era una que Valerie quería ver de estreno y que habían retirado de las salas de cine antes de que pudiese ir a verla. Solo hacía tres días que se habían visto, pero lo pasaban muy bien juntos.

—Estoy de baja hasta la Super Bowl y me muero de aburrimiento.

Aún tenía dificultades para moverse con las muletas, y se suponía que no debía cargar peso en la pierna al menos durante unas semanas. Se sentía como un discapacitado y llevaba todo el día viendo telenovelas y angustiosos programas de debate.

—Puede que tú estés aburrido —le dijo Valerie—, pero yo estoy trabajando como una mula. Después de Navidad hay que preparar el programa para el día de San Valentín y yo empiezo a trabajar en bodas justo después de Año Nuevo. Estamos muy liados.

—¿Significa eso que no?

Parecía decepcionado. Se lo había pasado muy bien con ella y quería volver a verla. Valerie vaciló y luego negó con la cabeza. Se trataba de abrir esas puertas a un nuevo amigo y de encontrar tiempo. Jack tenía razón.

—No, solo significa que me estoy quejando de todo el trabajo que tengo que hacer. Acabo de almorzar con April. Me ha dado recuerdos para ti.

Su hija había hecho un comentario sobre los diez millones de novias jóvenes que había tenido, pero Valerie no se lo dijo. Él mismo estaba más que dispuesto a reconocerlo.

—Salúdala de mi parte. Tengo que ir a comer ese puré de patatas mágico. Si me lo aplicase en la pierna, a lo mejor mejoraba.

Nunca se quejaba del dolor y Valerie lo admiraba por eso. Sabía que durante su carrera deportiva había sufrido lesiones brutales.

—Si quieres le digo que te envíe un poco, como cuando estabas en el hospital —sugirió Valerie.

—Si me paso tres semanas sentado, viendo la tele y comiendo puré de patatas y macarrones con queso, cuando llegue la Super Bowl pesaré ciento ochenta kilos y no saldré bien en pantalla. No poder hacer ejercicio me está volviendo loco, pero el médico dice que espere. —Aunque Jack era un hombre muy activo, la hernia discal de dos meses atrás ya lo había obligado a frenar el ritmo. Le preocupaba engordar—. ¿Qué te parece cenar y ver una película?

—Genial. ¿Podemos quedar un poco tarde? —Esa noche Valerie tenía previsto trabajar en casa, pero si se quedaba el tiempo suficiente en la oficina podía avanzar mucho. A veces resultaba difícil conciliar la vida social y el trabajo, y su prioridad era siempre su profesión—. ¿Qué tal a las ocho y media?

—Me parece estupendo. Iba a sugerirlo de todos modos. A las siete viene un fisioterapeuta para trabajar con la pierna.

—Perfecto. ¿Quieres que lleve algo para la cena? —se ofreció ella.

—No te preocupes. Encargaré comida. Se me da muy bien —dijo Jack con una carcajada—. Hasta luego —se despidió, contento.

Ella también se sentía contenta. Estar con un amigo era divertido. Valerie conocía a muchas personas, pero también estaban ocupadas. Y normalmente Jack llevaba una vida social muy activa, aunque como estaba confinado en casa disponía de más tiempo, y después de lo que había hecho por ella Valerie estaba encantada de visitarlo durante su convalecencia. Era lo mínimo que podía hacer. Además, disfrutaba de su compañía.

Al salir del trabajo le compró en un quiosco varias revistas y un libro. No tenía tiempo de volver a casa para cambiarse. Valerie llegó al apartamento de Jack puntual, hecha polvo y sin aliento. No se había peinado ni se había pintado los labios desde el mediodía. No había tenido tiempo de pensar en eso en todo el día. Como ese día no había salido en pantalla, llevaba unos pantalones informales, un jersey, una parka y zapatos planos. Desde primera hora de la mañana había estado trabajando ante su mesa, y solo se había levantado para ir a almorzar con April. Había pasado la jornada tomando decisiones y haciendo planes para futuros programas, seleccionando muestras, invitados y temas que quería cubrir. Valerie siempre proyectaba los programas en esa época del año. Le vendría muy bien que Dawn empezase a la semana siguiente. Valerie esperaba que fuese tan eficiente como le había parecido en la entrevista.

Jack abrió la puerta apoyado en las muletas, descalzo y con un pantalón de chándal. La enfermera no parecía estar allí. Unos aromas deliciosos salían de la cocina. Había encargado comida india, picante para él y suave para ella por si lo prefería.

—Aquí hay algo que huele muy bien —comentó Valerie mientras se quitaba la parka.

Sonaba música, y Valerie lo siguió hasta la cocina tal como había hecho en Nochevieja. Jack había encargado una tonelada de comida, y aún estaba bastante caliente, por lo que ella puso enseguida la mesa y se sentaron.

—Empiezo a sentirme como si viviera aquí —dijo ella en broma, dado que ya sabía dónde estaba todo.

Hablaron de la jornada de Valerie y de lo que había hecho. Jack le explicó un escándalo del mundo del fútbol americano que llevaba siguiendo todo el día. A su regreso tenía previsto hacer un programa sobre ese asunto. Fue una conversación animada. A continuación comentaron la política de la cadena, siempre complicada. Se rumoreaba que el director de la cadena se marchaba, lo cual suponía una fuente de preocupación debido a las posibles repercusiones, aunque la situación de ambos era segura. Nadie iba a librarse de Valerie Wyatt, y Jack era el principal comentarista deportivo de la televisión. Aunque en el ámbito televisivo nunca había nada totalmente seguro.

También hablaron largo y tendido del reciente ataque terrorista, que seguía protagonizando todos los informativos. Se había armado un gran alboroto entre los grupos oficiales de Oriente Medio, que no querían verse relacionados con el secuestro. Los enfurecía el perjuicio que había causado a su imagen y les preocupaban las repercusiones que pudiera tener en sus relaciones con Estados Unidos. Todos habían expresado sus condolencias por las víctimas. Por su parte, el presidente y el gobernador trataban de tranquilizar a la ciudadanía asegurando que nunca más podría suceder nada parecido, aunque supiesen que no era así. En efecto, ya nadie estaba a salvo. Para los supervivientes, lo más duro era haber perdido a amigos y a compañeros, como les ocurría a Jack y a Valerie con sus respectivos colaboradores.

Al final de la cena se sentían cansados y relajados. Subieron a la guarida de Jack y siguieron hablando sin acordarse de la película. Parecían tener mil intereses en común. Vieron unos minutos del programa *Monday Night Football*, que Jack había grabado, y él le explicó algunas de las jugadas como preparación para la Super Bowl.

—Sigue en pie lo del viaje, ¿verdad? —preguntó Jack, preocupado, y Valerie le sonrió.

—No me lo perdería por nada del mundo. A April le impresiona que vaya a ir. Me gusta tu idea de continuar abriendo puertas y explorar cosas nuevas. Le he hablado de ello a la hora de comer. —De nuevo sintió la tentación de decirle lo del bebé, pero no lo hizo. Aún no podía admitir que fuese a ser abuela. Quizá cuando viese al bebé se sintiese de otro modo. Sin embargo, en ese momento el embarazo de su hija solo suponía un ataque a su vanidad y una confirmación de su edad, además de causarle preocupación—. Últimamente está muy liada —le dijo a Jack en un tono críptico, sin añadir nada más.

—Siempre lo está. Es una chica muy competente. Lleva el restaurante como un reloj suizo. Sospecho que lo aprendió de ti —comentó Jack con una sonrisa.

Ya tenía cierta idea de lo organizada que era Valerie. Él enfocaba las cosas de forma un poco más desordenada, pero también asumía una gran cantidad de trabajo, salvo en esa época. Estar metido en casa sin poder salir lo estaba volviendo loco. Había trabajado mucho con el fisioterapeuta en el gimnasio del apartamento. La bala había hecho más daño de lo que él creía, y seguía teniendo la pierna dolorida y muy débil.

Cuando dejaron de hablar los sorprendió descubrir que ya era medianoche. Valerie se puso la parka y se la abrochó. Hacía frío y había empezado a nevar. La calle parecía una postal de Navidad. Valerie vio que Jack parecía triste y cansado.

—Siento no poder acompañarte a tu casa. —Le habría gustado, pero era imposible—. Quizá deberías coger un taxi. Es tarde.

No quería que la atracasen de camino a su casa, pero Valerie sonrió.

—No me pasará nada. Es agradable tomar el aire.

Además, las calles estaban muy bonitas mientras nevaba, aunque al día siguiente se pusieran hechas una porquería.

—Gracias por venir a verme —dijo él con una expresión infantil—. Me gusta estar contigo —añadió. Se apoyó en las muletas y la atrajo suavemente hacia sí—. Me haces mucha compañía, Valerie —dijo, y era sincero.

—Tú también —contestó ella sonriendo con timidez.

Jack le transmitía unas vibraciones diferentes, y no sabía con certeza a qué correspondían. Seguramente a nada. Solo se caían bien, y los dos se sentían solos y aburridos. Además, después del ataque se habían quedado muy conmocionados. Valerie seguía sintiendo ansiedad cada día cuando iba a trabajar y entraba en el edificio. Jack, por su parte, la había acompañado al restaurante de April en una ocasión, pero prefería quedarse refugiado en casa, donde se sentía seguro, y no tenía ninguna gana de volver a salir. El secuestro los había afectado más de lo que esperaban, pero ya se lo habían advertido. No había forma de sobrevivir a algo tan traumático sin consecuencias. Les habían dicho que podían experimentar secuelas del trauma durante un año.

—¿Volverás mañana? —preguntó Jack sin soltar la parka de ella, como si tratase de impedir que saliera corriendo.

Valerie se echó a reír, conmovida por su mirada.

—Si vengo cada día vas a cansarte de mí, tonto —le contestó en broma.

—No hemos visto la película. Podríamos verla mañana por la noche.

De repente parecía necesitado, algo muy poco propio de él. Valerie pensó que debía de ser un signo de estrés postraumático.

—Mañana por la noche tengo que asistir a una cena de la cadena —dijo ella con pesar.

—Se suponía que yo también tenía que ir —contestó Jack, sobresaltado—, aunque creo que no me conviene. De todas formas, detesto esas cosas.

—Yo también, pero no hay más remedio que acudir. Y no tengo ninguna excusa. A mí no me han pegado un tiro en la pierna. Tú te libras.

—Te llamaré —dijo él.

Se besaron en la mejilla, y ella se marchó.

Caminaba bajo la nieve, por la Quinta Avenida, pensando en

él, cuando le sonó el teléfono móvil. Creyó que sería April, que acostumbraba a llamarla tarde, cuando cerraba, pero era Jack.

—Hola —dijo Valerie mientras la nieve le caía en la cabeza y le mojaba la cara. La sensación era fantástica—. ¿Me he dejado algo?

—No. Es que estaba pensando en ti y me han entrado ganas de llamarte. ¿Qué tal la nieve?

—Preciosa —contestó ella muy sonriente. Hacía años que no recibía una llamada de un hombre así, sin motivo alguno—. Volverás a pisarla enseguida.

Sabía lo inquieto y aburrido que estaba Jack.

—Valerie, me gustas mucho —dijo de golpe—. Me encanta hablar contigo y pasar tiempo juntos. —Y luego añadió—: Y cocinas muy bien.

Ella se echó a reír.

—Tú también. —Vivían de comida para llevar, cosa que a ella le resultaba familiar—. Yo también lo paso bien contigo —dijo.

Estaba quieta en una esquina, esperando a que cambiara el semáforo. Se hallaba a medio camino entre el apartamento de Jack y el suyo. Central Park se veía blanco y reluciente al otro lado de la calle, cubierto por la nieve que había caído esa noche.

—¿Y si ocurre algo entre nosotros?

—¿A qué te refieres? —dijo ella, despistada.

El semáforo se puso verde. No había nada de tráfico en la calle.

—Me refiero a lo que pasa entre los chicos y las chicas. Ya sabes.

Su voz sonaba joven y agradable, y Valerie sonrió.

—Eso suena un poco absurdo, ¿no? Las chicas con las que sueles salir podrían ser mis hijas.

O peor, sus nietas. El pensamiento la golpeó como un puñetazo en el estómago. Jack salía con mujeres que tenían cuarenta años menos que ella.

—¿Qué más da? El amor no tiene que ver con la edad, sino

con las personas. Y, además, esas chicas no son adecuadas para mí. Solo son una afición, o lo eran, porque no tenía nada más que hacer con mi tiempo. Tú eres la Super Bowl, nena —dijo, y ella soltó una carcajada—. Ellas solo han sido prácticas en el jardín trasero.

—Nunca me han llamado así. —Pero Valerie sabía que era un cumplido viniendo de él—. No sé, Jack. Pensaba que éramos amigos. Sería una lástima fastidiarlo todo.

—¿Y si no fastidiásemos nada? ¿Y si nos conviniera a los dos?

—Entonces sería algo bueno, supongo.

Sin embargo, era demasiado pronto para que ninguno de los dos lo supiera todavía. Y Valerie no quería ser solo una aventura para él, entre tandas de chicas jóvenes.

—¿Por qué no lo tenemos en cuenta? —dijo él suavemente, y Valerie se quedó sin saber qué decir—. ¿Qué te parece?

Jack quería una respuesta, y Valerie no sabía cuál dar. No estaba segura.

—Me parece interesante —dijo ella con cautela.

—¿Posible?

—Quizá.

No excluiría esa posibilidad, pero pensaba que en teoría él era demasiado joven y ella demasiado vieja, aunque solo se llevasen diez años. No obstante, dado el historial y el estilo de vida de Jack, a Valerie esa diferencia de edad se le antojaba un abismo.

—Eso es lo que quería saber —dijo él, contento.

Y entonces a Valerie se le ocurrió algo.

—¿Tienes alguna relación ahora?

—No. ¿Y tú?

Por todo lo que había dicho Valerie, estaba bastante seguro de que no la tenía. Sin embargo, nunca estaba de más preguntar. A veces había por ahí antiguos amantes que seguían buscando sexo de vez en cuando. Siempre era bueno saber esas cosas.

—No, no tengo nada —contestó ella.

—Bien. Entonces los dos estamos libres. Ya veremos adónde nos lleva esto.

Pero a Valerie le gustaba el lugar en el que estaban. Resultaba tan cómodo ser amiga de él que detestaba convertirlo en un juego amoroso o de seducción, jugando al ratón y al gato. Le encantaba la amistad que empezaban a compartir.

—Me gusta ser tu amiga —dijo en voz baja.

—A mí también. Eso servirá por ahora. Por cierto, ¿dónde estás?

—Acabo de llegar a mi casa —dijo con la respiración agitada por el frío—. Estoy en la puerta.

—Pues entra. No cojas frío. Te llamaré mañana. Que duermas bien.

—Igualmente.

Valerie entró en el edificio pensando en Jack. No quería cometer ninguna estupidez de la que más tarde pudiera arrepentirse. Sin embargo, él le gustaba, y mucho. Y entonces recordó la teoría de él sobre lo valiente que resultaba abrir puertas nuevas. Ignoraba por completo si llegarían a abrir aquella puerta, y ni siquiera sabía si quería hacerlo. Pero al menos, tal como se recordó a sí misma mientras subía en el ascensor, era agradable saber que la puerta estaba allí, tanto si la abrían como si no.

13

Antes de la Super Bowl, Valerie y Jack se vieron en media docena de ocasiones. Cenaron una vez en el apartamento de él y otra en April in New York. Lo pasaron muy bien yendo a una pizzería para variar y a ver una película en un cine de verdad. Acudieron a una exposición en el SoHo de un artista que conocía Valerie y asistieron a una obra de teatro en el Lincoln Center. Hablaban mucho de cualquier tema, y la relación entre ellos iba haciéndose más afectuosa, aunque evolucionase despacio. Ninguno de ellos tenía prisa. Ignoraban por completo si las cosas irían a más.

La ocasión más emocionante en que se vieron fue la ceremonia que se celebró una semana antes de la Super Bowl, cuando el alcalde le concedió a Jack en el ayuntamiento el premio que le había prometido durante un acto que recibió mucha publicidad. Le otorgaron una medalla en reconocimiento de su valentía en el servicio a sus conciudadanos en situación de grave peligro. Además, le entregaron un diploma en presencia del gobernador, que siempre había sido un gran admirador suyo.

Asistió al acto el personal de los informativos de todas las cadenas, y Jack invitó a Valerie. El hijo de Jack, que vino de Boston, le pareció a Valerie un joven muy agradable. Era alto, sano y tan guapo como su padre, de quien pareció sentirse muy orgulloso cuando le dieron el premio. Valerie había acudido acompañada de April, y los cuatro hablaron durante unos minutos antes de que Jack tuviese que hacerse una fotografía protocolaria con el alcalde y el gobernador. A aquellas alturas utilizaba un bastón, y no las muletas.

Valerie se marchó con April después de la ceremonia. Jack la llamó más tarde para agradecerle su asistencia. Había sido un acto conmovedor que hizo llorar a madre e hija. Se hizo un minuto de silencio en honor a las víctimas. April no paró de pensar en lo cerca que estuvo su madre de morir, y Valerie también se sintió conmocionada. April se abrigaba con un anorak largo y pesado, por lo que sus casi cinco meses de embarazo seguían sin notarse. Llevaba casi un mes sin tener noticias de Mike y estaba segura de que jamás volvería a saber de él. No dejaba de recordarse a sí misma que nunca había contado con su colaboración, por lo que nada había cambiado. No obstante, había resultado ser tan simpático y atractivo que le habría gustado que ejerciese de padre. El embarazo estaba despertando la emotividad de April más de lo que ella esperaba. Lloraba mucho, cosa insólita en ella, y se sentía frágil y vulnerable. La causa eran sus hormonas, que funcionaban a máxima potencia, pero de todos modos se sentía inestable. Su doctora decía que era de esperar, y más en un primer embarazo, ya que April carecía de referencia alguna y todo le resultaba nuevo.

April se lo comentó a su madre en el taxi, mientras se alejaban del ayuntamiento después de la ceremonia:

—¡Qué raro! Yo nunca lloraba —dijo sonándose la nariz.

—Tampoco has estado nunca embarazada, y para colmo de un tío que se niega a prestarte apoyo emocional.

Valerie estaba muy molesta con Mike, y Pat y ella habían tratado la cuestión en repetidas ocasiones. Sin embargo, no podían hacer nada. Pat se había ofrecido a telefonear a Mike, pero Valerie lo disuadió, alegando que April se molestaría. En realidad, era un asunto entre ellos dos, pero Pat estaba tan disgustado como Valerie. Pensaba que Mike había cometido un acto horrible al desaparecer de esa manera. No era así como querían que su hija fuese madre por primera vez.

April se mostraba muy valiente y no se quejaba. Trabajaba tanto como siempre, y Jean-Pierre le echaba una mano siempre que podía. En ocasiones llegaba a excederse. Estaba siempre a disposición de April, deseoso de ayudarla, y ella se sentía incómoda. No quería aprovecharse de él y darle esperanzas. Tenía cosas más importantes en mente.

En el taxi April y Valerie hablaron de la asistencia de esta a la Super Bowl. A April seguía extrañándole que acudiera, pero tenía que reconocerle a su madre el mérito de hacer algo nuevo. Además, al parecer Jack y ella se habían hecho buenos amigos tras su experiencia compartida del ataque terrorista. April se daba cuenta de que su madre pasaba mucho tiempo con él, pero no creía que hubiese ningún motivo especial para ello. Habían sobrevivido a una experiencia aterradora y solo eran amigos. Y, por el momento, así lo consideraba Valerie también. Aunque se veían muy a menudo, ninguno de los dos había ido más allá, y ella se alegraba. No tenía ganas de estropear una relación tan buena, y eso era algo que podía suceder.

A medida que se acercaba el día de la Super Bowl, el interés iba en aumento. La prensa no se cansaba de especular sobre el posible resultado. A aquellas alturas Jack ya estaba recuperado, aunque aún caminaba con bastón. Volvía a trabajar en la cadena entrevistando a los principales jugadores y a los dos entrenadores. Estaba de nuevo al pie del cañón, corriendo en mil direcciones a la vez.

Un día que Valerie estaba tecleando en su ordenador, Jack asomó la cabeza por la puerta de su despacho, la saludó con un gesto y desapareció sin darle tiempo para reaccionar. Nunca se veían en el trabajo; los dos estaban muy ocupados.

En aquellos días la vida laboral de Valerie se desarrollaba sin sobresaltos. La eficiencia de Dawn superaba incluso sus mejores expectativas. La muchacha se había teñido de morado el mechón que antes era azul. Valerie se limitó a sonreír. Se estaba encariñando con ella.

Para Jack volver al edificio había resultado más emotivo de lo que esperaba. Al entrar no pudo evitar pensar en lo sucedido en el vestíbulo, cuando liberaron a los rehenes. Había llegado a su despacho pálido y conmocionado. Añoraba a Norman, el joven ayudante de producción asesinado, y a nadie se le pasaba por alto la ausencia de los otros miembros del personal. Valerie, por su parte, había perdido a un cámara de su programa, una muerte que se sumaba a la de Marilyn. Unas semanas antes se había celebrado en el vestíbulo un funeral en memoria de las víctimas, al que asistieron todos los empleados y los familiares. Dawn había acudido con ella y lloró, aunque no trabajase allí cuando ocurrió. Sentía un vínculo especial con Marilyn a través de todo lo que Valerie le decía de ella. Continuaba siendo un momento duro para todos, pero cada cual se esforzaba al máximo por dejar atrás la experiencia y seguir adelante. A nadie le gustaba hablar de ello en el trabajo. Era demasiado real.

La víspera del fin de semana de la Super Bowl, Jack le recordó a Valerie todo lo que necesitaba y todas las fiestas a las que acudirían. Habría eventos cada noche y a lo largo de todo el día. Valerie había hecho un programa muy divertido diciendo que, tras aconsejar al público durante años acerca de la mejor forma de organizar una fiesta de la Super Bowl, iba a asistir realmente al partido para verlo por sí misma.

La cadena cubriría también su presencia en el evento junto a Jack para sacar el máximo partido del acontecimiento mediático que suponía. El comentarista iba incluso a entrevistarla brevemente durante una de sus emisiones. Valerie necesitaba ropa para cada aparición, cada fiesta y el partido, dado que también saldría por televisión. Tenía tres maletas llenas que se llevaría en el avión de la empresa. El director de la cadena y su esposa viajarían con ellos.

—¿Tres maletas? —dijo Jack, impresionado—. ¿Estás de broma? Yo solo me llevo una, y salgo en pantalla cada día.

—Sí, pero tú no necesitas abrigos, zapatos y bolsos a juego —contestó ella en un tono persuasivo.

—Ostras, Valerie, las chicas que suelo llevar a la Super Bowl llevan una minifalda y un sujetador de pedrería.

—Sí, ya me lo imagino. Bueno, pues aún puedes llevarte a una de esas. Estás a tiempo.

—Prefiero los abrigos y los bolsos a juego. Al menos tú no te atiborrarás de cerveza y me vomitarás encima.

—Vaya, eso es una ventaja —replicó ella con una risita.

Lo cierto era que le hacía ilusión ir. Volarían hasta Miami por la mañana y se alojarían en el Ritz-Carlton, en South Beach. Hacía años que no iba a Miami. Y estaba claro que aquel era un importante acontecimiento de la cultura estadounidense al que nunca había prestado mucha atención. Jack llevaba varias semanas poniéndola al día. Valerie conocía ya el nombre de los principales jugadores y de los entrenadores. Además, era capaz de identificar algunas jugadas por los términos correctos después de que él se las explicase con la ayuda de partidos grabados y de repeticiones. Había prestado atención y había aprendido sus lecciones bien. Greg, el hijo de Jack, viajaría desde Boston con tres amigos para reunirse con ellos, aunque se alojaría en un hotel diferente. Pese a que Jack decía que a su hijo no le gustaban los deportes, aun así le encantaba asistir a la Super Bowl. Le recordaba la infancia, cuando acudía a ver jugar a su padre.

A las seis de la mañana del viernes Jack pasó a buscarla en una limusina, y a las siete estaban en el aeropuerto de Teterboro para subir a bordo del avión de la empresa. Allí se encontraron con Bob Lattimer, el director de la cadena, ilusionado y relajado, y su esposa Janice, una texana que dominaba el tema del fútbol americano. Janice, que por casualidad era hija de un entrenador universitario, continuó con la formación de Valerie durante el vuelo mientras aprovechaba para pedirle sugerencias destinadas a la boda de su hija, que se celebraría en junio. Era un intercambio justo.

Jack y Bob se pasaron todo el viaje hablando de fútbol americano. Hablaron del equipo que sin duda ganaría, de los mejores jugadores, de los defectos y las cualidades de los equipos. Valerie, que tenía la impresión de estar haciendo un curso de inmersión total, le sonrió a Jack a través del pasillo. Se había puesto unos pantalones blancos, unas manoletinas de Chanel con la puntera dorada, así como un conjunto formado por un jersey y una chaqueta de cachemira de color azul. Llevaba, además, un abrigo blanco de cachemira y unos pendientes cortos de diamantes. Parecía recién salida de las páginas de *Vogue*.

—¡Estás preciosa! —le susurró Jack mientras bajaban del avión y los rodeaba una nube de fotógrafos en una sesión organizada de antemano por la cadena, decidida a aprovechar al máximo a sus dos grandes estrellas—. Gracias por tomártelo tan bien —dijo Jack mientras bajaban las escaleras del avión.

No era una sorpresa ni una emboscada. Valerie sabía en qué se metía y había accedido. Todo estaba previsto y aprobado por ella. A Jack le quedaba muy bien la ropa: un blazer, una camisa azul abierta, unos pantalones grises y unos zapatos de piel de cocodrilo que llevaba sin calcetines, ya que la temperatura era suave. Tenía una apariencia sexy y totalmente desenfadada. Además, era capaz de erguirse en toda su estatura, lo cual resultaba impresionante. Para hacerse las fotografías se libró del bastón, y posó alto y muy fornido junto a Valerie. En una breve conversación con la prensa, Jack dijo que Valerie era una dignataria que estaba de visita y que le daría al evento un poco de clase. Todos los reporteros se echaron a reír. En ningún momento se aludió a ninguna clase de relación sentimental entre ellos. A nadie se le habría ocurrido. Solo eran dos importantes personalidades de la cadena que acudían a la Super Bowl, y él, como siempre, era el comentarista estrella del partido. Era allí donde Jack brillaba. A Valerie le encantaba verlo en su elemento, y sintió un nuevo respeto por él al ver lo entendido y competente que era.

Una limusina los llevaría al hotel mientras Bob y Janice Lattimer se dirigían a una casa de Palm Island que habían alquilado durante el fin de semana con todo el personal necesario.

El viaje desde el aeropuerto hasta el hotel duró media hora. Y cuando llegaron al Ritz-Carlton había más prensa. Al parecer, la asistencia de Valerie Wyatt era un acontecimiento muy importante. Otras estrellas se presentarían allí durante el fin de semana, pero no cabía duda de que la presencia de ella estaba causando sensación.

Valerie sabía por el programa que asistirían a un almuerzo en The Restaurant y que antes habría una conferencia de prensa en la que estaba prevista la intervención de Jack. Por la tarde Jack debía acudir a varias reuniones. Sin embargo, ella estaba libre y esperaba salir de compras por su cuenta. Dawn la había sorprendido al decirle que conocía Miami e indicarle dónde estaban las mejores tiendas.

Jack ocupaba una suite enorme, y Valerie tenía una parecida justo enfrente. El salón de la habitación de ella contaba con una decoración espléndida y unas vistas preciosas de Miami y del océano, y el dormitorio era cómodo e inmenso. Jack cruzó el pasillo para ver cómo se encontraba Valerie y asegurarse de que se estaba instalando. Parecía distraído y ocupado, pero a pesar de ello estaba atento a sus necesidades.

—¿Todo bien, Valerie? ¿Tal como te gusta? —preguntó Jack, preocupado.

—Es estupendo —contestó ella, sonriente—. Me siento como una niña consentida.

A Jack lo impresionaba que fuese tan fácil de contentar. Sabía que algunas mujeres tan importantes como ella se comportaban como divas y nada les parecía nunca lo bastante bueno. Valerie apreciaba todo lo que hacía la cadena, y su suite le encantaba.

—¿Puedo ayudarte en algo? —se ofreció ella.

—Sí —dijo Jack sentándose. Le molestaba la pierna, aunque no quisiera reconocerlo, y estaba más cansado de lo que esperaba. Aún no había recuperado del todo las fuerzas, aunque tenía un aspecto fantástico—. Ve a esas reuniones por mí. Yo bajaré a la piscina a dormir.

Ella celebró su sugerencia con una carcajada. Jack volvió a buscarla media hora más tarde. Valerie ya se había cambiado para el almuerzo. Llevaba un vestido de seda rosa y unos zapatos de tacón. Su ropa era sexy y bonita, pero de buen gusto. A las mujeres que solían acompañar a Jack había que controlarlas estrechamente para que no lo pusieran en evidencia llevando vestidos transparentes y bajando a la piscina con un tanga. Contar con la compañía de Valerie era mucho más fácil, y la situación resultaba muy distinta.

Llegaron al almuerzo en una limusina blanca. Tal como estaba previsto, Jack participó en la conferencia de prensa, hablando de lo que los aficionados podían esperar y de sus previsiones para el partido. Grabaron un breve vídeo de Valerie y le preguntaron qué opinaba de la Super Bowl hasta el momento. Ella respondió que le parecía estupenda. Los periodistas no necesitaban nada más.

Después de comer la recogió su propio coche, un Escalade blanco. Valerie desapareció en Bal Harbour y recorrió todas sus tiendas favoritas, desde Dolce & Gabbana hasta Dior y Cartier. El centro comercial era fantástico. Valerie se dejó llevar y se compró tres bañadores, un par de sandalias y dos jerséis. A continuación volvió al hotel para darse un masaje.

No volvió a ver a Jack otra vez hasta las siete, cuando él pasó por la habitación de Valerie y, con un fuerte gruñido, se tumbó en el sofá de su suite. Era tan alto que los pies le colgaban por un extremo.

—¡Dios, estoy hecho polvo, y todavía no ha empezado!

Sabía que los días siguientes serían una locura. Siempre lo eran.

—¿Tienes tiempo de echarte una siesta? —preguntó ella, preocupada.

Valerie llevaba un albornoz blanco de rizo y parecía relajada después del masaje. Había pasado una tarde apacible.

—La verdad es que no —contestó Jack.

Tenían que salir media hora más tarde para acudir a un cóctel. Algunos de los grandes jugadores de fútbol americano estarían allí, y Jack tenía que asistir. Jack acudía a ese cóctel en su calidad de jugador retirado del Salón de la Fama y también como comentarista estrella. Por eso tenía que ir a muchos lugares para desempeñar ambos papeles. Al cabo de un minuto se forzó a levantarse del sofá y se fue a su habitación para vestirse. Habría preferido quedarse en la suite con ella, pedir la cena y ver una película en televisión, pero eso era imposible.

Jack volvió muy elegante, vestido con un traje negro de Prada acompañado de una impecable camisa blanca, y Valerie llevaba un vestido de cóctel negro y unos tacones de vértigo. Tras abandonar la suite, Jack comprobó en un espejo del pasillo que formaban muy buena pareja.

—Hacemos buena pareja —comentó.

—Tú harías buena pareja con cualquiera, Jack —dijo ella, sonriente.

Jack se inclinó para darle un beso en la mejilla.

—Usted también, hermosa dama, y me alegro de que sea conmigo.

—¿Es que no añoras las minifaldas y los sujetadores de pedrería? —dijo ella.

Jack se echó a reír.

—Lo cierto es que no. Además, tu vestido me parece lo bastante corto.

La prenda que Valerie llevaba puesta era corta aunque elegante y, junto con los tacones, le resaltaba las piernas.

En el cóctel se perdieron por separado entre la multitud. Los fotografiaron a cada uno por su lado y una hora más tarde se los llevaron apresuradamente a una cena en The Forge, a la que asistieron muchos de los principales jugadores, sus esposas, los propietarios de los equipos y todas las personalidades que había en la ciudad. Era todo un espectáculo. Después había baile, pero todos los jugadores se marcharon nada más cenar. Era casi la una de la mañana cuando Jack y Valerie pudieron escabullirse y volver al hotel. Jack parecía agotado.

—¿Estás bien? —preguntó ella, preocupada por Jack—. ¿Qué tal la pierna?

—La pierna va bien —contestó Jack, aunque no había bailado. Aún no estaba en condiciones—. Solo estoy cansado. Es duro pasarse toda la noche en movimiento. Tú, en cambio, pareces tan despejada como cuando hemos salido del hotel. No sé cómo lo consigues —añadió en un tono de admiración.

—No estoy trabajando tanto como tú —señaló ella—. Aquí solo soy una turista.

Tampoco había recibido un disparo un mes atrás.

—Gracias por estar aquí —dijo Jack mientras la limusina paraba en la puerta del hotel.

—Me estoy divirtiendo —replicó ella, y era sincera—. Esto es completamente nuevo para mí. Y tienes razón en lo de abrir puertas nuevas. Esto es estupendo —añadió, entusiasmada.

Jack se echó a reír y bajaron del automóvil.

La dejó en la puerta de su suite tras darle un beso en la frente. Le habría gustado entrar a charlar un rato, pero estaba demasiado cansado. Volver al trabajo en una ocasión como aquella estaba resultando agotador. No cabía duda de que el disparo lo había afectado más de lo que quería reconocer. Esa noche durmió como un tronco, se levantó al amanecer y fue al gimnasio. Seguía siendo prudente, pero tenía que hacer algunos ejercicios. Antes de volver a su habitación llamó a la puerta de Valerie, que salió a abrirle en camisón y bata, y le dijo que también había dormido bien.

El primer acto previsto era un desayuno a las once, ofrecido por la cadena, y a continuación venía un almuerzo. Luego Jack tenía que grabar entrevistas con jugadores importantes. Primero entrevistó brevemente a Valerie, la cual reconoció que era una neófita y sabía poco de fútbol americano, aunque se lo estaba pasando en grande allí. Acto seguido llevó a cabo entrevistas más largas a los principales jugadores, a los entrenadores y a los propietarios de los equipos mientras Valerie se iba a la piscina. Jack estuvo trabajando hasta la hora de la cena. Esa noche se celebraba otra gran fiesta, organizada por uno de los principales patrocinadores del partido. Valerie estaba espectacular con un vestido corto dorado, y Jack le presentó a varios jugadores legendarios, entre ellos Joe Namath, que también había acudido a pasar el fin de semana. Era uno de esos fines de semana inolvidables en los que todo el mundo quería estar presente. Jack siempre estaba hablando con alguien, presentando a Valerie, firmando autógrafos a los aficionados, conversando con jugadores que conocía, o posando para los fotógrafos con ella o con otros jugadores célebres. No paraba ni un momento. Valerie lo miraba anonadada mientras iba de un lado a otro por la sala. Era genial en lo suyo, agradable con todo el mundo y adorado por todos. Valerie comprendió que los directivos de la cadena sabían lo que hacían cuando lo contrataron. Antes de conocerlo, solo sabía que era un antiguo jugador de fútbol americano. Sin embargo, Jack era un auténtico icono. Valerie ya no tenía duda alguna de quién era más importante o más famoso. Por fin entendía que Jack Adams era una leyenda del fútbol americano, y que las generaciones venideras lo recordarían y hablarían de él. Cuando pasaran cincuenta años, nadie iba a recordar sus bodas ni sus libros, pero, sin duda, se seguiría hablando de Jack. Valerie no lo había comprendido del todo hasta ese día.

Aquella noche asistieron a tres fiestas diferentes, todas en Miami, y acabaron en un club nocturno en el que había varios raperos y actores famosos. Parecía que todas las celebridades del planeta estaban en Miami para presenciar el partido. A las tres de la mañana volvieron al hotel. Los jugadores no salieron esa noche; tenían que acostarse temprano antes del partido del día siguiente. El partido empezaría a las seis, y Jack tenía que estar en el estadio a mediodía para los noticiarios y las entrevistas. Esta vez siguió a Valerie a su suite antes de volver a la suya. Aunque era más tarde que la noche anterior, parecía menos agotado. Estaba muy animado y volvía a ser el de antes.

—¡Menuda velada! —dijo Valerie mientras se sentaban en su habitación—. ¡Ha sido alucinante! ¡Lo estoy pasando de maravilla! —exclamó, sonriente. Se lo había pasado en grande en todas las fiestas a las que habían ido esa noche—. Creo que de ahora en adelante le diré a la gente que se olvide de las fiestas de la Super Bowl, y que venga a pasar el fin de semana y a ver el partido. Ha sido un fin de semana fabuloso. Gracias por invitarme.

Jack la miró y se echó a reír. Se alegraba de que Valerie disfrutase tanto. Su compañía era mucho más divertida que la de las chicas que solía llevar. Era guapa, elegante e inteligente, y Jack lo pasaba muy bien con ella. Valerie tenía mucho sentido del humor y hablaba con todo el mundo. Además, no estaba borracha como una cuba ni se dedicaba a coquetear con los jugadores y a provocar las iras de sus esposas. Era mucho más agradable ir con Valerie que con las chicas que lo habían acompañado en otras ocasiones.

—Me alegro de haberlo hecho. Yo también me he divertido. —Jack sabía que al día siguiente Valerie ocuparía un asiento en el palco de honor y que no la vería hasta después del partido—. Mañana podemos desayunar en tu suite antes de que me marche. Estaré casi todo el día fuera.

Valerie tenía previsto relajarse y pasar la mañana en la piscina. Jack rememoró lo emocionado que solía sentirse antes de un partido de la Super Bowl. Desde que estaban allí, Valerie se había enterado de que recibió en dos ocasiones el premio al jugador más valioso de la Super Bowl. Además, había visto sus cuatro anillos de la Super Bowl entre los trofeos que guardaba en su apartamento de Nueva York. Desde que había visto con sus propios ojos lo importante que era aquello, todo cobraba más sentido. Estar en primera línea con él en Miami le había enseñado mucho.

—Debió de ser duro para ti renunciar a todo esto y retirarte —dijo en un tono comprensivo.

—No pude elegir —dijo él con tristeza, recordando—. Mis rodillas estaban hechas polvo. Tenía treinta y ocho años, y si tentaba a la suerte podía aguantar dos años más como máximo y arriesgarme a acabar en una silla de ruedas. No merecía la pena. Viví diecisiete años fantásticos en la liga nacional de fútbol americano. Eso es mucho. Y fueron diecisiete años muy, muy dulces. Si es lo que más te gusta, no existe nada mejor. Es mucho trabajo, pero nunca lo lamenté ni por un momento.

—Es una manera muy bonita de ver lo que haces.

A Valerie le encantaba su trabajo, pero de pronto se daba cuenta de que aquello era distinto. Aquella fama era muy diferente de la suya. Se acompañaba de una gloria y de una magia que solo se daban en el deporte. Las grandes estrellas del rock recibían adulación y alabanzas, pero los deportistas y su público formaban un mundo muy especial.

Se alegraba de haber ido allí y haberlo visto. La había ayudado a entender mejor la vida y la personalidad de Jack. Habiendo sido una gran estrella, a Valerie le parecía increíble que no fuese un engreído insoportable. En lugar de eso, estaba orgulloso de sus logros, aunque de forma razonable. Había conseguido en su campo cosas que pocos hombres lograban, pero era una persona normal y corriente, y Valerie lo quería por eso. Acudir a la Super Bowl le había dado toda una nueva perspectiva de él y de lo serio que era en su trabajo. Le gustaba realmente como persona. Solo había mostrado respeto hacia ella. Parecía apreciar todo lo que Valerie decía y hacía, y lo pasaban muy bien juntos. Estar con Jack era un placer para cualquier mujer.

—Lo he pasado estupendamente —dijo Valerie, contenta. Había valido la pena abrir esa puerta a todo un mundo nuevo que de lo contrario nunca habría visto—. Por cierto, ¿has visto hoy a Greg?

Sabía que su hijo había llegado a Miami para asistir al partido, pero ella no lo había visto y se preguntaba si Jack habría tenido ocasión de verlo.

—Solo unos minutos. Antes del partido vendrá a sentarse un rato conmigo en el palco de transmisión. Quiere conocer a un par de jugadores. Esperaba que pudiéramos cenar con él mañana, pero tiene que marcharse justo después del partido, y entonces todavía estaré muy liado. Seguramente no podré verte hasta mucho después del partido. Espero que no te importe.

—Claro que no. Es tu trabajo y lo comprendo. —El avión despegaría a medianoche, y Valerie sospechaba que Jack podía estar grabando entrevistas hasta entonces—. Ahora estoy deseando ver el partido.

Hasta el momento, todo lo que conducía a ese partido había sido estupendo. Valerie había disfrutado de todas las fiestas, del lujo y de las vistas, así como del contacto con esa multitud extraordinaria formada por profesionales del deporte y aficionados que seguían a esos profesionales igual que antes lo habían seguido a él.

—No tengo ninguna gana de volver a mi habitación —dijo Jack por fin, poniéndose de pie. Eran las tres y media de la madrugada y tenía que levantarse temprano. Las entrevistas previas al partido estaban hechas, pero tenía que ir al estadio para organizarlo todo. Para él, aquel era el momento culminante del año—. Nos vemos por la mañana, Valerie —dijo con un bostezo.

Mientras ella lo acompañaba a la puerta de la suite, Jack le sonrió y acto seguido la besó en la boca con mucha suavidad, pero esta vez fue casi un beso de verdad. No del todo, pero no era la misma clase de besito amistoso que le había dado él en otras ocasiones.

—Uno de estos días tenemos que hablar —dijo él pasándole un brazo por los hombros—, pero aquí no. Cuando volvamos a Nueva York.

Ella asintió con la cabeza. Creía saber de qué se trataba y se alegraba de que Jack no se hubiese precipitado. No estaba preparada para tomar decisiones irreflexivas y meterse en la cama con él. No quería ser una especie de admiradora, un capricho pasajero o una aventura de una noche. Si tenía una relación con él, quería que significase algo para ambos y que fuese real.

—No hay prisa. Antes he de comprarme una minifalda y un sujetador de pedrería —dijo con una expresión seria.

Jack se echó a reír.

—¿Sabes? Me gustaría verte con eso, solo por una vez.

A Jack le encantaba la ropa elegante que Valerie se había puesto durante el fin de semana. Había destacado en todas las multitudes. Y la gente la reconocía en todas partes.

—Veré lo que puedo hacer —prometió ella.

Él se inclinó y la besó de nuevo. Y esta vez fue un verdadero beso. Ella supo que Jack iba en serio; se fundió entre sus brazos y le devolvió el beso. Cuando por fin se separaron, Jack parecía asombrado. Tenía los ojos muy abiertos, y los dos estaban sin aliento.

—Señora, deje que le diga algo: ¡con besos así, no necesita un sujetador de pedrería!

—Buenas noches, señor Adams —dijo ella recatadamente mientras abría la puerta.

Jack cruzó despacio el pasillo hasta su propia suite y se volvió a mirarla con ternura y pasión. Durante el fin de semana les había ocurrido algo importante. Se habían dejado llevar por la emoción, pero se habían mantenido unidos, y lo que compartían empezaba a parecer muy sólido.

—Buenas noches, señora Wyatt —respondió él.

Valerie le sonrió y cerró la puerta con suavidad.

14

Haciendo honor a su promesa, Jack se presentó en la habitación de Valerie a las diez en punto de la mañana siguiente, vestido para trabajar. El antiguo jugador disponía de una hora para desayunar con ella y aprovechó para contarle todo lo que tenía que hacer antes del partido. Parecía encontrarse muy animado y en excelente forma. Tomó crepes con beicon, salchichas, magdalenas, dos vasos de zumo de naranja y una taza de café. Era un hombre de buen apetito y sabía que tardaría muchas horas en volver a comer. Valerie, por su parte, le hizo varias preguntas sobre el partido. Cuando acabaron de desayunar Jack se dispuso a marcharse. Al llegar a la puerta se inclinó para besarla, y el beso fue igual que el de la noche anterior. Las cosas estaban subiendo de tono entre ellos, y Valerie pensó que era una suerte que no pasaran otra noche allí. No deseaba dejarse arrastrar por el ambiente festivo y hacer algo de lo que ambos pudiesen arrepentirse más tarde. Si saltaban juntos al abismo, deseaba que fuese algo real y bien pensado, y lo mismo le sucedía a Jack. Después de besarla, Jack le dio unas palmaditas en el trasero y salió por la puerta.

Valerie pasó el resto del día tranquilamente y almorzó en la piscina. Se dio otro masaje, dado que no tenía nada más que hacer, y preparó las maletas antes de salir en dirección al estadio. Llevaba unos tejanos blancos y una camiseta, unos mocasines rojos y un jersey de cachemira también rojo que se echó sobre los hombros por si refrescaba esa noche. Cuando abandonó la habitación estaba emocionada. Jack la había llamado al teléfono móvil tantas veces como había podido, siempre que tenía un respiro. Decía que el ambiente del estadio era de locos, como de costumbre. Esa tarde había hecho media docena de entrevistas más y volvió a telefonearla cuando Valerie estaba en el coche.

—Estoy a punto de llegar al estadio —le explicó ella, llena de entusiasmo.

—Yo podré verte, pero tú no me verás a mí —le dijo Jack—. Nos reuniremos en el hotel sobre las once de la noche.

Necesitaría dos horas para entrevistar a los miembros del equipo ganador y hacer el resumen del partido. Esa noche se celebraría una fiesta en honor del equipo vencedor, fuese el que fuese, pero no tenían previsto acudir. Igual que Valerie, Jack había hecho ya las maletas y las había dejado en su suite.

Valerie le deseó buena suerte con la retransmisión y se mostró convencida de que sería genial. April había prometido encender el televisor para verlos a él y a su madre cuando emitieran en el descanso la entrevista que Jack le había hecho. Valerie, por su parte, había programado el DVD para grabarla y así poder ver a Jack cuando volviese.

Valerie llegó al Dolphin Stadium a las cinco y media, media hora antes del partido. Quería ir al palco de honor y ver cómo estaba el ambiente. A su llegada se apiñaba ya en el estadio una multitud de aficionados, algunos de los cuales llevaban una hora sentados. Había vendedores de recuerdos, y los espectadores compraban perritos calientes y bebían cerveza a litros. Chicas medio desnudas animaban ya a sus equipos. El público formaba una muchedumbre ruidosa. Había una cantidad asombrosa de guardias de seguridad, y Valerie sabía por Jack que se hacía todo lo posible para impedir los ataques terroristas, que eran un verdadero motivo de temor aunque nunca lo fueron en sus años de jugador. Valerie tardó diez minutos en llegar al palco y ocupar su asiento, y para entonces había empezado el espléndido espectáculo que precedía al partido. Bob y Janice Lattimer estaban allí. El matrimonio se quedaría en Miami hasta el día siguiente y asistiría a la fiesta de esa noche. Bob le presentó a varias personas que estaban en el palco. Valerie se sentó y vio a Jack iniciar la retransmisión desde el monitor que habían instalado en el mismo lugar.

Se pusieron de pie para escuchar el himno nacional, interpretado por Stevie Wonder, y dos minutos más tarde estaba en marcha el partido. Uno de los *quarterbacks* más famosos anotó un *touchdown* en los primeros diez minutos, provocando una ovación de la multitud. Janice le explicaba las jugadas a Valerie, que no tenía ningún problema para entender lo que sucedía. El otro equipo marcó un *touchdown* en el segundo tiempo. Durante el descanso, con el marcador igualado, un dirigible flotó sobre el estadio con cámaras que filmaban la escena y el fastuoso espectáculo compuesto por bailarines y cohetes, varios números del Cirque du Soleil y una breve actuación de Prince.

Valerie vio que Jack entrevistaba a Joe Montana y a Jerry Rice después de su propia entrevista durante el descanso, y luego se reanudó el partido. Los dos equipos iban anotando puntos a un ritmo trepidante. La multitud enloquecía. Incluso en el palco de honor se oían gritos de angustia y de euforia. Jack se encargaba de comentar el encuentro para los telespectadores mientras Valerie lo miraba en la pantalla lo más a menudo posible, sin perderse la acción en el campo. Y por fin se produjo un gol de campo que otorgó a uno de los equipos la victoria esperada que Jack le había predicho esa mañana. Sin embargo, el partido había estado muy igualado. En el campo había lágrimas de alegría, y seguramente también muchas de decepción. Valerie sonreía cuando se volvió a transmitir cómo hacía Jack el resumen del partido. Esperaba a que algunos de los jugadores se acercasen a hablar con él y mataba el rato hasta entonces comentando detalles y sorpresas del partido. Valerie fue una de las últimas personas en abandonar el palco de honor, entretenida como estaba viéndolo en la pantalla.

Regresó al hotel después de despedirse de los demás ocupantes del palco de honor, de agradecerle a Bob Lattimer el viaje y a su esposa las explicaciones, y de expresarle a esta sus mejores deseos para la boda de su hija en junio. En lo que a Valerie respectaba, había sido una noche fantástica. Llegó al hotel a las nueve y media y encendió el televisor para ver la última entrevista de Jack, que acabó a las diez. Media hora más tarde Jack llegaba a la suite, aún con el subidón del partido. Parecía contento, aunque exhausto. Valerie lo felicitó por su acertada predicción y dijo que había hecho un gran trabajo comentando el partido. Como siempre, tenía un aspecto fantástico en pantalla.

Se sirvió una cerveza y se sentó a hablar del partido. Veinte minutos más tarde llamó al botones para que recogiese las maletas. No había parado en tres días. Valerie notó que volvía a cojear un poco. Desde su llegada a Miami Jack había trabajado sin cesar, y Valerie sentía un enorme respeto por su trabajo. No tenía ni idea de lo exigente que era, como tampoco Jack había entendido antes de conocer a Valerie las dificultades de su carrera profesional.

En la limusina siguieron hablando del partido y de los jugadores. A las once y media estaban en el aeropuerto, donde los esperaba el avión, que al día siguiente volvería a Miami a buscar a Bob y a Janice. Sin embargo, Jack quería volver esa misma noche. Estaba exhausto. Además, Valerie tenía que ir a trabajar.

Subieron al avión. Jack no empezó a relajarse hasta ocupar su asiento. La azafata les había preparado unos bocadillos y una botella de champán helado. Les sirvió una copa a cada uno, y Valerie brindó con una cálida sonrisa.

—¡Por el auténtico héroe de la Super Bowl! ¡Has hecho un magnífico trabajo!

Jack se sintió conmovido por su elogio. Estaba contento de cómo había salido la retransmisión y se alegraba de saber que Valerie tenía una buena opinión de sus entrevistas. Siempre les dedicaba mucha reflexión y las preparaba bien, y Valerie dijo que se notaba. Estaba realmente impresionada por lo mucho que trabajaba y por lo concienzudo que se mostraba con las retransmisiones. Para Valerie el fin de semana había sido perfecto de principio a fin.

El avión despegó diez minutos después de que embarcaran, y Valerie comentó que era mucho más fácil viajar así que en un vuelo comercial. Jack la miró sonriente y le cogió la mano.

—Gracias por ser tan maravillosa todo el fin de semana.

Se había mostrado animada, entusiasta, cariñosa y comprensiva. Estar con ella era genial. Valerie era todo lo que Jack podría haber querido.

—Lo siento, no he podido encontrar un sujetador de pedrería. El año que viene.

Al oír esa promesa, Jack se echó a reír.

—Yo te votaría como jugadora más destacada —dijo.

Entonces la besó tan apasionadamente como por la mañana y la noche anterior. Parecían estar más unidos cada día. Llevaban un mes viéndose como amigos, desde el ataque terrorista. Habían pasado mucho tiempo juntos y empezaban a conocerse bien. Además, se divertían juntos.

Hablaron un poco más y luego Jack se durmió hasta que aterrizaron. Llegaron a Nueva York a las tres de la madrugada. Junto a la pista de aterrizaje los aguardaba una limusina para llevarlos a casa. Una hora más tarde llegaron al apartamento de Valerie. Jack iba a despedirse de ella cuando de pronto decidió acompañarla hasta arriba para asegurarse de que entraba sin problemas. Valerie se echó a reír. No corría peligro alguno en su propio edificio. Sin embargo, él insistió. Lo que de verdad quería era darle un beso de despedida lejos de las miradas ajenas.

El portero dejó el equipaje de ella en el recibidor de su apartamento y volvió a bajar en el ascensor. Valerie se quitó el abrigo y Jack la estrechó entre sus brazos. La deseaba con todas sus fuerzas, y al cabo de un instante volvían a besarse apasionadamente. Cuando acabaron, Valerie estaba sin aliento.

—Tengo que hacerte una pregunta —dijo Jack en voz baja mientras le rozaba el cuello con los labios y la apretaba contra sí—. ¿Puedo pasar aquí la noche?

Ella se apartó y lo miró a los ojos.

—Si no estás preparada, no lo haré... Tenemos tiempo...

Sin embargo, la deseaba más de lo que había deseado a ninguna mujer en su vida. Valía la pena esperarla, pero llevaba todo el fin de semana ardiendo por ella, más que por ninguna chica de veintidós años con una minifalda y un sujetador de pedrería.

—¿Es una locura? —susurró ella entre besos.

No se lo parecía, le parecía bien, pero quería estar segura de que a él le ocurría lo mismo.

—Nunca en mi vida he hecho nada con más sentido —dijo Jack.

Ella asintió con la cabeza. Pensaba lo mismo.

—Sí —contestó ella con sencillez.

Jack llamó al chófer de la limusina para decirle que enviase su maleta al apartamento de Valerie y se fuese a casa. Al cabo de cinco minutos llegó la maleta, que Jack llevó al dormitorio. Valerie estaba sentada en la cama y le sonreía. Hacía años que no entraba ningún hombre en aquella habitación pulcra y ordenada. Había una lámpara encendida sobre la mesita de noche, y la luz en la habitación era suave. Jack se quitó la ropa con suavidad y se tendió con ella. Se miraron en la enorme cama. Valerie se sentía como si llevase mucho tiempo esperándolo solo a él.

—No quiero hacerte daño —dijo ella con ternura—. ¿Te duele la pierna?

Él negó con la cabeza y se echó a reír.

—Tengo una herida de bala en la pierna, la espalda jorobada y lesiones de jugador en las rodillas. Nena, te has buscado a un viejo muy hecho polvo.

Sin embargo, Jack parecía y se sentía un muchacho entre los brazos de ella. Entonces Valerie apagó la luz. Aunque trabajaba mucho con su entrenador y tenía un aspecto fantástico para su edad, no quería que él comparase su cuerpo con el de una chica de veintidós años. Jack la besó, y toda la pasión que llevaba tanto tiempo aguardando en el interior de ambos explotó. Los dos se olvidaron de la pierna y de la espalda de Jack. El anhelo que sentían impidió que se cansaran el uno del otro, impulsándolos a hacer el amor durante horas. Jack nunca había pasado una noche como aquella, y la diferencia, tal como comprendió mientras se dormía abrazado a Valerie, era que por primera vez estaba enamorado, y ella también.

15

April telefoneó a su madre a la mañana siguiente. Valerie estaba desnuda en la cocina, preparándole a Jack unos huevos revueltos. Se le habían quemado los primeros y estaba haciendo otros mientras él leía la sección de deportes del periódico. Jack había logrado que se sintiera tan cómoda y feliz que no le importaba estar allí desnuda delante de él.

—¿Cómo fue? —le preguntó April.

—Increíble —dijo ella en un tono soñador.

Valerie no pensaba en el partido. Se apresuró a rescatar de la sartén la segunda tanda de huevos para evitar que se le quemara también, y le dijo a April que estaba hablando por la otra línea y que le devolvería la llamada más tarde.

Valerie dejó los huevos en la mesa, delante de Jack, que la besó y le pasó despacio una mano por el cuerpo. Era un amante extraordinario y también había disfrutado de una felicidad exquisita con ella. Insistía en que no se había hecho daño en la pierna ni en la espalda. Llevaba meses temiendo el sexo, y de pronto parecía que pudiese hacer lo que quisiera, pero su forma de hacer el amor no había sido acrobática, sino todo lo contrario, había sido tierna y tan intensa que resultaba abrumadora. Jack nunca se había sentido así.

Empezó a comerse los huevos con cara de felicidad.

—Se me dan mejor las tostadas —se disculpó Valerie.

Jack se echó a reír.

—¡Ya, claro! Solo te estoy tomando el pelo. Los huevos están fantásticos, igual que tú. ¿Qué haces hoy?

Tras su éxito en la Super Bowl, Jack se había tomado el día

libre. No tenía que volver a salir en pantalla hasta dos días más tarde, por lo que decidió darse un merecido descanso. Antes de desayunar había dejado un mensaje en el buzón de voz de su asistente.

—Tengo que trabajar.

Y Dawn la estaba esperando.

—A mí me parece que deberías decir que estás enferma —le sugirió Jack.

Valerie se echó a reír.

—No lo he hecho nunca. ¿Y si pierdo mi empleo?

Valerie sabía que eso no sucedería. No debía grabar hasta el jueves, pero tenía mucho que hacer. Ya se había tomado el viernes libre para acudir al partido, algo insólito en ella.

—Si te echan, te mantendré yo…, aunque a lo mejor me despido.

Hablaba en broma, y ambos se rieron. Tras su noche de pasión, ninguno de los dos tenía ganas de trabajar. A Valerie nunca le había ocurrido nada parecido.

—Genial. Llevamos… —ella miró el reloj de la cocina— cinco horas siendo amantes, y ya nos vamos los dos de cabeza al paro.

—A mí me suena bien —dijo él, contento—. Así podemos quedarnos todo el día en la cama haciendo el amor.

Valerie tenía que reconocer que a ella también le agradaba pensar en esa posibilidad.

—Quizá pueda quedarme —dijo en un tono soñador—. Ahora que lo pienso, llevo un año o dos sin faltar ni un solo día por enfermedad.

—Me parece una idea excelente —dijo él, abrazándola y excitándose al instante.

Entre besos, Valerie alargó el brazo hacia su teléfono móvil, que estaba sobre la mesa, y le dejó a Dawn un mensaje de voz diciéndole que había vuelto de Miami con un terrible dolor de garganta y se tomaba el día libre para quedarse en la cama. De todos modos, lo de quedarse en la cama no dejaba de ser cierto, pues

Jack la tomó de la mano enseguida para llevarla de vuelta al dormitorio. Cinco minutos más tarde volvían a hacer el amor apasionadamente, y al acabar se abrazaron agotados.

—Eres demasiado joven para mí —dijo ella, jadeante—. Vas a acabar conmigo.

Jack estaba también sin aliento.

—Haces que me sienta como un chaval —dijo, abrazándola y acariciándole el pelo.

Minutos después se durmieron uno en brazos del otro, y no se despertaron hasta el mediodía.

Se metieron juntos en la ducha y acabaron haciendo el amor otra vez. A continuación volvieron a la cocina, y Jack preparó un par de sándwiches para comer mientras Valerie comentaba que era un alivio que la mujer de la limpieza no viniese los lunes. Además, de forma excepcional, se había tomado libre también el día siguiente. Tenían el campo libre para hacer el amor de forma salvaje y disoluta. Después de comer volvieron a meterse en la cama para ver películas antiguas. Valerie no había pasado en toda su vida un día así. Acurrucada entre los brazos de Jack, se sentía indulgente consigo misma, perezosa y enamorada.

A última hora de la tarde la llamó April con voz preocupada.

—¿Estás bien? Te he llamado a la oficina y me han dicho que estabas enferma. Esta mañana no parecías enferma. ¿Qué pasa? Además, no me has devuelto la llamada.

—Lo siento, cariño. Me duele mucho la garganta. Creo que podría ser una infección.

—¿Has ido al médico?

—No, aún no —dijo con un sentimiento de culpabilidad. Le sonrió a Jack, que con un dedo le recorría despacio el contorno del pecho. Valerie reaccionó al instante ante el contacto—. Iré, te lo prometo.

—Si es una infección, necesitas antibióticos —dijo April con firmeza.

—Llamaré enseguida. Me he pasado el día en la cama.

—Eso está bien. Abrígate —le aconsejó—. Llamaré más tarde a ver cómo te encuentras.

—Si no cojo el teléfono, no te preocupes. Estaré dormida —dijo Valerie. No quería que April los interrumpiese si estaban haciendo el amor.

—Por cierto, ¿cómo fue la Super Bowl? Esta mañana has dicho que fue increíble.

—Y lo fue.

Esa mañana, mientras se le quemaban los huevos, se refería a Jack y no al partido. Sin embargo, el partido también había sido estupendo.

—Vi el partido en la cocina. Los comentarios y las entrevistas de Jack me parecieron muy buenos. ¿Fue amable contigo?

—Mucho —le aseguró su madre mirando con una sonrisa a Jack, que estaba tumbado en la cama junto a ella—. ¿Cómo te encuentras?

—Bien. Gorda. Creo que se me va a notar muy pronto. No me hace ninguna gracia tener que explicárselo a todo el mundo. Me gustaría mantenerlo en secreto mientras pueda.

Le faltaba una semana para estar de cinco meses y se sentía enorme tras una vida entera de delgadez.

—No creo que puedas esconderlo durante mucho más tiempo —dijo Valerie—, pero es algo que solo te incumbe a ti. No tienes por qué dar explicaciones a nadie.

—Creo que algunos de mis empleados lo han adivinado ya.

Desde luego, Jean-Pierre lo había intuido y se mostraba excepcionalmente atento y servicial, cargando con todas las cosas pesadas para que no tuviese que hacerlo ella. April agradecía su ayuda, pero sus atenciones hacían que se sintiera cada vez más incómoda. Por muy fría y profesional que se mostrase con él, Jean-Pierre se negaba a dejarla en paz.

—Mañana te llamo, cielo —dijo Valerie con ternura.

—Cuídate la garganta. Té con miel. Y llama al médico.

—Lo haré. Gracias por llamar.

Valerie colgó y se volvió hacia Jack, que la besó otra vez.

Pasaron de nuevo la noche juntos, y Valerie hizo algo insólito: se tomó también libre el día siguiente con la excusa de que tenía una infección de garganta.

—No puedo seguir haciendo esto —dijo, avergonzada, mientras cenaban lo que había por la nevera—. Mañana tengo que ir a trabajar. Tengo un montón de tareas pendientes.

—Creo que los dos deberíamos despedirnos —dijo él en broma.

Sin embargo, él también tenía que ir a trabajar al día siguiente. Había sido agradable tomarse dos días libres y pasarlos juntos, hablando, durmiendo, haciendo el amor y viendo la televisión. Era una novedad para Valerie, que llevaba años sin parecer ni sentirse tan relajada y feliz. Esperaba que no fuese solo un capricho pasajero para él, aunque no daba esa impresión. Aquello era muy serio para ambos.

—¿Y si nos vamos a mi casa esta noche? Mi asistenta no viene los miércoles.

Trataban de mantener aquello en secreto mientras pudieran. Valerie no quería decírselo todavía a April ni a nadie. De momento era su secreto. Además, aún sentía cierta incomodidad al pensar en la diferencia de edad. Y Jack había sido tan mujeriego que cualquier mujer con la que saliese suscitaría comentarios, y más si era ella. Pero no se sentía más mayor que él. Se sentía protegida por él y segura entre sus brazos. Y los años que había entre ellos desaparecían cuando estaban en la cama.

Sobre las diez de la noche Valerie llenó una pequeña maleta para ir al apartamento de Jack y puso su ropa para la oficina en una percha. Cogieron un taxi hasta allí y se llevaron la maleta que él se había traído de Miami. Valerie no había deshecho aún las suyas y se había limitado a sacar el maquillaje y el cepillo de dientes, que dejó en el cuarto de baño de Jack. A continuación colgó su ropa en el armario. Se sentía como en su propia casa. Se dieron un baño en la enorme bañera de mármol.

—¿Qué vamos a decirle a la gente? —preguntó Valerie, pensativa, mientras comían helado en la cocina después del baño—.

¿O sencillamente deberíamos ser discretos durante un tiempo hasta que lo pensemos?

—Yo ya lo he pensado —dijo él, tranquilo y sonriente—. Estoy enamorado de ti. ¿Crees que escribirlo sobre el cielo de Manhattan sería demasiado ostentoso? Quizá sea preferible un simple anuncio en la sección de noticias del corazón del *New York Post*.

—No te preocupes, no tardarán en adivinarlo —le aseguró Valerie—. La vieja expresión «La mejor parte del valor es la discreción» ha sido siempre una de mis favoritas. Pero no sé muy bien hasta qué punto será discreto cuando la gente se entere de lo nuestro. Los dos somos personas muy visibles.

—Sugiero que nos limitemos a disfrutarlo. No tenemos nada que esconder: los dos somos solteros. ¿Crees que le importará a April?

—No creo —dijo Valerie, pensativa—. No veo por qué iba a importarle, y le caes bien. ¿Y a Greg?

El hijo de Jack era más joven y, en opinión de Valerie, podía disgustarse.

—Le caíste bien —dijo Jack con sencillez—. Así que estamos cubiertos. Nuestros hijos son los únicos que importan. Al diablo todos los demás.

Aparte de su hijo, lo único que le importaba a Jack era ella. Todo parecía muy sencillo. Mucho más sencillo de lo que ella siempre había esperado. Entonces pensó en Alan Starr y en la predicción que le hizo el día de su cumpleaños. Al final estaba en lo cierto.

Se fueron a la cama y a la mañana siguiente se levantaron temprano. Jack preparó el desayuno. Hizo unos huevos con beicon deliciosos, dignos del restaurante de April. Tras debatirlo unos momentos, decidieron compartir un taxi para ir a trabajar. Entraron juntos en el edificio, y nadie pareció fijarse ni interesarse. El edificio estaba atestado de gente, como siempre, y Jack le dio un suave beso antes de salir del ascensor. Nadie se desmayó, gritó ni señaló.

—Luego te llamo —se despidió él con una sonrisa.

Cuando Valerie llegó a su despacho, vio que Dawn parecía preocupada.

—¿Qué tal tiene la garganta?

Aunque era joven, a veces se mostraba muy maternal con su jefa, que le caía muy bien. Su trabajo le encantaba, y Valerie estaba contenta con ella.

—Bien. ¿Por qué? —preguntó esta, inexpresiva. Había olvidado por completo su excusa para no acudir a la oficina—. Ah, eso. Mucho mejor. Es una infección. Estoy tomando antibióticos.

Entró en su despacho y se puso a trabajar. Al día siguiente grabaría el gran programa de San Valentín, muy adecuado para su humor en ese momento.

A la hora de comer fue a visitarla Jack muy animado. La retransmisión del domingo había conseguido el mejor índice de audiencia con diferencia. Todo el mundo se sentía complacido, y Valerie estaba orgullosa de él.

Valerie debía trabajar hasta tarde y prometió pasar por el apartamento de Jack de camino a su casa. Llegó allí a las ocho y media, y ya no se marchó. Al día siguiente se fue a su apartamento a vestirse antes del trabajo. La asistenta estaba allí, y dijo que creía que Valerie estaba de viaje, porque no había dormido en su cama. Valerie comprendió que todo el mundo lo sabría pronto. Mentir era demasiado complicado. Se limitó a sonreír y no dijo nada. Se puso un traje rojo de Chanel para el programa de San Valentín. Jack llegó media hora después para llevarla al trabajo. De pronto se habían vuelto inseparables, y a Valerie le gustaba. Le encantaba formar parte de una pareja con él. De camino al trabajo le habló del programa previsto para ese día.

—Por cierto, ¿qué hacemos el día de San Valentín? ¿Por qué no vamos al restaurante de April? —sugirió él.

Valerie asintió con la cabeza, pensando que debía decirle algo a su hija antes, aunque no sabía muy bien cuándo hacerlo.

Valerie pasó a ver a April el sábado a la hora de comer, de camino a la peluquería. La oportunidad se presentó con facilidad cuando April le preguntó por él.

—Os veis mucho, ¿no, mamá? Es un tipo muy ocupado. No quiero que te enamores de él y sufras. Siempre está viniendo con modelos jóvenes.

Valerie asintió, pensativa. Nunca le había mentido a su hija y no quería empezar entonces.

—Si he de serte sincera, ya me he enamorado de él. Y quizá sufriré, no lo sé. Tiene diez años menos que yo, pero eso por el momento no parece tener importancia. Él también se ha enamorado de mí.

April guardó silencio durante unos momentos y miró a su madre sin saber qué decir.

—¿Te trata bien? —preguntó April en voz baja.

—Mucho. Es maravilloso conmigo: amable, respetuoso, inteligente, divertido… Parece que la cosa funciona. Quizá no dure toda la vida, pero así son las relaciones. Desde luego, por ahora es bonito —contestó Valerie.

Se sentía culpable al pensar que aquello le estaba sucediendo a ella y no a April, que también tenía derecho a vivirlo y lo necesitaba mucho más. La vida no era justa. Ella tenía sesenta años y estaba locamente enamorada, mientras que April estaba sola y embarazada de cinco meses de un hombre que no quería tener nada que ver con ella ni con el bebé.

—Lo siento, cielo. Me siento un poco egoísta. Preferiría que tú tuvieras a un hombre bueno que cuidara de ti.

—Estoy bien —insistió April, aunque parecía cansada. Estaba triste desde la última vez que había visto a Mike, cuya presencia en la consulta de la doctora había acabado muy mal—. Y me alegro por ti, mamá —dijo sinceramente—. Te lo mereces. No veo por qué deberías estar sola. Él es afortunado, y aún eres joven. Siempre he querido que tuvieras a alguien que se portase bien contigo. Papá es feliz con Maddie. ¿Por qué no deberías tener tú también a alguien? Jack debe de haberse dado cuenta de que todas esas chicas jóvenes no eran lo que estaba buscando.

—Eso esperaba, por el bien de su madre.

—Parece que así es. De todos modos, ese tema aún me pone nerviosa. Sesenta años son sesenta años, por mucho que trate de ocultarlos. Y veintidós años son veintidós años.

—Seguramente se aburría con ellas —dijo April con sensatez. No lo esperaba, pero se sentía complacida al saber lo de Jack y su madre.

Valerie le dijo que Jack y ella querían cenar en el restaurante el día de San Valentín, y April estuvo encantada.

—Os prepararé una cena especial —prometió.

Abrazó a su madre cuando se marchó y volvió a decirle que se alegraba mucho por ella.

—¿Qué ha dicho? —le preguntó Jack a Valerie cuando esta volvió a su apartamento.

Desde su regreso de Miami habían pasado todas las noches juntos en casa de uno o de otro. A Jack le producía cierta inquietud la posible reacción de April. Con los hijos nunca se sabía, fuese cual fuese su edad. Esa semana había telefoneado a Greg para decirle que Valerie y él salían juntos, y a Greg le pareció estupendo. No era un problema. Pero las chicas eran diferentes, y Jack sabía que Valerie y su hija estaban muy unidas.

—Se lo ha tomado muy bien —lo tranquilizó Valerie, y luego le dio un beso—. Va a prepararnos una cena especial para el día de San Valentín; le he dicho que querías cenar allí.

—Espero que no me eche arsénico —dijo él, aún nervioso.

Valerie se rió de él.

—Ya te he dicho que le parece bien. Últimamente tiene sus propios problemas.

—¿Qué clase de problemas? —preguntó Jack, inquieto—. ¿Va bien el restaurante?

—El restaurante va genial —dijo ella, sin añadir nada más.

Jack se sintió aliviado al saber que April aprobaba su historia de amor. Luz verde. Adelante. Viento en popa. Todos a bordo. Se sentía mejor al saberlo. Hasta entonces nadie se había dado cuenta, pese a lo mucho que se veían en el trabajo. Sus compañeros daban por sentado que eran amigos, dado que habían empezado así. Tardarían un poco en entenderlo, cosa que a ellos ya les estaba bien, aunque a Valerie le daba la sensación de que Dawn tenía sus sospechas. Como Jack había dicho, la aprobación de sus hijos era lo único que les importaba, y la tenían.

El día de San Valentín Valerie y Jack fueron a cenar al restaurante de April, que les preparó una magnífica cena y más tarde se sentó con ellos. Seguía en la mesa cuando una de las modelos con las que Jack solía salir entró en compañía de un joven modelo muy atractivo. La chica se detuvo ante su mesa, le recordó a Jack que la llamase alguna vez y descartó a Valerie con una mirada. Para ella resultaba obvio que Jack estaba cenando con unas amigas, en particular con April sentada a la mesa.

—Te he echado de menos —le susurró frunciendo los labios con aire seductor y dedicándole una mirada que no dejaba nada a la imaginación.

Al cabo de unos momentos, April tuvo que ocuparse de un problema que había surgido en la cocina. Cuando se marchó, Valerie se quedó callada, y Jack comprendió que estaba disgustada.

—No dejes que te afecte esa idiota —le dijo sin rodeos—. Solo salí con ella una vez. Es una chiflada. Me robó cien dólares de la cartera. Supongo que le gusta cobrar.

También había salido con personas agradables, pero aquella chica era una de las peores. Jack consideró una desgracia que se hubiese presentado en el restaurante de April esa noche. Y Valerie estaba visiblemente conmocionada.

—Por su forma de mirarte, está claro que te acostaste con ella —dijo Valerie, tensa y dolida.

Jack suspiró y la cogió de la mano.

—Cariño, hubo un momento en el que fui lo bastante estúpido para acostarme con la mitad de las modelos de Nueva York, pero eso no significa que las desee ahora o que vaya a desearlas nunca más. Te quiero a ti. Me siento terriblemente estúpido por mi vida de antes, y de vez en cuando aparecerá alguna y me dejará en ridículo, como ha pasado esta noche. Yo me lo merezco, pero tú no. No dejes que te disguste o que nos estropee las cosas. Ninguna de ellas me importó nunca, solo me divertía con ellas. Lo nuestro es muy distinto. Esas chicas me eran indiferentes, mientras que tú eres hermosa y maravillosa, y te quiero —dijo mirándola con seriedad.

Valerie se sintió mejor y un tanto avergonzada por habérselo tomado tan a pecho. April volvió a la mesa y se sentó otra vez con ellos.

—Lo siento, uno de los puñeteros lavavajillas se estropea sin parar. Puede que tenga que comprar uno nuevo —dijo.

Entonces se fijó en la expresión de su madre y adivinó que estaba disgustada por la modelo que se había parado a hablar con Jack. Sin embargo, April se daba cuenta de lo enamorado que estaba él de su madre. Se alegraba sinceramente por ellos. Jack le dijo que había sido una cena fantástica y le dio las gracias.

Se marcharon poco después, y April salió a despedirse. Su madre tenía mejor aspecto, aunque seguía pareciendo algo molesta. April los besó a los dos y les dijo que volviesen pronto. Y cuando besaba a Jack en la mejilla, él la miró de pronto, sorprendido. El vientre de April había topado contra él. Jack bajó la vista y vio que le abultaba mucho debajo del delantal. Estaba embarazada. Volvió a mirar a April a los ojos con una pregunta en la mirada.

—Mi madre te lo explicará —dijo ella con timidez—. ¿O te lo ha contado ya?

A April no le habría importado. Jack era de la familia, por asociación con su madre.

—No me ha dicho nada —dijo él en voz baja—. ¿Para ti es buena o mala noticia? —preguntó señalándole el vientre.

April se encogió de hombros.

—Buena y mala. Es una de esas cosas que quizá son una bendición disfrazada. Aún no lo tengo claro —contestó ella.

El taxi los estaba esperando. Hacía frío en la calle y April no llevaba abrigo, así que se apresuró a entrar en el restaurante y ellos subieron al taxi. Después de darle al taxista la dirección de Valerie, Jack se quedó callado. Esa noche se quedarían en casa de ella y seguirían así, yendo y viniendo cada pocos días entre el apartamento de Jack y el de Valerie.

—¿Por qué no me lo has contado? —le preguntó a Valerie, dolido.

—¿A qué te refieres?

—Al bebé de April. Está embarazada. ¿Quién es el tío? No sabía que tuviera novio.

—No tiene. —Valerie suspiró—. Fue un accidente. Lo he visto una vez. Parece bastante agradable, es crítico gastronómico, pero no quiere saber nada de ella ni del bebé. Al parecer, solo estuvieron juntos una vez, y la pobre April tuvo muy mala suerte. Dice que se emborracharon, lo cual resulta desafortunado, y el antibiótico que estaba tomando anuló el efecto de la píldora anticonceptiva.

Jack se compadeció de ella. Era una carga muy pesada para llevarla sola además del restaurante. Y ya era mala suerte que el padre no los quisiera ni a ella ni al bebé.

—Es terrible para ella. Valerie, ¿por qué no me lo contaste? —inquirió Jack con una voz en la que por primera vez había una nota de reproche.

Jack se preguntó si Valerie se sentía demasiado avergonzada o si estaba protegiendo a April. Eso al menos lo explicaría. Sin embargo, creía que habían sido del todo sinceros el uno con el otro, y aquella era una información demasiado importante para no compartirla. No quería estar al margen de la vida de Valerie, sino en el centro, y serle útil. Le dolía que no se lo hubiese contado.

Cuando ella le contestó, tenía lágrimas en los ojos.

—¿Has visto a esa chica esta noche, la que te ha saludado? ¿Qué edad tiene, Jack? ¿Veintiún años? ¿Veintidós? ¿Veintitrés como mucho? Tengo treinta y siete años más que ella. Con ese tipo de mujeres salías tú. Además, tengo diez años más que tú. Tengo sesenta años y estoy soltera, con un hombre que acostumbraba a salir con mujeres de veintidós, ¿y encima esperabas que te dijera que voy a ser abuela? Podría ser abuela de esa modelo —comentó con una mueca de crispación—. ¿Qué querías que hiciera? —Las lágrimas le brillaban en los ojos—. Sé que es una muestra de vanidad y de estupidez, pero pensé que si te lo contaba no me querrías. Yo misma no me he hecho a la idea todavía, y puedes estar seguro de que al principio no quise contártelo. Y además, la situación de April es muy triste. Pero si no te lo conté no fue por eso. No quiero ser la abuela con la que te acuestas.

Al decirlo tenía un aspecto tan patético y vulnerable que a Jack se le escapó una sonrisa y tuvo que contenerse para no echarse a reír. En cierto modo era gracioso: se había estado acostando con chicas absurdamente jóvenes que tenían un cuerpo fantástico y nada de cerebro, y desde hacía poco se acostaba con una mujer diez años mayor que él. Tanto si era abuela como si no, estaba muy enamorado de ella. La estrechó entre sus brazos y la besó.

—Ninguna de esas chicas me importa un comino. Nunca me importaron. Y voy a quererte incluso cuando seas bisabuela. Te quiero a ti, tengas la edad que tengas y tengas los nietos que tengas. Mierda, Valerie, yo tampoco soy un chaval, aunque haces que me sienta como si lo fuera. La mitad del tiempo parezco y me siento mayor que tú —dijo, y Valerie sonrió entre lágrimas. Entonces Jack se echó a reír y no pudo resistir la tentación de tomarle un poco el pelo—: ¡Y prometo no llamarte nunca «abuela»!

—¡Ni se te ocurra! —exclamó Valerie, dándole un golpecito en el brazo con un gesto juguetón—. ¡Nunca te atrevas a llamarme así! Si ese niño me llama «abuela» alguna vez, me negaré a verlo. —Se arrimó más a Jack y se sintió mejor—. Me siento fatal por April. Es una situación horrible —dijo muy seria—. No sé cómo se las va a arreglar.

—Lo conseguirá —dijo él en voz baja—, y la ayudaremos. Si hace falta, podemos hacer de canguros. —Volvió a sonreír a Valerie—. Puede llamarnos Jack y Valerie, no abuela y abuelo, aunque lo cierto es que me gusta la idea de tener nietos, no ahora mismo, por supuesto, pero sí algún día.

—Eso pensaba yo —confesó ella—. A los ochenta años, por ejemplo. Quería contártelo, Jack. De verdad. Y estuve a punto de decírtelo un par de veces, pero no pude pronunciar las palabras. «Ah, por cierto, en junio voy a ser abuela.» Mierda, eso suena fatal cuando tratas de ser joven y sexy.

—¡Es que eres joven y sexy! —la tranquilizó Jack.

—No como la chica de esta noche —dijo Valerie con tristeza—. Eso es ser joven y sexy.

Al verla, Valerie se había sentido como un vejestorio.

—No —la corrigió él—. Eso es estar loca. Era una lunática. Debe de consumir drogas. El día que salí con ella parecía colocada, y me pasé el tiempo deseando quitármela de encima y no volver a verla nunca más. De eso precisamente quería alejarme. Ahora lo he hecho, y me siento afortunado cada día que estoy contigo y no con chicas como esa. Me sentía estúpido y me aburría, y no tenía nada mejor que hacer. Esas relaciones tenían que ver con mi ego. Todo lo que siento por ti tiene que ver con mi corazón, y el resto de mí —acabó con una sonrisa maliciosa.

Y en cuanto entraron en el apartamento de Valerie se lo demostró. La cogió en brazos y entró con ella en el dormitorio.

—¡Déjame en el suelo, te harás daño en la espalda! ¡Esto no es bueno para tu pierna! —insistía ella.

Jack se limitaba a reírse.

—¡Al diablo con mi pierna y mi espalda! ¿Me estás diciendo que soy viejo?

—No —contestó Valerie mientras Jack la soltaba sobre la cama y se dejaba caer encima de ella—. Te estoy diciendo que te quiero.

—Mejor, porque yo también te quiero. Ya basta de todo ese rollo sobre lo viejos que somos. Es el día de San Valentín y quiero hacerte el amor. Quítate la ropa —dijo arrancándosela a tirones.

Valerie se reía, y de pronto todo se le antojó una tontería: su reacción ante la chica del restaurante y no haber querido contarle lo del embarazo de April. Nada de aquello importaba. Solo ellos eran importantes. A continuación Jack le hizo el amor como si tuviesen dieciocho años. Habían tenido el valor necesario para abrir la puerta adecuada, y la suerte necesaria para encontrarse.

16

Dos semanas después del día de San Valentín, April se encontraba en la acera, en la puerta del restaurante, firmando el albarán de entrega del nuevo lavavajillas que había tenido que comprar. Iba sin delantal, y ya no era posible ocultar el embarazo. Todo el mundo estaba al corriente. Solo Ellen y la familia de April conocían la identidad del padre del niño que esperaba. Todos sus empleados eran conscientes de que afrontaba sola aquel embarazo, por lo que se portaban muy bien con ella y la ayudaban en lo que podían. Dos de las camareras más mayores, que se mostraban muy maternales con ella, querían celebrar su futura maternidad con una fiesta. Otros se ofrecían a prestarle cosas, y Jean-Pierre hizo que los ojos se le inundaran de lágrimas al regalarle una cuna antigua que había encontrado en un mercadillo. A April el embarazo continuaba sin parecerle real, aunque el bebé no parase de darle patadas. Sin embargo, no podía imaginarse lo que sería tener un hijo. La mayor parte del tiempo intentaba no pensar en ello, limitándose a hacer su trabajo y a llevar su negocio. Estaba de seis meses justos.

Volvía a entrar en el restaurante con la cabeza gacha, siguiendo a los hombres que llevaban el lavavajillas, cuando alguien le tocó el hombro. Al volverse, April se encontró con Mike, muy serio y sombrío. Trataba de no mirarle el vientre, cuyo tamaño lo había dejado conmocionado. Le dio la impresión de que estaba a punto de tener el bebé, aunque sabía que no era cierto. Sin embargo, tenía un vientre enorme cuyas dimensiones se habían disparado en el último mes. Todo intento de ocultar el embarazo resultaba ya inútil. April era una mujer claramente embarazada.

Miró incómoda a Mike. No tenía ni idea de lo que estaba haciendo allí, y él tampoco parecía saberlo.

—Hola —dijo él, y se calló. Y luego añadió—: ¿Cómo estás?

—Estoy bien —dijo ella, evasiva—. ¿Y tú?

Llevaba más de dos meses sin verlo, desde aquel funesto día en que había salido de la consulta de la doctora llevado por el pánico. April no había tenido noticias de él desde entonces y tampoco lo había llamado. Respetaba su derecho a no involucrarse. Ella misma le había dado esa opción desde el principio, cuando le dio la noticia.

—Yo también estoy bien. He estado pensando en ti. ¿Podríamos dar un pequeño paseo?

Ella asintió con la cabeza. Sabía que los demás se ocuparían del lavavajillas. Jean-Pierre estaba en la cocina y se había convertido en algo más que un sumiller. Llevaba a cabo muchas tareas adicionales para ayudarla. Frunció el ceño en cuanto vio a Mike y no lo saludó. Mike y April empezaron a dar una vuelta a la manzana. April no quería que los demás la viesen con él o los escuchasen hablar. Ningún hombre iba nunca a verla, y no quería que nadie adivinase que Mike era el padre del bebé, aunque Jean-Pierre ya lo había adivinado. Mike fue el primero en hablar.

—Lamento haberme comportado como un imbécil en la consulta de la doctora.

April asintió con la cabeza sin mirarlo. En realidad, no quería verlo. Sin embargo, el corazón le latía más deprisa mientras caminaba junto a él. Y el bebé daba patadas como un loco. April había notado que ocurría siempre que ella estaba disgustada o emocionada por algo bueno o malo.

—No pasa nada —dijo en voz baja—. No debería haberte pedido que vinieras. Me invitaste a cenar, y de pronto quise que vieras a nuestro…, bueno, al bebé.

No quería ofenderlo diciendo que el niño era de los dos. No lo era. Solo era de ella. April lo quería. Mike no. O, mejor dicho, April había aceptado al bebé, mientras que él nunca lo aceptaría.

Lo había dejado claro en la consulta de la doctora y en su mensaje de texto posterior, así como con su desaparición y su silencio desde entonces.

—Quería verlo. Por eso fui —dijo deteniéndose y sentándose en el pórtico de una casa.

April lo miró a los ojos por primera vez, y lo que vio en ellos estuvo a punto de partirle el corazón.

—Cuando vi la ecografía, el bebé se volvió tan real que me llevé un susto de muerte —prosiguió Mike—. Sencillamente no lo pude soportar.

—Lo sé —contestó ella en voz baja—. Lo lamento.

—No, soy yo quien lo lamenta —replicó Mike, nervioso—. Eso es lo que he venido a decirte. Llevo dos meses pensándolo, y sé que ninguno de los dos quería esto, pero ha sucedido. Quizá tuviese que ocurrir. Quizá sea el destino. La noche que te conocí pensé que eras fantástica, a pesar de lo borracho que estaba. Por eso me fui a la cama contigo. Y creo que estaba empezando a enamorarme de ti cuando te conocí mejor y me presentaste a tu familia. Y eso también me pegó un susto de muerte. Eres todo lo que he evitado durante toda mi vida. Pasé cinco años con una mujer y nunca la quise de verdad, aunque decía que sí. Por eso no estaba dispuesto a casarme con ella y tener hijos. Y tú no me has pedido nada de nada. Cuando te dejé, cosa que fue una canallada por mi parte, no me llamaste, no me suplicaste, no me imploraste ni te quejaste. No me enviaste correos electrónicos desagradables ni me dijiste lo idiota que era. Te limitaste a seguir con tu vida, afrontando esto a solas. Eres la hostia. Eres la persona más decente e íntegra que conozco. En los dos últimos meses no he parado de pensar en ti y en nuestro bebé. Y sí, es nuestro bebé. Es tan mío como tuyo, aunque yo saliese huyendo como un cobarde. Me daba mucho miedo que algún día nos convirtiéramos en mis padres. Y he tardado dos meses en comprender que eso nunca va a suceder. Tú no eres mi madre ni te pareces a ella en nada. Eres todo lo que ella no era ni podía ser. Y, gracias a Dios, yo no soy mi padre. Y este bebé no va a ser como mi hermano, que murió a los quince años porque nadie lo cuidó ni lo quiso nunca. Esta situación es muy diferente. April, eres una mujer maravillosa. No sé si soy digno de ti, pero me gustaría intentarlo. Me gustaría ver si podemos lograr que esta relación funcione. Comenzar con un bebé y luego tratar de averiguar si nos gustamos es como empezar la casa por el tejado, pero si todo sale bien, quizá algún día podamos ser una familia. Y aunque no podamos, independientemente de lo que suceda, soy el padre de ese bebé. Y, quién sabe, quizá resulte ser lo mejor que me ha ocurrido. Siento haber tardado tanto en aclararme. Pero si prometo no ser un cabrón y no abandonarte otra vez, ¿estarías dispuesta a verme y probar cómo funciona la cosa durante algún tiempo? Quizá así podamos decidir lo que vamos a hacer.

—No tienes por qué hacer eso —dijo ella suavemente—. No me debes nada. Esa noche los dos fuimos unos estúpidos.

—Tú fuiste menos estúpida que yo. Creías que no podías quedarte embarazada.

—Aun así olvidé un par de píldoras, incluso sin el efecto del antibiótico.

—Entonces los dos fuimos unos estúpidos —respondió Mike con una sonrisa—. Y aunque no tenga por qué hacer esto, quiero hacerlo. Quiero conocerte y conocer al bebé. —Entonces Mike se mostró nervioso.

April no parecía saber muy bien qué estaba diciendo. A aquellas alturas había renunciado a él, y Mike podía verlo en sus ojos.

—¿Me lo permitirás? Sé que no merezco otra oportunidad, pero me gustaría intentarlo. Y si me cago de miedo y no puedo soportarlo, te lo diré. No me limitaré a salir huyendo como la última vez. He estado yendo a un psicólogo, y creo que eso podría suponer una diferencia —añadió.

A April la impresionaron los esfuerzos que había hecho Mike para tratar de afrontar la situación junto a ella. Que hubiese acudido a un psicólogo le parecía un gran paso y le infundía deseos de intentarlo, aunque no estaba segura. Se preguntaba si Mike sería capaz de comprometerse de verdad y no echarse atrás.

—¿Has venido a verme porque te lo ha dicho tu psicólogo o porque tú querías? —le preguntó mirándolo con sus grandes ojos verdes, cuya expresión herida le partió el corazón a Mike.

—Él no sabe que estoy aquí. Anoche tomé la decisión yo solo.

April asintió con la cabeza y volvió a mirarlo. Se alegraba de verlo, aunque no quería entusiasmarse en exceso. Sabía que, de no haber estado embarazada, seguramente no le habría dado otra oportunidad. Pero lo estaba y, a pesar de sus preocupaciones y de sus reservas acerca de Mike, lo quería. El bebé representaba un enorme vínculo.

—¿Por qué no esperamos a ver lo que pasa? —dijo April vacilante, sin querer confiarse demasiado pronto.

Era todo lo que podía ofrecerle. No estaba segura de poder confiar en él o de querer hacerlo siquiera. Sin embargo, tampoco quería volver a perderlo, ni por el bebé, ni por ella misma. Quería que la relación entre ellos funcionase. Había mucho en juego.

—¿Permitirás que te invite a cenar o que vaya a visitarte al restaurante?

Ella asintió con la cabeza, y Mike pareció tremendamente aliviado. Sabía que la disponibilidad de April a volver a intentarlo era más de lo que se merecía. Sonrió al mirarla, pensando que parecía ocultar una pelota de baloncesto bajo la camisa. Sin pensar, alargó una mano y le tocó el vientre. Se quedó asombrado cuando el bebé le dio una fuerte patada.

—¿Significa eso que le caigo bien o que está enfadado conmigo? —le preguntó en un tono de broma, secretamente conmovido.

—Quizá ambas cosas —contestó ella, y sonrió despacio. Se alegraba de que hubiese vuelto, aunque tenía miedo de que volviera a huir—. ¿Y por qué estás tan seguro de que es un niño?

—Una niña también estaría bien. ¿Es lo que quieres?

Ella asintió con la cabeza.

—Sería más fácil si estoy sola.

Mike asintió a su vez. Lo comprendía. Aún no quería hacer

promesas; simplemente estaba abriendo una puerta de bisagras oxidadas que antes le aterraba tocar, y que por fin había empezado a abrir despacio y con esfuerzo.

Volvieron poco a poco al restaurante y Mike se detuvo en la puerta.

—Te llamaré. ¿Te iría bien salir a cenar mañana por la noche?

Ella asintió con la cabeza.

—Gracias por venir, Mike. Has demostrado valentía. Mucha valentía.

Debía de haberle costado mucho, pero había ido a verla de todos modos. Ocurriese lo que ocurriese, Mike había hecho lo correcto, o intentaba hacerlo, al igual que April al darle una oportunidad.

—Nos vemos mañana —dijo Mike en voz baja.

A continuación, con gestos torpes, se inclinó para besarla en la mejilla, le tocó el hombro y se alejó. Y cuando April entró en el restaurante sonreía, enjugándose las lágrimas que le rodaban por las mejillas.

Tal como había prometido, Mike la llamó al día siguiente. Le preguntó qué clase de comida le gustaba tomar últimamente, y ella pidió algo suave. Sufría ardores de estómago casi constantes. Mike sugirió un restaurante italiano que les gustaba a ambos. Pasó a buscarla a las ocho en punto. April lo estaba esperando cerca de la puerta y salió al verlo llegar.

El restaurante al que iban estaba cerca y fueron caminando. Mike le preguntó por su negocio y ella se interesó por el trabajo de él. Ya no se sentían tan a gusto juntos, pero al final de la cena, con una copa de chianti para él, empezaron a relajarse. Mike le contó varias anécdotas divertidas sobre restaurantes cuya reseña había escrito y uno en el que juraba que lo habían envenenado. Hablaron de la familia de ella, y April le contó lo de Jack y su madre. Al final volvieron paseando a casa de ella. Ambos estaban sorprendidos por lo mucho que habían hablado. Era casi medianoche. Sin embargo, tenían mucho que abarcar en poco tiempo. Mike la invitó a ir con él al teatro a la semana siguiente. El crítico teatral del periódico le había dado las entradas, y Mike pensaba que a ella le gustaría la obra. Era una comedia musical que estaba siendo un gran éxito. April llevaba años sin ir al teatro.

Una semana después Mike la invitó al cine, y luego a cenar una hamburguesa. Una tarde quedaron en Central Park para dar un paseo, y un domingo April lo invitó a cenar en el restaurante. Mike volvió a pedir crepes, y ambos se rieron. Después de verse mucho durante tres semanas, disfrutaban de su mutua compañía como la habían disfrutado antes, aunque fuese brevemente. Había desaparecido la rigidez, y Mike le había apoyado la mano en el vientre varias veces, encantado de notar cómo el bebé daba patadas. April le dijo que si le hablaba, el bebé reconocería su voz cuando naciese. A Mike le costaba creerlo, pero acercó la cara al vientre de ella y le dijo al bebé que más le valía portarse bien con su madre, que tenía suerte de tenerla como madre y que era una chef fabulosa. Seguía convencido de que era un chico. Y una tarde empezaron a hablar de nombres. A Mike le gustaba Owen, y a ella Zoe. Y luego decidieron que a ambos les gustaba Sam si era niño.

—Sam Wyatt suena bien —comentó April, sonriente.

Habían pasado otra agradable velada juntos y volvían a su casa tarde, después de ver una película. El restaurante ya estaba cerrado, y todo el mundo se había ido a casa.

—En realidad estaba pensando en Sam Steinman —dijo Mike.

—Queda bien de las dos maneras —dijo ella, diplomática.

No quería hacerse ilusiones, pero cuando estaban juntos se sentían muy bien. Se daban la mano en el cine o mientras caminaban, e incluso en las mesas de los restaurantes, pero aún no se habían atrevido a besarse.

—¿Quieres entrar a tomar una copa de vino o una taza de té? —le ofreció April cuando llegaron al restaurante.

Era una suave noche de marzo, con una temperatura anormalmente cálida para esa época del año. Parecía primavera. A la semana siguiente April estaría embarazada de siete meses, y sentía que engordaba día a día. La doctora decía que el bebé era grande.

—Una taza de té sería ideal. Me encanta ese té de vainilla desteinado francés.

—A mí también —dijo ella con una sonrisa, y abrió la puerta.

Encendieron las luces de la cocina, y April preparó dos tazas de té de vainilla, que se tomaron sentados en unos taburetes ante la encimera de la cocina. Hablaron de la película que habían visto, una cinta polaca con un final muy dramático, sin ponerse de acuerdo acerca del mensaje que pretendía transmitir el director. April se removió en el taburete. Le resultaba difícil sentarse allí con lo que parecía una pelota de playa en el regazo.

—Pareces incómoda —dijo él, preocupado.

Sin embargo, April no quería estropear ninguna de las mesas recién puestas en el comedor.

—¿Quieres subir? —sugirió ella.

En ausencia de él, había comprado dos butacas muy mullidas en una tienda de segunda mano. A su madre casi le dio un ataque al verlas. Le dijo que las tirase a la basura y se comprase unas nuevas, pero a April le gustaban, como el resto de su ruinoso mobiliario. Decía que no necesitaba nada mejor.

Un tanto vacilante, Mike la siguió escaleras arriba. Se sentaron en las grandes butacas y se tomaron el té. Mike había disfrutado de la velada con ella. Y entonces, sin saber siquiera que lo haría ni si estaban preparados, se inclinó y la besó. Llevaba semanas deseándolo, pero no se había atrevido. Se arrodilló junto a ella y la estrechó entre sus brazos.

—April, lo siento mucho, he sido un idiota —susurró.

Mike ansiaba compensarla. La besó de nuevo, y April se aferró a él con ansia.

—¿Te quedas a dormir conmigo? —le preguntó ella.

Mike se quedó atónito.

—¿Quieres?

Ella asintió con la cabeza. Quería tenderse con él y sentir al bebé de ambos entre ellos. Quería que él la abrazase. No necesitaba nada más de él.

La besó de nuevo. Se despojaron despacio de la ropa, y se metieron en la ancha y cómoda cama de April. Mike solo había estado allí una vez, y la vida de los dos había cambiado para siempre.

El cuerpo de April le pareció precioso. Estaba tan ágil y delgada como siempre, y en el centro se hallaba la enorme redondez del bebé de ambos. Mike pasó las manos por el vientre de ella y volvió a notar que el bebé le daba patadas. A continuación la atrajo hacia sí y se tendió con ella. Al cabo de unos minutos se percató horrorizado de que estaba excitado y la deseaba con todas sus fuerzas. Esta vez no era una borrachera ni un simple deseo sexual, sino algo mucho más intenso… Era amor.

—Lo siento —susurró contra sus largos cabellos oscuros, que le caían sueltos sobre los hombros.

—No pasa nada —dijo ella guiándolo, pero Mike se apartó de ella, aterrado ante la idea de hacerle daño. April se volvió, le sonrió y le tocó la cara—. No pasada nada —repitió.

—¿No le haremos daño al bebé?

Ella negó con la cabeza y sonrió.

—Está permitido.

Mike se mostraba muy cauto con ella, pero la deseaba con desesperación. Todo el amor y los sentimientos que llevaba años reprimiendo salieron a raudales de su interior y entraron en April. Hicieron el amor con ternura, de forma exquisita, sensual y erótica, y al final los dos se olvidaron del bebé y se sumergieron como locos en las profundidades de su mutua pasión. A continuación Mike se tendió a su lado y la abrazó.

Y de pronto se echó a reír en la habitación a oscuras.

—April, te quiero, pero creo que debemos de estar locos. Hemos hecho el amor dos veces en la vida. Una vez borrachos como cubas, y la segunda vez tú embarazada de siete meses. Quizá lo hagamos algún día como personas normales.

Se sentía un poco conmocionado por lo que habían hecho, aunque le había encantado.

—A mí me ha parecido todo muy normal —dijo ella, y se rió tontamente como una cría.

Su risa le sonó a Mike como campanitas de plata en la oscuridad.

—Esta noche no volveré a hacerlo —la advirtió él—, o saldrá el bebé y me pegará.

De hecho, el bebé no se había movido mientras hacían el amor. April tenía la sensación de que estaba dormido. Mike volvió a acariciarla mientras le asaltaba otra oleada de irresistible deseo y faltó a su promesa pocos minutos después.

17

Para asombro de Mike y de April, en las semanas siguientes la vida adquirió una normalidad casi absoluta. A finales de abril Mike, que había pasado en casa de April todas las noches anteriores, se mudó allí. Se marchaba a trabajar por las mañanas y también andaba por el restaurante, en cuya cocina echaba una mano de vez en cuando. April se sentía feliz al mirarlo, y todos se alegraban de verla tan contenta. Todos menos Jean-Pierre, que se lo hacía notar a April. Cada vez que los veía, al sumiller se le partía el corazón. Se portaba como un amante desdeñado, y a April le resultaba irritante porque no lo era. No era más que un empleado que estaba colado por ella. April trataba de ignorarlo. Había sido sincera con él y nunca lo había alentado. Era evidente que su corazón era de Mike. April engordaba día a día, y según Mike parecía embarazada de gemelos.

Le dijo a su madre que él había vuelto, y Valerie se lo contó a Pat. Jack se sentía aliviado por ella. Solo esperaba que el tipo fuese de fiar y se quedase. Jack y Valerie fueron a cenar con ellos un domingo. Aunque al principio Jack desconfiaba de él, reconocía que le caía bien.

—Parece un tío listo. Solo espero que la trate como es debido y no vuelva a abandonarla.

—Yo también —dijo Valerie, preocupada.

Acababa de comprar los muebles para su nieto, provocando las cariñosas burlas de Jack. Pero se estaba haciendo a la idea.

Jack y ella tenían previsto viajar a Europa a principios de mayo y saldrían en pocos días. Iban a viajar durante varias semanas. En su itinerario estaban Londres y París, y un fin de semana en Venecia. Jack lo llamaba «su luna de miel». Era la época del año perfecta para los dos, dado que ella hacía un paréntesis y él tenía tiempo libre. Seguían yendo y viniendo entre sus respectivos apartamentos, sin poder decidir dónde querían vivir. Por eso pasaban tiempo en ambos sitios y decidían cada vez dónde pasar la noche, según su estado de ánimo y lo que tuviesen que hacer al día siguiente. De momento parecía funcionar.

Al principio el viaje había suscitado las dudas de Valerie. El embarazo de April estaba muy avanzado. Sin embargo, esta había insistido en que su madre se fuese, y desde que Mike vivía con ella Valerie estaba más tranquila. April dijo que si empezaba a tener señales de alerta prematuras llamaría a su madre y esta podría volver a casa. Valerie había acabado accediendo.

La víspera de su marcha cenaron otra vez con Mike y April. Valerie le habló a April de los muebles que había encargado para el bebé, y su hija se sintió conmovida. Y Valerie le advirtió que no diese a luz antes de que ella volviera. La idea de marcharse seguía poniéndola nerviosa.

April y Mike habían hablado de la posibilidad de que él estuviese presente en el parto, pero no estaba seguro. Temía que fuese demasiado para él. April no insistía, aunque le decía que esperaba que estuviese allí. Si no, Ellen se había ofrecido a acompañar a April.

Valerie llamó a April de camino al aeropuerto y le repitió que se cuidase y la avisara si surgían problemas. Solo faltaban cinco semanas para que cumpliese y parecía vulnerable. De pronto todo iba muy deprisa. Valerie pensaba volver dos semanas antes de la fecha prevista para el parto.

Esa tarde April visitó a su doctora, quien le dijo que todo iba bien. April le había dicho el mes anterior que Mike había vuelto, y la doctora se alegró por ella. Le comunicó que el bebé tenía un buen tamaño y se hallaba en la posición correcta. Habían hecho otra ecografía, pero el bebé estaba de espaldas y no pudieron verle el sexo. April decidió entonces que no quería saberlo y que se dejaría sorprender. Le daba igual que fuese niño o niña, siempre que naciera sano. No obstante, le hacía ilusión tener una niña a la que llamaría Zoe, mientras que Mike, por su parte, insistía en esperar que tuviese un niño llamado Sam.

Esa tarde, de camino a casa, fue a tomar una taza de té a la consulta de Ellen, que en ese momento estaba libre y se alegró de verla. Hablaron de puntos de presión y de cosas que podía hacer para provocar el parto si el bebé venía con retraso. April tenía la sensación de estar a punto de dar a luz. Ya empezaba a tener contracciones si trabajaba demasiado o si se pasaba todo el día y la noche en la cocina, aunque según la doctora eso era normal y no anunciaba un parto prematuro ni ningún otro problema. A April le preocupaba lo que pudiese ocurrir en su ausencia, cuando tuviese el bebé. No acababa de confiar en que los ayudantes de chef trabajasen bien si ella no estaba.

—Te imagino teniendo el bebé en la cocina mientras tratas de despachar los pedidos al mismo tiempo —dijo Ellen con una carcajada.

—Podría suceder. Quizá podría tenerlo por la noche, después de cerrar, y volver a tiempo para el almuerzo —dijo April con una sonrisa.

—Eso sería muy propio de ti —le dijo Ellen.

April se marchó y volvió al restaurante para empezar la cena. Ya había hecho casi todas las tareas de preparación antes de visitar a la doctora.

April sonrió para sus adentros mientras se ponía manos a la obra, sabiendo que a esas horas Jack y su madre estaban en París. Aquel hombre había sido una maravillosa incorporación a la vida de su madre. Su madre decía que no quería casarse con él, que no lo necesitaba. Se sentían cómodos con la situación y ninguno de ellos tenía deseos de casarse. En su corazón ya estaban casados. Eran inseparables desde diciembre. Era la mejor relación que Jack había tenido desde su divorcio, y también la más duradera. Exactamente lo mismo le ocurría a Valerie.

Tuvieron una noche muy ajetreada en el restaurante. Mike había salido a disfrutar de una cena larga y elaborada para una crítica. A April le gustaba ir con él de vez en cuando, pero esa noche tenían demasiadas reservas para poder acompañarlo. El restaurante iba mejor que nunca, y tenían todas las mesas reservadas para el próximo mes. A aquel ritmo, le devolvería el préstamo a su madre antes de lo esperado.

Esa noche todo el mundo estaba trabajando duro en la cocina, el comedor estaba lleno y uno de los ayudantes de chef manejaba las sartenes. April estaba de espaldas cuando oyó un grito. Al volverse, vio un muro de llamas sobre los fogones. Una de las sartenes se había incendiado, y el fuego se había propagado ya a un montón de trapos, que estaban en llamas. Uno de los ayudantes de chef los arrojó al suelo para pisotearlos mientras el fuego se descontrolaba aún más. Uno de los camareros estaba en la cocina y agarró el extintor, que apuntó hacia los fogones. Presa del pánico, April se lo arrebató para apagar el incendio ella misma. Sin embargo, el fuego empeoraba en lugar de remitir mientras la gente gritaba. Jean-Pierre entró corriendo e intentó apartar a April, que se lo quitó de encima de un empujón y siguió apuntando el extintor. A aquellas alturas, toda la cocina estaba en llamas y la gente salía corriendo del restaurante.

April oyó coches de bomberos a lo lejos, pero no venían lo bastante rápido. Jean-Pierre y los demás le pedían a gritos que se marchase, pero ella no les hacía caso. El restaurante que era su bebé y su primer amor estaba ardiendo en llamas, y ella no quería abandonarlo. El fuego se había propagado al comedor a través de la puerta abierta, y el sonido de las sirenas iba en aumento. Sintió un dolor muy intenso en los brazos y el dorso de las manos. De pronto, por fin, había hombres en la cocina con mangueras y agua por todas partes. La cocina estaba invadida por el humo, y un hombre con una chaqueta negra la sacaba de allí. La cabeza le daba vueltas, y la gente la miraba cuando la dejaron en la acera y le pusieron una máscara de oxígeno. Luchaba por levantarse; aún podía ver las llamas dentro del restaurante y los chorros de agua por todas partes. Empezó a sollozar al comprender que el restaurante iba a quedar destruido, mientras dos de los camareros se arrodillaban a su lado para impedir que se levantase.

Entonces oyó que los bomberos llamaban a una ambulancia y le gritaban a alguien que estaba embarazada. Lo único que ella quería era levantarse y volver al interior. Lloraba tan fuerte que no podía parar. La ambulancia llegó al cabo de unos minutos, y justo cuando April trataba de impedir que se la llevasen se desmayó. Uno de los camareros llamó a Mike al teléfono móvil. Le dijo que el restaurante se había incendiado y que probablemente quedaría destruido. También le dijo que una ambulancia se acababa de llevar a April, aunque no sabía a qué hospital.

Mike llamó frenéticamente al teléfono de emergencias y le dijeron que fuese al centro de quemados de Weill Cornell. Solo podía pensar en April y en la criatura. El camarero le había contado que la propia April había luchado contra el fuego y que no salió del restaurante hasta que los bomberos se la llevaron.

Mike cruzó disparado la puerta del restaurante en el que se hallaba, salió a la calle y paró un taxi. Llegó al hospital en menos de diez minutos. April estaba en la unidad de trauma, y Mike le dijo a la recepcionista que estaba embarazada de ocho meses.

—Ya lo sabemos —dijo la mujer con calma—. En este momento la está visitando un ginecólogo.

—¿Está de parto? —preguntó él, asustado.

¿Y si moría el bebé? ¿Y si moría April? Ni siquiera sabía qué gravedad revestían sus heridas.

—No que yo sepa —contestó la enfermera de recepción.

—¡Quiero verla! —exclamó Mike, desesperado.

—Está en el cubículo 19C —le indicó ella, señalando las puertas dobles.

Mike las cruzó a toda velocidad y se encontró en medio de un mar de personas con heridas de bala, infartos y lesiones en la cabeza, además de sus acompañantes y el personal de urgencias. Entonces la vio. Estaba inconsciente, mortalmente pálida, con una máscara de oxígeno, el pelo aún recogido en una trenza y un vientre enorme. Dos médicos y una enfermera estaban con ella. Le estaban tratando las quemaduras de las manos y los brazos, y le habían puesto una vía.

—Soy su marido —dijo Mike sin pensar—. ¿Cómo está?

Los sanitarios comprobaban el estado del bebé, cuyos latidos sonaban con fuerza.

—Ha inhalado mucho humo y sufre quemaduras de segundo grado en los brazos. ¿De cuánto tiempo está? —preguntó el ginecólogo con una expresión preocupada.

—De treinta y cinco semanas.

—Puede que se ponga de parto. Por ahora el bebé está perfectamente, pero su mujer tiene problemas respiratorios. Puede que la criatura decida salir si la situación de ella empeora.

Mike no supo si gritar o llorar. Le entraron ganas de zarandearla por tratar de apagar el fuego ella misma. ¿Cómo podía ser tan estúpida? Pero parecía tan enferma y frágil allí tendida que no podía enfadarse, y se quedó allí llorando y mirándola impotente. Los sanitarios trabajaron con ella durante más de una hora hasta que por fin despertó tosiendo, vomitando y con dificultades para respirar. El ginecólogo anunció que tenía contracciones regulares a intervalos de diez minutos. No había roto aguas, pero no estaban satisfechos con su evolución. La buena noticia era que los latidos del bebé seguían siendo fuertes.

La tuvieron toda la noche en la unidad de trauma, y Mike permaneció con ella. April estaba demasiado atontada para hablar con él y llevaba una máscara de oxígeno en la cara, pero sabía que él se encontraba allí. Le administraron un fármaco para intentar detener las contracciones, que se calmaron al amanecer. April tenía muy mal aspecto, y el hedor de humo llenaba por completo la habitación a la que la llevaron para tratarla. Le dejaron la máscara de oxígeno puesta hasta esa noche y dijeron que era tanto por el bebé como por ella.

Mike había llamado al padre de April para hacerle saber lo ocurrido. Él y Maddie fueron a verla esa tarde. Habían visto el restaurante y le susurraron a Mike que tenía un aspecto terrible. Pero lo mismo le pasaba a April. Y esa noche Mike llamó a su madre al Ritz de París. April no había querido que la llamara antes. No quería estropearle el viaje. Cuando llamó, era medianoche en París. Le contó a Valerie lo sucedido y que April estaba fuera de peligro. El restaurante estaba hecho un desastre, pero su hija iba a ponerse bien, al igual que el bebé. Los médicos pensaban que seguramente tendría que tomárselo con calma durante las semanas siguientes para llegar al final del embarazo.

—¡Dios mío! ¿Cómo ha ocurrido? —preguntó Valerie, conmocionada.

Mike oyó que Jack hacía preguntas. Valerie se disgustó al saber que no la había llamado enseguida. Sin embargo, conocía a su hija y sabía lo obstinada que era, por lo que adivinó que April no lo había dejado llamar antes para no disgustar a su madre.

—No lo sé. Yo no estaba —dijo Mike, agotado—. Creo que se ha prendido fuego en una sartén.

Varios de los trabajadores del restaurante habían ido a verla ese día, y decían que los daños en el restaurante eran casi totales, tanto por el agua de las mangueras como por el fuego. April había hecho todo lo que había podido para impedirlo, incluso arriesgar su vida, pero no lo logró. Tenían seguro, pero reconstruir el restaurante iba a suponer una tarea enorme, y Mike sabía que April se sentiría desconsolada. Pero lo más importante era que no había perdido al bebé. Mike se había pasado toda la noche temiendo que Dios se lo arrebatase para castigarlo por no haberlo querido, pero no había sido así. Se sentía tan agradecido de que tanto April como el bebé estuvieran vivos que lo demás no le importaba.

—Vuelvo a casa —dijo Valerie en un tono firme—. Cogeré el primer vuelo de la mañana —añadió, y Jack asintió con la cabeza en señal de aprobación.

Mike le aseguró que April estaba bien, que solo sufría quemaduras leves y estaba muy afectada. Sin embargo, no le costó entender que Valerie quisiera volver a casa. Esta quiso hablar con April, que le arrebató el teléfono móvil de las manos. Acababan de quitarle la máscara de oxígeno. Apenas logró emitir un áspero gruñido, pero le dijo a su madre que estaba bien y que no quería que regresara. Insistió en que estaba perfectamente y le prometió que Mike los mantendría informados. Dijo que se quedarían en casa de él y le dio a Valerie el número. April insistió en que no quería que acortasen el viaje y dijo que no había necesidad alguna.

En cuanto colgó el teléfono, Valerie se volvió hacia Jack y se echó a llorar, abrumada por el alivio y el terror por lo que podría haber sucedido. Jack tardó unos minutos en calmarla.

—¿Qué ha pasado? —preguntó Jack abrazándola.

Por lo que había oído mientras Valerie hablaba por teléfono, no debía de ser nada bueno. Sin embargo, April estaba viva.

—Ha ardido el restaurante —dijo Valerie—. La propia April ha intentado apagar el fuego, se ha quemado y ha estado a punto de tener el bebé.

—¡Llamaré al conserje y reservaré dos asientos en un vuelo ahora mismo! —dijo Jack, tan preocupado como ella.

—April no quiere —dijo Valerie aún entre sus brazos—. Mike me ha dicho que ella está bien y que nos mantendrá al corriente. Tiene la voz fatal, pero no está en peligro, y la criatura también está bien. Quizá debamos esperar a ver cómo está mañana. Puede que se disguste más si volvemos.

Conocía a su hija, y tenía que reconocer que no daba la impresión de que tuvieran que marcharse, aunque, desde luego, era inquietante. Y sabía que April estaría destrozada por lo del restaurante. Solo tendría que tener paciencia mientras lo reconstruían.

—Haremos lo que quieras —la tranquilizó Jack—, quedarnos o volver.

La besó, y Valerie asintió con la cabeza, agradecida. Al final acordaron esperar uno o dos días a ver cómo evolucionaba April antes de tomar la decisión.

Mike se quedó mirando a April una vez que le quitaron la máscara de oxígeno. Con el alivio que sentía al saber que ella y el bebé estaban bien, no sabía si estrangularla o besarla.

—¿Cómo pudiste tratar de apagar el fuego tú misma? —le preguntó con lágrimas en los ojos.

—Lo siento, Mike... Creía que podría pararlo, pero fue demasiado rápido y hacía demasiado calor. Estaban caramelizando algún plato y las cosas se les fueron de las manos.

—Anoche estuviste a punto de tener el bebé —le dijo él, y April se llevó la mano instintivamente al vientre—. Tenías contracciones cada diez minutos. Los médicos las detuvieron —la tranquilizó, aunque no pensaba volver a perderla de vista hasta que tuviese el bebé—. Les dije una mentira —dijo entonces—, y quiero que hagas de mí un hombre sincero.

—¿Qué les dijiste?

April estaba aún aturdida, aunque mucho mejor que la noche anterior. Había recuperado el color, y decía que los brazos y las manos no le dolían demasiado. Las quemaduras no eran tan graves como se temían los médicos en un principio. April había tenido mucha suerte, y Mike también. Habría podido perderla.

—Les dije que era tu marido. Quiero que hagamos de mi mentira una realidad —dijo tiernamente, y luego la besó.

Su pelo apestaba a humo, pero a él no le importó.

—¿Quieres casarte conmigo, April? Casémonos antes de que nazca el bebé. Sería un detalle bonito hacia él.

—Hacia ella —lo corrigió April con una gran sonrisa, y luego lo miró y se puso seria—. No tienes que casarte conmigo porque esté embarazada.

—Quiero casarme contigo porque eres un demonio y quiero

tenerte vigilada. La próxima vez que trates de apagar tú misma un incendio en la cocina, voy a darte una patada en el culo, April Wyatt. Entonces ¿lo harás?

—¿Qué? —preguntó ella, sonriente.

Mike tenía razón. Los dos estaban locos. Pero siempre lo habían estado, desde la primera noche.

—Sí, la verdad es que suena bien. ¿Puedo esperar a estar flaca para poder ponerme un vestido bonito? Solo pienso casarme una vez en la vida.

—Yo también, pero no me importa que tengas que llevar puesta una colcha. Hagámoslo antes de que cumplas, si te parece bien.

—Siempre he querido casarme en junio —dijo ella con una amplia sonrisa.

Seguía sin poder creerse que Mike le hubiese pedido que se casara con él. Parecía un sueño.

—Eres una chiflada. Quizá por eso te quiero. Pero te diré una cosa, los tienes bien puestos —comentó Mike acerca de su intento de apagar el incendio. Una parte de él la admiraba por lo que hizo y otra parte de él quería chillarle por ello.

—¿Puedo llamar a mi madre? —preguntó con el mismo áspero gruñido, aunque exhibía una enorme sonrisa.

Mike volvió a marcar el número del Ritz y le pasó el teléfono móvil. Se sentía aliviado al verla tan feliz. La noche anterior parecía medio muerta. Y el bebé de ambos podría haber muerto también.

April pidió que la pasaran con la habitación de su madre y Valerie cogió el teléfono enseguida, temiendo recibir malas noticias. Al oír la voz de April se sintió aliviada.

—Hola, mamá —dijo con la voz ronca—. Estoy comprometida.

—Por el amor de Dios, ¿es que estás drogada? —le preguntó Valerie, aún profundamente afectada por la noticia del incendio.

—No lo sé —dijo April con sinceridad.

Nadie le había dicho lo que había en la vía, y se sentía mareada.

—Vamos a casarnos.

—¿Cuándo?

—En junio, antes del bebé —dijo cogiendo la mano de Mike.

—¿Podrías calmarte hasta que volvamos, por favor? —dijo Valerie con los nervios crispados—. Primero tratas de apagar un incendio y luego vas y te comprometes. Quédate sentadita y no hagas nada hasta que volvamos. Duerme o algo así —añadió con una sonrisa.

Al menos esta vez la noticia era buena. Y creía que su hija había tomado la decisión correcta. Mike le caía bien, aunque hubiese empezado con mal pie. Sin embargo, confiaba en que las cosas se arreglasen, y así había sucedido.

—¿Puedo organizar la boda? —preguntó, y April se echó a reír.

—Por supuesto que sí.

Jack se puso a gesticular al oír que Valerie preguntaba por la organización de la boda, y ella asintió con la cabeza mientras sonreía de oreja a oreja.

—Jack dice que podemos celebrarla en su apartamento, que es más grande.

—Como queráis —dijo April en un tono vago; le costaba hablar—. Solo queremos a unas cuantas personas. Podemos hacer algo más multitudinario más adelante, después de que nazca el bebé. Cuando pueda ponerme un vestido decente. —Y entonces se enjugó las lágrimas que le brotaban de los ojos.

Los recientes acontecimientos habían sido espeluznantes, y además había estado muy preocupada por el estado del bebé.

—Te quiero, mamá. Siento haber cometido semejante estupidez. No volveré a hacerlo —añadió como una niña pequeña, mirando a Mike desde la cama.

—Lo sé, cariño —dijo su madre amablemente, también con lágrimas en los ojos mientras Jack la cogía de la mano—. Espero que no vuelva a pasar nada así —añadió.

Sabía lo desconsolada que iba a sentirse April cuando se diese cuenta del estado en que se hallaba el restaurante. Aún estaba muy aturdida. Lo ocurrido había supuesto una gran conmoción para ella.

—Ahora sé buena chica y tranquilízate. Tienes que prepararte para una boda y un bebé. Descansa un poco.

—Lo haré —dijo, y colgó.

Le devolvió a Mike el teléfono. Y, tras recibir otro beso, se durmió con una sonrisa en los labios.

18

Al día siguiente April recibió el alta. No tenía contracciones, y el bebé estaba perfectamente. Además, sus niveles de oxigenación habían recuperado la normalidad. Aún estaba ronca debido al humo inhalado, pero aparte de los brazos, que llevaba vendados, se encontraba bien. Todo el mundo le decía que tenía mucha suerte, y April era muy consciente de ello.

Fueron al apartamento de Mike, que de camino no la dejó ir a ver los daños del restaurante. Sin embargo, dos días más tarde no pudo impedírselo. April observó los destrozos sollozando. Había cristales rotos y agua por todas partes. Habían arrancado las ventanas de vidrio laminado para meter las mangueras. El agua había causado muchos más estragos que el fuego. April ni siquiera sabía por dónde empezar a arreglar el local. Sin embargo, Larry, el marido de Ellen, se reunió con ella. El hombre valoró los daños, se comprometió a buscarle subcontratistas, se ofreció a encargarse de las obras y le aseguró que podían completarlas en tres o cuatro meses. Eso significaba que el local estaría listo el 1 de agosto o, en el peor de los casos, el fin de semana del día del Trabajo. April respondió que no había problema y que el seguro correría con los gastos. Había sido un incendio fortuito en una cocina, y los peritos no podían tener dudas al respecto. Solo habría que aguantar tres meses, o cuatro como mucho.

April se sentía deprimida cuando volvió al apartamento de Mike, pero este no dejaba de recordarle que podría haber sido mucho peor. Y con Larry ocupándose de todo sabía que su restaurante estaba en buenas manos. No sabía qué hacer con los trabajadores, pero se ofreció a mantenerlos a todos en su puesto. El único que decidió volver a su antiguo empleo fue Jean-Pierre, pero April pensó que era la decisión adecuada y aceptó su dimisión con alivio. Sus sentimientos hacia ella creaban una situación difícil para ambos. Ella estaba enamorada de Mike, no de Jean-Pierre, fuesen cuales fuesen las esperanzas de este. Era un gran sumiller y a April le causaba tristeza verlo marchar, pero era mejor así. El hombre la miraba con un deseo que se transformaba en hostilidad cada vez que Mike estaba presente.

Mike se quedaba en casa con ella tanto como le era posible. El ginecólogo le había dicho a April que se lo tomase con calma durante una semana para que las contracciones no se reanudasen. De todas formas, no tenía nada que hacer. Larry se reunía con los subcontratistas en nombre de ella, y aún faltaba retirar los escombros del restaurante. Todavía no estaban seguros, pero daba la impresión de que no podría salvarse nada.

Una tarde estaba en la cama pensando en ello, a sabiendas de que a las tres en punto Larry tenía previsto reunirse con un electricista en el restaurante. Mike estaba en el periódico y ella se encontraba bien. Parecía estúpido quedarse en la cama. Se puso unos tejanos y una camiseta, se hizo una trenza y salió del apartamento de Mike. Él la llamó al teléfono móvil, y April le dijo que estaba en la cama. Se detuvo en un Walgreens de la Tercera Avenida a comprar unas botas de jardinería y diez minutos más tarde llegaba al restaurante, a la vez que Larry y el electricista. April estaba fuera y parecía apesadumbrada. Había traído sus llaves y abrió la puerta. Le había dado un segundo juego a Larry, que se quedó sorprendido al verla allí. Sabía que debía estar descansando.

—Creía que estabas en casa, en la cama —dijo en un tono suspicaz, y luego le presentó al electricista.

Los tres entraron juntos, y el olor acre bastó para que les faltase el aire. Ademas, había veinte centímetros de agua en el suelo.

—Hay que secarlo todo —anunció Larry.

El sótano, con todos los vinos, estaba también inundado. En realidad, ninguna de las botellas estaba en el suelo, sino en botelleros, así que cabía esperar que no hubieran sufrido daños. April bajó las escaleras del sótano para comprobarlo mientras Larry se lo enseñaba todo al electricista. April dejó escapar un suspiro de alivio al ver que los vinos estaban a salvo y volvió a subir pesadamente las escaleras.

Se hallaban en la cocina cuando le sonó otra vez el teléfono móvil. Era Mike.

—¿Qué estás haciendo? —preguntó él en un tono informal.

—Nada —dijo ella, haciéndose la inocente.

Justo en ese momento se produjo un tremendo estrépito en la cocina cuando el electricista apartó unas tablas.

—¿Qué ha sido eso? —preguntó Mike, preocupado.

—La tele —se apresuró a contestar ella, apartándose para evitar que Mike oyese las voces de los otros dos.

—He de hacer una cosa. Llegaré a casa un poco tarde —dijo él en un tono misterioso.

—Muy bien. Yo me lo estoy tomando con calma —dijo April trepando por una pila de escombros.

—¿Cómo es que tengo la impresión de que me estás mintiendo? —dijo Mike mientras caía al suelo otra tabla, que hizo solo un poco menos de ruido que la primera.

Ella estuvo a punto de decirle la verdad, pero no se atrevió.

—No te preocupes tanto. De verdad, Mike, estoy bien.

—Es que no me fío de ti —dijo él.

April se echó a reír. Mike hacía bien.

—Te quiero. Nos vemos esta noche —se limitó a contestar ella.

Desde el incendio se había portado maravillosamente, pero no podía estar con ella todo el tiempo. Tenía que ir a trabajar, y esa noche tenía que escribir una crítica. Aún tenía que volver al restaurante del que había salido disparado la noche del incendio, pero no había tenido tiempo de organizarlo, y además no le gustaba la idea de dejarla sola por la noche.

—Hasta luego. Tómatelo con calma. ¿Quieres algo?

Mike trataba de serle útil y se portaba muy bien con ella. Desde que había decidido involucrarse, se pasaba el tiempo rodeándola de atenciones. El incendio le había dado un susto de muerte. Supo en un instante lo mucho que April y el bebé significaban para él. Desde entonces cada minuto con ella parecía un valioso regalo.

—Sí, quiero que mi restaurante vuelva a estar en marcha —dijo April en un tono abatido, mirando a su alrededor.

—Espera y verás. Ya oíste lo que dijo Larry. En el peor de los casos, el fin de semana del día del Trabajo. Con un poco de suerte, solo es cuestión de tres meses.

Mike sabía lo impaciente que estaba April y lo destrozada que se sentía por lo ocurrido. Sin embargo, podría haber sido mucho peor. Ella y el bebé podrían haber muerto.

—Viendo los destrozos, parece que tengan que tardar mucho más —dijo April.

—¿Cómo lo sabes? —preguntó Mike, otra vez suspicaz.

—Pues… eso es lo que ha dicho Larry —contestó ella apresurándose a rectificar—. Él y el electricista acaban de llamar.

Mike no la creyó, y de repente intuyó dónde estaba. Era incapaz de estarse quieta cinco minutos o mantenerse lejos de su adorado restaurante.

—¿Es que han cambiado la fecha de reapertura? —preguntó, inquieto.

—No, aunque no veo cómo pueden hacerlo en tres o cuatro meses. Él sigue pensando que sí. Sea como fuere, me ha prometido que el fin de semana del día del Trabajo habremos vuelto a abrir.

April suspiró. Le parecía una eternidad. Cuatro meses interminables.

—¿Por qué no tratas de considerarlo una baja de maternidad? Así podrás estar dos o tres meses con el bebé mientras vuelven a montarlo todo. Estará listo antes de que te des cuenta. Además, el verano siempre es un poco flojo.

—¡Qué va! —replicó, indignada—. El fin de semana viene toda la gente que no se marcha, y nuestros clientes habituales vienen incluso entre semana.

—Lo siento. Bueno, pues vas a tener que eliminar el verano de este año, o la mayor parte de él. El bebé te mantendrá ocupada. Quizá podamos ir a Long Island un par de semanas en julio.

Trataba de hacer sugerencias que la consolasen, pero ella no quería saber nada. Pretendía que April in New York volviera a abrir sus puertas tan pronto como fuese humanamente posible.

—No creo —dijo, cautelosa. No quería ofenderlo, pero era una mujer decidida y tenía un plan—. Debería estar aquí para supervisar las obras.

—Seguro que lo estarás —replicó él echándose a reír—. Al menos intenta no excederte por ahora. Puedes mirar, pero no levantar ningún peso. No quiero que te hagas daño, April.

Ambos sabían que, por así decirlo, estaba en la recta final. Faltaban solo cuatro semanas para la fecha prevista para el parto. Desde que estaban juntos, el tiempo pasaba deprisa. Llevaban dos meses, y Mike no habría podido mostrarse más cariñoso con ella si el embarazo hubiese sido programado. La idea de tener un hijo aún lo ponía nervioso, aunque mucho menos que antes. El psicólogo al que seguía viendo lo había ayudado mucho. Mike estaba totalmente involucrado. Hablaba de ello a menudo con su amigo Jim, que declaraba sentirse orgulloso de Mike.

—Nos vemos esta noche —dijo Mike, y colgó.

Mike había telefoneado a sus padres para contarles lo del bebé. Hacía años que no se ponía en contacto con ellos. La conversación fue un verdadero desastre. Su madre, que estaba borracha, no reconoció su voz ni mostró ningún interés. Ni siquiera le preguntó si estaba casado. Su padre estaba fuera, así que dejó su número de teléfono móvil, pero no le devolvieron la llamada. Mike lo habló con su psicólogo y decidió cerrar la puerta para siempre a esa parte de su vida. Sus padres no habían cambiado, pero él tenía a April y al bebé, así como la oportunidad de disfrutar de una vida feliz con ellos.

April volvió con Larry y el electricista, quien dijo que podía mejorar la instalación eléctrica y le dio todos los detalles. Sería un poco más cara, pero April pensó que valía la pena. El hombre quería perfeccionar los sistemas de seguridad e incrementar la potencia. Dijo que harían falta dos meses para hacer la nueva instalación y que podía empezar en dos semanas, cuando acabase el encargo en el que estaba trabajando. Larry lo había presionado para que ayudase a April recalcándole que era soltera, que estaba embarazada y que el restaurante era su único medio de vida. Estaba dispuesto a hacer todo cuanto hiciese falta para ayudar a April a acabar las obras a tiempo, y ella se lo agradeció calurosamente una vez que se marchó el electricista.

—¿Qué opinas? —preguntó ella—. ¿Crees de verdad que lograremos volverlo a abrir?

Conociéndola, Larry no lo dudaba ni por un instante. Era una mujer que, cuando se proponía algo, no se detenía ante nada y superaba cualquier posible obstáculo que hubiese en su camino.

—Será todavía mejor que antes —le prometió—, y las obras estarán terminadas en el plazo previsto. Te conozco muy bien —bromeó—. Tendrás el bebé, volverás a montar el restaurante, te presentarás como candidata a la alcaldía y abrirás en los Hamptons en julio. Quizá sea un buen momento para plantearte la posibilidad de abrir un segundo restaurante, April. Puedes mirar ubicaciones y ver lo que hay por ahí.

—Solo quiero volver a poner este en marcha —dijo ella, preocupada.

Su madre la llamó al teléfono móvil mientras hablaba con él, y April le dijo dónde estaba.

—¿No tendrías que estar en casa, metida en la cama? —preguntó Valerie, disgustada al saber lo que estaba haciendo April.

—Sí. Más o menos —reconoció esta—, pero me estoy volviendo loca. Tenemos mucho trabajo, y quería saber lo que decía el electricista. Dice que todo saldrá bien.

—Sí, pero tú y el bebé no estaréis bien si no te quedas en casa y descansas.

Hablaba como Mike, y April sabía que los dos tenían razón. Sin embargo, pedirle que se mantuviese a distancia mientras ocurría todo aquello era demasiado.

—No haré ninguna estupidez, mamá. Te lo prometo. Además, me encuentro perfectamente.

Aún estaba un poco ronca por la inhalación de humo, pero por lo demás se encontraba bien y se sentía fuerte. El bebé volvía a dar enérgicas patadas. A pesar del suplicio que había sufrido, había vuelto a crecerle el vientre. Ya parecía que llevase una pelota de baloncesto bajo la camisa. El resto de su cuerpo no había cambiado. Su movimiento constante y el trabajo duro en el restaurante la habían mantenido en forma.

Cuando April se lo preguntó, Valerie dijo que Jack y ella lo estaban pasando muy bien en Europa. Al cabo de unos minutos April fue en busca de Larry, que estaba estudiando los daños en la cocina. No podría salvarse nada. Las mangueras habían acabado con lo poco que el fuego había perdonado.

—La semana entrante tendré el restaurante vacío —le dijo el contratista. Lo había examinado todo y ya tenía un plan—. Luego tenemos que secarlo. Más vale que vayas mirando nuevos equipos. Vas a tardar en encontrar todo lo que quieres.

Ella asintió con la cabeza. Ya había pasado por aquello cuando montó April in New York la primera vez. Esta vez sería más difícil, porque antes tenían que reparar muchos daños. Sin embargo, Larry le prometió que las obras avanzarían deprisa. Al día siguiente se reuniría allí con varios contratistas más. April prometió estar presente. Él no le había permitido mover ningún objeto pesado, pero el simple hecho de estar allí, con aquel intenso y persistente olor a humo, había hecho que se encontrase un poco mal.

April le dio las gracias a Larry, cerró y cogió un taxi para regresar al apartamento de Mike. Cuando este volvió a casa a las ocho en punto, ella estaba echada en la cama con aire inocente. Se había lavado el pelo y se había frotado bien para quitarse el olor a humo. Además, se había echado un poco de la colonia de

Mike. No tenía casi nada en el apartamento de él; todas sus pertenencias seguían en el piso situado encima del restaurante, y habría que tirar la mayoría de cosas. Apestaban a humo. Sabía que su madre estaría encantada al ver desaparecer sus muebles de segunda mano.

Mike entró sonriente en el dormitorio y se inclinó para darle un beso. Al instante hizo una mueca.

—¡Qué mal hueles!

—¿Cómo dices? —preguntó ella, indignada—. Me he puesto tu colonia.

—Hueles a beicon ahumado. No me digas que te has pasado todo el día en la cama —dijo Mike regañándola.

Sin embargo, lo habría adivinado de todos modos. Para mantenerla alejada del restaurante habría tenido que atarla.

—Lo siento —se disculpó ella—. Es que tengo que estar allí, Mike. Hay que tomar muchas decisiones.

—¿Qué ha dicho Larry? —preguntó él sentándose en una silla junto a la cama.

—Sigue pensando que podremos abrir el día del Trabajo. Nos hemos reunido con el electricista. Va a instalar paneles nuevos en un sitio diferente y más adecuado. Además, aumentará el voltaje. Dice que es más seguro.

El incendio no se había producido por causas eléctricas, pero habría podido suceder, y eso habría sido peor. April lo puso al corriente de lo ocurrido y dijo que los vinos no habían sufrido daños. Cuando acabó de hablar, Mike le arrojó unos papeles, que ella atrapó en el aire.

—¿Qué es esto? —preguntó ella.

—A ver qué te parece. Es para el periódico del domingo.

April sabía que el domingo era el día más importante para publicar las críticas de restaurantes que escribía Mike. Había tres páginas impresas desde su ordenador que formarían una columna a toda página. En ocasiones, Mike utilizaba su columna para cubrir dos restaurantes, pero cuando un restaurante le encantaba o pensaba que merecía ese espacio se lo dedicaba entero.

—Le he contado al jefe de redacción lo que hay entre nosotros, y él ha obtenido la autorización del director. Todo es legal. «Lo que sigue no es solo una crítica, sino también una noticia», empezaba la columna.

Para los lectores que no lo sepan, la pasada semana se declaró un incendio en la cocina de April in New York. No hubo heridos, aunque el local quedó muy dañado. Ya se están llevando a cabo reparaciones en el restaurante, que con un poco de suerte volverá a abrir sus puertas en agosto, a más tardar el fin de semana del día del Trabajo. Para aquellos de ustedes que sean adictos a la comida que sirve la chef y propietaria April Wyatt, incluso un paréntesis de tres meses supondrá una noticia preocupante.

El pasado mes de septiembre escribí una reseña poco elogiosa de April in New York. Conociendo las credenciales de la señorita Wyatt, me irritó una oferta gastronómica que me pareció ordinaria: del delicioso puré de patatas a los tradicionales macarrones con queso, pasando por un pastel de carne que es el favorito de célebres estrellas de la Super Bowl como Jack Adams y crepes para niños y adultos. Recibí con una sonrisa burlona los refrescos con helado de vainilla que aparecen en la carta y las hamburguesas con patatas fritas que tanto éxito tenían. Si no recuerdo mal, creo que comenté (de hecho, estoy seguro) que era como si Alain Ducasse, con quien la propietaria se formó durante dos años hasta llegar a ser primera ayudante de chef en París, cocinase para McDonald's. ¿Qué clase de restaurante era aquel? ¿Pizzas? ¿Banana split? ¿Sopa de pan ácimo? Bueno, también tenían bistec tártaro, pierna de cordero y caracoles como los que pueden comerse en París. Este crítico rectifica. Como saben aquellos de ustedes que prácticamente viven allí, no di ni una. April in New York no solo es un restaurante en el que disfrutar de una cena exquisita con una langosta perfecta, el mejor lenguado *à la meunière* y un osobuco como solo los italianos saben prepararlo (la chef se formó también en Italia hasta sumar un total de seis años en Europa antes de traer sus habilidades de vuelta a Estados Unidos), sino también es un hogar fuera de casa en el que los afortunados comensales pueden encontrar los platos que les encantan y con los que se criaron, así como comida reconfortante para un mal día, de esa que tu madre debería haber cocinado y no cocinaba, al menos la mía. Es un restaurante que desafía, tienta, atormenta y entusiasma a los paladares al mismo tiempo que reconforta a las almas, sean cuales sean sus necesidades. El pescado, insuperable, no solo es fresco, sino que está preparado de forma exquisita. El pollo, tanto asado como frito, se funde en la boca, y el puré de patatas que lo acompaña es una delicia. La pasta o el risotto con trufa blanca son los más buenos que he probado en este país. La carta de vinos reúne una excelente colección de vinos insólitos a precios moderados, procedentes de Chile, de Australia, de California y de Europa. Lo que April Wyatt ha hecho es crear un reino mágico en el que el paladar es el monarca absoluto. Además, su local ofrece un ambiente reconfortante que también satisface otras necesidades. Los adultos esperan un mes para conseguir reserva, y a los críos les chifla. No se pierdan el suflé al Grand Marnier. Estoy plenamente dispuesto a reconocer que en este caso me equivoqué. Desde entonces he ido a menudo allí y me he dado cuenta del gran error que cometí. En Nochebuena, mientras otros comensales se daban un banquete a base de ganso, faisán, venado, langosta, pavo, rosbif y pudin de Yorkshire, con troncos navideños y pudin de ciruelas o suflé de chocolate como postre, yo comí dos raciones de las mejores crepes de leche cuajada con jarabe de arce que había probado en mi vida. ¿Acaso me había saltado el desayuno? Lo cierto es que no soporto las fiestas navideñas, y la señorita Wyatt me las hizo soportables con la comida reconfortante que yo necesitaba, acompañada de dulce de azúcar caliente, galletas de azúcar y unas trufas caseras que le enseñó a preparar el propio Ducasse. ¡No se lo pierdan! Tendrán que esperar hasta el final del verano, y aquellos de ustedes que ya sufren un grave síndrome de abstinencia pueden animarse: ¡April in New York volverá a abrir sus puestas el fin de semana del día del Trabajo!

Cuando April acabó de leer y le devolvió los papeles, las lágrimas le corrían por las mejillas. No sabía qué decir. Mike no solo había dado un giro de ciento ochenta grados respecto a su anterior postura condenatoria, sino que había escrito la reseña más increíble que April había leído en toda su vida. No obstante, Mike creía todas y cada una de las palabras que había escrito, y ambos sabían que era cierto. Y todo aquel que leyera la nueva reseña del restaurante lo sabría también. Después de escribirla, Mike tuvo miedo de lo que pudiera pensar el jefe de redacción cuando se enterase de que estaba comprometido con April. Por eso decidió contárselo. Sin embargo, al hombre le gustó la reseña. Mike defendía todas las opiniones que había plasmado en ella. Creía realmente que el restaurante de April era uno de los mejores de la ciudad, por todos los motivos que había expuesto. La habilidad de ella no estaba infrautilizada; la había utilizado de la forma más sofisticada y modesta para servir comidas elegantes a quienes las querían y comidas sencillas y reconfortantes para los demás. ¿En qué otro lugar se podía encontrar a deportistas, a estrellas de cine, a aficionados al buen comer e incluso a niños de seis años que disfrutaban a fondo de su comida y todos bajo el mismo techo? Solo en April in New York. Aunque Mike no hubiese estado enamorado de ella, habría pensado que su comida era estupenda y habría admirado el coraje que demostraba al hacer lo que hacía, enfrentándose incluso a los duros críticos y a los esnobs gastronómicos como él.

—¡Gracias, gracias! —susurró, y le echó los brazos al cuello.

Mike había hecho justo lo que April esperaba la primera vez. Sin embargo, aquella reseña era aún mejor. No era una simple crítica objetiva del menú y la carta de vinos, también estaba escrita desde el corazón y explicaba la filosofía que había detrás. Además, incluso había hecho saber que ella tenía previsto volver a abrir el restaurante. Era el mejor de todos los mundos posibles. Mientras April lo abrazaba, de repente la asaltó una preocupación, por lo que se apartó para mirarlo.

—¿No has tenido problemas cuando les has hablado de nosotros?

Mike negó con la cabeza, sonriente y exultante de alegría al verla tan contenta. Esperaba que así fuese. Se lo debía. Su anterior crítica había sido innecesariamente maliciosa, pero la carta del restaurante lo había molestado, aunque pensase que April era la mujer más sexy que había pisado jamás la faz de la tierra. Pensaba que había tomado el camino más fácil. Pero no era así. April siempre tomaba el camino difícil en todo. Era esa clase de mujer. En lugar de elegir entre comida fácil y comida difícil, servía las dos clases y no tenía miedo de hacerlo. Mike estaba convencido de lo que había escrito.

—Todo es cierto —dijo con sencillez—. La verdad se defiende sola. April, todos los neoyorquinos hablan de tu restaurante. Puedes estar realmente orgullosa de él, y cuando vuelvas a abrirlo será aún mejor. Así tendrás algo de tiempo para probar platos nuevos y añadir novedades a la carta. Considéralo una baja de maternidad. Otras mujeres se toman tres meses para tener un bebé, y hasta seis. Disfrútalo, juega con la carta, observa cómo renace tu sueño. No tienes motivos de preocupación. Y yo no tengo motivos para disculparme con el jefe de redacción, salvo por mi primera crítica estúpida, ignorante y pretenciosa. Te lo debía.

April, sentada en la cama con las piernas cruzadas, lo miraba con una sonrisa de oreja a oreja.

—Este es el mejor regalo que habrías podido hacerme —dijo muy conmovida por su generosidad y por la elocuencia de la reseña.

—No, es esto —dijo Mike señalando el vientre de ella—, y es el mejor que habrías podido hacerme tú a mí, aunque también fui un estúpido en eso. Por cierto, ¿cuándo nos casamos? —preguntó con interés.

—¿Qué te parece el fin de semana del día de los Caídos? Así mi madre dispondrá de dos semanas cuando vuelva. Aunque, conociéndola, es capaz de organizarlo todo en cinco minutos. Y es una semana antes de la fecha prevista para el parto.

Era un poco justo, pero a ella le parecería razonable.

—¿Y si el bebé se adelanta? —preguntó Mike, preocupado.

Quería casarse con ella antes de que llegara el bebé. Le parecía importante.

—Nos lo llevaremos a la boda —dijo April con sencillez.

Mike se echó a reír. Era toda una mujer. Se había dado cuenta cuando la conoció, pero luego tiró la toalla por el camino. Por fortuna, ella no. April nunca tiraba la toalla. Era persistente hasta el final en todo lo que hacía, incluso después del incendio.

—¿A cuántas personas quieres invitar a la boda? —April había olvidado preguntárselo antes, y su madre le había enviado un correo electrónico para saberlo.

—Solo tú y yo. No quiero que vengan mis padres; hace diez años que no los veo y están demasiado borrachos para que les importe. —No había tenido noticias de ellos después de su llamada. Estaba dispuesto a dejarlos atrás para siempre, y su psicólogo estaba de acuerdo con él: eran una causa perdida. Quería mirar hacia delante, no hacia atrás, hacia la vida que iba a compartir con April—. Me gustaría que vinieran mi amigo Jim y su mujer. Él fue un entusiasta de esta relación y del bebé incluso antes que yo.

La pareja había estado en el restaurante dos veces antes del incendio y a April le caía muy bien.

—¿Podemos ir de luna de miel? —preguntó April.

Parecía una niña, y Mike se rió de ella.

—Sí, al hospital. No puedes irte ahora, tonta. ¿Por qué no nos alojamos en un hotel durante el fin de semana y fingimos no estar en Nueva York? Aunque también podemos fingir que sí y disfrutarlo.

—Me gustaría mucho ir a Italia contigo —dijo ella, decepcionada.

Podrían ir a todos esos restaurantes que ambos conocían y apreciaban, y de los que tanto habían hablado.

—¿Por qué no vamos en agosto, antes de que vuelvas a abrir?

—¿Qué haremos con el bebé? —preguntó ella.

Tenía previsto amamantarlo y, dado que podía tenerlo en el restaurante durante los primeros meses, no suponía ningún problema.

—Llevárnoslo. Podemos acostumbrarlo a la buena comida

desde el principio —dijo Mike en broma—. El plan me suena bien. Lo único que tenemos que hacer es casarnos, tener al bebé y volver a abrir el restaurante.

Hacía que pareciese un chasquear de dedos y uno, dos, tres, y April se rió de él.

—Tengo la sensación de que nada será tan fácil. La boda quizá, gracias a mi madre. Volver a abrir el restaurante es un proyecto, y me pone nerviosa la idea de sacar esta cosa de mi cuerpo —dijo señalando la pelota de baloncesto que tenía en el regazo.

Mike asintió con la cabeza. A ambos les parecía enorme. April era una mujer alta pero estrecha de caderas, y parecía imposible creer que algo tan inmenso pudiese salir con facilidad.

—¿Sigues pensando en estar presente? —preguntó, inquieta.

April sabía que estaba asustado. Si él no podía asistir, siempre podía contar con Ellen.

Mike asintió con la cabeza, pensativo.

—Creo que sí. Quiero estar —contestó, aunque a él también le daba miedo, y ver sufrir a April le afectaría mucho.

April no hablaba de ello, pero Mike sabía que, a medida que se acercaba el momento, se sentía tan preocupada como él. La logística del parto les parecía a los dos casi imposible.

Hablaron del viaje a Italia mientras April preparaba la cena, improvisando una pasta primavera con lo que Mike tenía en la nevera y una *salade frisée* con beicon y huevos escalfados. Esa noche, al acostarse, se habían puesto de acuerdo en visitar Florencia, Siena, Venecia, Roma, Bolonia y Arezzo, donde April conocía un restaurante al que según ella no podían dejar de ir. Acordaron dejar París para otro viaje, dado que todo estaba cerrado en agosto. April se dio otra ducha para quitarse el olor a humo y se metieron en la cama. Ella lo abrazó y volvió a darle las gracias por su fantástica reseña. Mike se sentía aliviado. Hacía mucho que quería hacerle ese regalo. Y aquel parecía el momento oportuno. Apagó la luz.

—Larry opina que ahora debería plantearme abrir otro restaurante —dijo April entre bostezos.

Mike se volvió hacia ella, horrorizado.

—Una mujer, un restaurante y un bebé es todo lo que puedo asumir ahora mismo —dijo con sinceridad, y eso ya era mucho para él. En los últimos cuatro meses había recorrido un camino mucho más largo de lo que creía posible—. ¿Podríamos conformarnos con eso de momento?

Ella asintió, sonriente y agradecida por todo lo que tenían. Además, ella tampoco estaba preparada para abrir un segundo restaurante. Tenía suficiente trabajo con reconstruir el que tenía.

—¿Crees que tendremos más hijos? —le preguntó a Mike.

No podía imaginarse cómo se las arreglaba Ellen con tres criaturas. Ella era hija única, pero le gustaba la relación que existía entre sus dos hermanastras y a veces le producía envidia sana.

—No lo sé —dijo él con sinceridad—. Tengamos primero este niño y luego ya lo pensaremos.

A Mike, el bebé por sí solo ya le parecía un gran proyecto. Le pasó a April un brazo por los hombros y la atrajo hacia sí. Era una mujer capaz de escalar montañas y dispuesta a conquistar el mundo. Mike se dejaba intimidar con mucha más facilidad, pero estaba siguiendo su ejemplo y aprendiendo mucho de ella. Mientras la abrazaba, notó que el bebé le daba una fuerte patada. Costaba creer que al cabo de un mes fuesen a convertirse en padres. La perspectiva lo ilusionaba, pero si lo pensaba demasiado seguía dándole mucho miedo. April se mostraba mucho más tranquila. Y mientras la estrechaba entre sus brazos, pensando en todo lo que les aguardaba, se durmió. April lo miró con una sonrisa. Su loca aventura de una noche había acabado muy bien.

19

Pasada la conmoción inicial que sufieron al enterarse del incendio y con la tranquilidad de saber que no los necesitaban en casa, Jack y Valerie disfrutaron de unos días fantásticos en París. Les encantaba alojarse en el Ritz, un hotel que ambos conocían de viajes anteriores. A los dos les gustaban los mismos restaurantes, aunque Valerie llevó a Jack a algunos nuevos para él y descubrieron juntos varios locales íntimos y poco conocidos que les recomendó April. Los paparazzi los fotografiaban de vez en cuando al entrar y salir del hotel. Aunque en Europa no eran tan famosos como en su país, seguían siendo muy conocidos. Les encantaba estar juntos, y se notaba.

Jack se mostraba asombrosamente generoso con ella y le compró una pulsera de oro y un abrigo de pieles del que Valerie se enamoró a primera vista. Se lo regaló en el hotel, tras decirle que tenía que salir a tomar el aire. La vida con él era una serie constante de detalles cariñosos, y Valerie estaba descubriendo un aspecto de sí misma que desconocía hasta entonces. Por una vez en su vida no pensaba en el trabajo, sino única y exclusivamente en su pareja.

A veces, mientras cenaban, jugaban a «qué pasaría si». Si la cadena le pedía que escogiera entre él y su trabajo, ¿qué haría? ¿Hasta qué punto lo quería?

—Eso es fácil —contestó ella en broma—. Conservaría mi programa y me reuniría contigo a escondidas en moteles baratos de New Jersey.

¿Y si Jack tuviera que renunciar por ella a trabajar como comentarista deportivo o al Salón de la Fama? ¿Lo haría?

—A ser comentarista deportivo, sí. Lo del Salón de la Fama no es tan fácil. Para empezar, me maté a trabajar para estar allí —decía él con sensatez.

En ocasiones hablaban seriamente de sus respectivos planes laborales para cuando fuesen mayores. Trabajaban en un sector que apreciaba la juventud.

—Barbara Walters ha sido siempre mi modelo —le dijo Valerie—. Se ha mantenido en la cima durante toda su carrera, sin cometer ni un solo error. Tuvo que competir con hombres, con mujeres de su edad y con más jóvenes, y sigue siendo la mejor y la más importante del negocio. Además, a mí me gusta mucho.

—¿Es eso lo que quieres? ¿Mantenerte en el negocio para siempre? Mantenerse en la cima tal como ha hecho ella requiere un esfuerzo enorme, y no estoy seguro de que valga la pena —dijo Jack.

Estaban acabando de cenar en un acogedor restaurante de la orilla izquierda que les había recomendado April. El favorito de los dos seguía siendo el Voltaire, en los muelles del Sena, pero esa noche no habían conseguido mesa. Todos los parisinos querían ir allí, y solo entraba la flor y nata de *le tout Paris*.

—Yo pensaba que sí —respondió Valerie—. ¿Qué más hay? —Y entonces se corrigió—: Mejor dicho, ¿qué más había antes de que llegaras tú? April es mayor y tiene su propia vida, ahora más que nunca, con un restaurante, un marido y un bebé. ¿Qué se supone que voy a hacer con los próximos treinta años, si tengo tanta suerte? O incluso los próximos diez. Siempre pensé que el trabajo era la respuesta. Pero también pensaba eso a los treinta años. Supongo que soy un burro de carga. Aunque tengo que reconocer que a veces ya no estoy tan segura.

Con Jack a su lado, Valerie era más feliz que nunca. No obstante, no estaba dispuesta a renunciar a su carrera por él. ¿Y si uno de ellos se enamoraba de otra persona o las cosas no les iban bien? Siempre podía ocurrir. A veces las cosas cambiaban, incluso en la mejor de las relaciones, y aquello era solo el principio. Valerie no estaba dispuesta a poner en peligro su carrera por él, y Jack lo sabía. Se había esforzado mucho para llegar al lugar en el que estaba y no pensaba arriesgarse a perder lo que había conseguido por ningún hombre. Sin embargo, estaba dispuesta a encajarlo en su forma de trabajar y de vivir.

Entonces Jack le preguntó algo por sorpresa. La idea se le había pasado por la cabeza a Valerie en un par de ocasiones, pero tampoco conocía la respuesta.

—¿A ti te parece que tendríamos que pensar en casarnos dentro de algún tiempo?

Ambos eran lo bastante mayores para saber lo que querían y a quién querían. Valerie siempre había pensado que le gustaría volver a casarse, pero ya no estaba tan segura. Amaba a Jack, desde luego, pero ¿acaso necesitaban papeles? No iban a tener hijos. Ambos tenían una carrera interesante. Se querían. Pero ¿qué necesitaban demostrar? ¿Y a quién?

—No lo sé. ¿Tú qué crees? —dijo ella, sonriéndole con timidez.

Era un tema muy serio, y además había que tener en consideración la diferencia de edad que existía entre ellos. ¿Y si Jack se enamoraba de una mujer más joven? Valerie no quería volver a pasar por la angustia del divorcio, y menos a su edad. Perderlo tendría consecuencias devastadoras para ella.

—Yo tengo muchas dudas al respecto: siempre he creído en la institución y en lo que representa, pero a estas alturas de la vida a veces pienso que no vale la pena. ¿De verdad necesitamos unos papeles para decir a los demás lo que sentimos? Y pasa como con todos los contratos, el día en que uno quiere salirse no hay nada que pueda hacer el otro para evitarlo. Y entonces se produce un tremendo embrollo —añadió Valerie.

Jack no discrepó.

—Me casaría si fuese importante para ti —dijo generosamente, y quizá algún día lo fuese, pero aún no, y Valerie lo dejaba claro—. Estoy abierto a esa posibilidad, pero yo no lo necesito. Y estoy de acuerdo contigo en lo del divorcio. El mío fue muy desagradable, aunque ahora seamos buenos amigos. En su momento fue una tremenda batalla por las visitas a Greg y la propiedad que tuvimos que repartir. Para entonces yo ya tenía éxito y ganaba mucho dinero. Además, me jorobaba que ella quisiera el divorcio para casarse con otro y que me hubiese engañado con el médico del equipo. Y a ella le jorobaban todas las chicas con las que la había engañado yo. Fue una época muy fea, y me sorprende que acabásemos siendo amigos.

—Para Pat y para mí fue más fácil —admitió Valerie—. Ni él ni yo teníamos dinero, estábamos más que dispuestos a compartir a April, y él aún no había conocido a Maddie. Se quedó destrozado. Quería que siguiéramos casados, sobre todo porque no quería reconocer que nuestro matrimonio era un fracaso, y yo quería divorciarme. Sabía que era la situación inadecuada para mí. Su vida académica y todo lo que la acompañaba me mataban de aburrimiento. Lo que tenía sentido ocho años antes, o al menos eso creíamos, había dejado de tenerlo. Me convertí en una persona completamente distinta de la mujer con la que se había casado. No nos parecíamos en nada. Yo sentía que él me impedía llevar a cabo mis proyectos profesionales, y él sentía que yo lo arrastraba a vivir una vida que no deseaba. Éramos muy desgraciados.

Era inimaginable que a Jack y a ella les ocurriera aquello, pues los dos eran mayores y tenían una carrera profesional asentada. Si acaso, los dos estaban aminorando un poco el ritmo, o decían que estaban dispuestos a hacerlo, aunque tampoco estaba segura de que eso fuese verdad. Ambos habían estado mucho tiempo en el candelero y estaban acostumbrados. Hacer cualquier modificación en su vida pública no iba a ser fácil, y de momento no hacía falta. No tenían conflictos acerca de sus mutuos trabajos.

—Quizá sea mejor dejarlo todo tal como está —razonó Jack—. No hay nada que nos presione para casarnos. No hay ninguna ley ni limitación al respecto. Podemos hacerlo más tarde si queremos, siempre que tú no tengas prisa. Yo no la tengo. No queremos tener hijos —dijo, sonriente.

En su actual relación todo funcionaba para los dos, incluso

la diferencia de edad, que casi había dejado de preocupar a Valerie y nunca había supuesto un problema para él. La diferencia entre cincuenta y sesenta les parecía insignificante a ellos y a las personas de su entorno. ¿Qué más daba? Se sentían iguales a todos los efectos.

—Si funciona, no lo toquemos —añadió Jack.

A Valerie le gustaba que Jack estuviese abierto al matrimonio, aunque no lo necesitase, al igual que ella. Y a sus hijos parecía importarles muy poco lo que hicieran. La prensa los había descubierto juntos varias veces, pero a nadie parecía preocuparle, emocionarle o escandalizarle lo que pudiera estar sucediendo entre ellos. Eran una opción razonable el uno para el otro, trabajaban para la misma cadena, ambos eran importantes en sus respectivos campos y lo pasaban estupendamente juntos. ¿Qué más necesitaban?

—¿Y si nos fuésemos a vivir juntos? —preguntó Jack, ya que estaban con el tema del futuro—. ¿Te gustaría?

Llevaban varios meses pasando juntos todas las noches, yendo y viniendo entre sus respectivos apartamentos, pero ninguno de ellos quería renunciar a su propia casa y acordaron que era demasiado pronto para tomar esa decisión. Resultaba agradable plantearse hacia dónde iban y qué querían hacer, descubrir qué era lo que no querían y hacer planes de futuro. A Jack le encantaba su apartamento, y Valerie también adoraba el suyo. A Jack le habría gustado que ella se fuese a vivir con él, pero no quería renunciar a su casa, y lo mismo le pasaba a ella. De momento Valerie no estaba dispuesta a depender de él hasta ese punto, y quizá nunca lo estuviera.

—No lo sé —dijo, pensativa—. No estoy enamorada de mi apartamento, pero me va bien. Supongo que podría venderlo algún día. —Mientras tanto, le gustaba quedarse en casa de Jack, aunque varias veces por semana, cuando a Valerie le convenía más, se alojaban en casa de ella.

Ambos estaban sorprendentemente dispuestos a adaptarse al otro y eran personas razonables.

—En caso de que saliera a la venta algún apartamento en tu edificio, tal vez pudiera adquirirlo, vender el mío e incorporarlo al tuyo. Así podríamos tener lo que necesitamos —añadió ella.

A Jack le gustó la idea. Parecía haber soluciones para todo. Aún no habían afrontado ningún desafío ni obstáculo importante, y su viaje estaba siendo absolutamente perfecto. Nada los acuciaba, ninguno de ellos empujaba, no tenían discusiones ni desacuerdos. Tenían suficiente espacio para moverse. Y, al menos de momento, mejoraban sus mutuas vidas sin perder nada con el trato. Su relación era ideal. Valerie se mostraba muy meticulosa con las cosas de la casa y Jack era desordenado, pero aparte de eso no había problemas, y a ella no le importaba ir recogiendo detrás de él a fin de mantenerlo todo en su sitio. A veces Jack se sentía incómodo, aunque decía que era incapaz de ser ordenado; no estaba en sus genes. Así que Valerie recogía la ropa de él por las noches y la colgaba, ponía la ropa sucia en el lugar que le correspondía y no paraba de organizale los papeles. A ella no le molestaba y a él no le importaba. Hacía que se sintiera querido y cuidado.

Pasearon junto al Sena, visitaron una exposición en el Grand Palais, tomaron una taza de té en el Plaza Athénée y metieron la nariz en todas las tiendas de antigüedades de la orilla izquierda. Tomaron café en el Deux Magots, en Saint-Germain-des-Prés, y recorrieron París cogidos del brazo, parándose a besarse cada vez que tenían ocasión. En aquella ciudad, donde las muestras públicas de afecto no suscitaban rechazo sino aprobación, resultaba muy frecuente ver parejas que se besaban. Aquella había sido la semana más romántica que Valerie había vivido jamás, y a ambos les costó marcharse a Londres.

Allí pasaron cinco días. Fueron al teatro y visitaron una exposición de antigüedades. Jack llevó a Valerie de compras a New Bond Street y le compró un par de pendientes de plata en Asprey. Desde Londres, Valerie llamó a Dawn para empezar a organizar la boda de April. A Dawn la entusiasmó la idea de ayudarla. April insistía en que solo quería contar con la presencia del personal del restaurante, Ellen y Larry, y Mike pensaba que debía invitar al jefe de redacción, a su amigo Jim y a la esposa de este, además de otro escritor al que April no conocía. Y, por supuesto, asistirían Pat, Maddie, Annie y Heather. Incluyendo a los tres hijos de Ellen, serían menos de cuarenta personas. A Valerie le resultaría fácil celebrarlo en su apartamento, aunque Jack había ofrecido generosamente el suyo. Sin embargo, Valerie no quería causarle molestias.

Valerie le dijo a Dawn que quería el mejor catering que pudiese encontrar para que April no se quejase de la comida y le pidió que llamase a un juez conocido suyo y a la floristería a la que siempre recurría. Valerie quería cinco mesas redondas de ocho dispuestas en el salón, música de cámara y nada de baile, ya que April quería celebrar la boda a la hora del almuerzo y que los invitados llegaran a las doce. Valerie comprendió, no sin cierta vergüenza, que la celebración sería muy sencilla. Incluso consiguieron encargar unas invitaciones que se entregarían en mano dos semanas antes de la boda. Cuando Jack y ella se marcharon a Venecia, todo estaba organizado. Jack insistía en dar una gran fiesta en honor de los novios más tarde, quizá después de que April diese a luz y volviese a abrir el restaurante. Entonces la ocasión resultaría más festiva. Tanto Valerie como April se sentían conmovidas por la propuesta. Sin embargo, una sencilla ceremonia y un almuerzo en el apartamento de su madre era todo lo que April quería de momento, y seguramente todo lo que Mike estaba en condiciones de asimilar. Estaba nervioso, aunque insistía en que eso era también lo que quería él. April, por su parte, estaba muy emocionada. Durante una de sus sesiones de acupuntura le dijo a Ellen en un tono de broma que al final iba a estar casada y a tener un bebé y un negocio de éxito a los treinta años, como siempre creyó que debía ser. Pero aquello no tenía que ver con obligaciones. April estaba completamente enamorada del hombre con el que iba a casarse e ilusionada con su futuro hijo. Ellen se alegraba mucho por ellos.

Los días que Jack y Valerie compartieron en Venecia fueron los mejores del viaje. Allí la luz era preciosa en mayo; el tiempo, perfecto, y la comida, demasiado buena. Valerie decía que tendría que dejarse morir de hambre cuando volviese a casa. Dieron paseos en góndola y visitaron iglesias, se besaron bajo los puentes y recorrieron a pie toda la ciudad. Un día cruzaron la laguna para almorzar en el hotel Cipriani, y al día siguiente fueron a ver la fábrica de vidrio de Murano. Compraron juntos una araña para la cocina de Jack. Valerie insistió en que quedaría fantástica con las obras de Ellsworth Kelly y lo convenció.

Tomaron su último almuerzo en el Harry's Bar, dieron un último paseo en góndola por debajo del puente de los Suspiros y pasaron su última noche en el Gritti Palace haciendo el amor en la cama, y luego salieron al balcón para contemplar Venecia a la luz de la luna.

—¿Existe algo más perfecto? —preguntó Jack pasándole a Valerie el brazo por los hombros y atrayéndola hacia sí.

Había sido un viaje perfecto.

—Creo que esta ha sido nuestra luna de miel —dijo él, sonriente.

Valerie asintió con la cabeza. No necesitaban casarse: ya lo tenían todo, y lo mejor era que se tenían el uno al otro.

20

April acudía al restaurante todos los días a fin de reunirse con los contratistas y ver trabajar a los obreros que había contratado Larry para que quitasen los escombros y retirasen todo aquello que había resultado dañado por el agua o el fuego. El sótano ya estaba seco, y lo poco que habían podido salvar estaba guardado allí. La reconstrucción del restaurante seguía pareciendo una tarea inmensa. Larry había contratado a todos los trabajadores que necesitaba, y él mismo se pasaba por la obra varias veces al día, entre los demás proyectos que estaba realizando, para supervisarla. April estaba allí desde el amanecer hasta el anochecer, haciendo todo lo que podía y tomando decisiones constantemente. A Mike le preocupaba que trabajase demasiado, pero, como de costumbre, no había modo de detenerla.

Un mediodía fue a llevarle el almuerzo y se quedó horrorizado al encontrarla arrancando tablas de la pared con una palanqueta. Llevaba las botas de goma que se había comprado y un casco que le había pedido prestado a un trabajador de la cuadrilla. Resultaba impresionante verla con su enorme vientre colgando por encima de los vaqueros, la cara cubierta de polvo y unos guantes de trabajo mientras forcejeaba con las tablas que luego dejaba caer a sus pies.

—¿Qué demonios estás haciendo? —le gritó Mike.

April dejó la palanqueta a un lado. Apenas podía oírlo con el ruido que hacían los trabajadores al utilizar el martillo neumático en el suelo de la cocina.

—¡Si no paras, vas a tener el bebé aquí mismo! —añadió espeluznado.

—Lo siento —se disculpó ella, aunque no parecía sentirlo en absoluto. Estaba deseando que Mike se marchase para seguir trabajando.

—¿Sabes? Puede que lo que voy a decirte te sorprenda y te extrañe, pero pueden hacer esto sin ti. Las mujeres en el noveno mes de embarazo no suelen trabajar en esta clase de proyectos. Deberías apuntarte al sindicato.

Ella se quitó el casco y se enjugó el rostro, sonriente. Lo cierto era que lo pasaba bien ayudando en la obra, y Mike lo sabía. No había modo de obligarla a reducir el ritmo o a quedarse en casa. April solo se sentía feliz cuando trabajaba. Se sentó en un montón de ladrillos y Mike le dio el bocadillo que le había preparado.

—Gracias, estaba muerta de hambre —dijo.

Llegó una furgoneta y el conductor fue hacia ella. Estaban esperando más elementos eléctricos y April confiaba en que viniesen en aquella entrega.

—Traigo unos muebles infantiles para April Wyatt —dijo el conductor señalando la furgoneta—. De parte de Valerie Wyatt.

April se había olvidado por completo de ellos, aunque su madre los había mencionado antes de marcharse.

—Ya no vivo aquí —le dijo ella indicando con un gesto el desastre que la rodeaba—. ¿Podría entregarlos en otro sitio?

—¿Dentro de la ciudad? —preguntó el conductor, poco complacido.

—Sí, aunque lejos del centro.

El hombre asintió con la cabeza, viendo que no podía dejar allí los muebles.

—Deberían habernos avisado —rezongó, pero anotó la dirección de Mike—. ¿Habrá alguien allí?

No habría nadie, claro. Mike volvería al trabajo y ella estaba ocupada.

—¿Qué le parece si los lleva a las cuatro? —le preguntó ella.

El transportista accedió a regañadientes, volvió a su furgoneta y se marchó. April podía estar en casa de Mike a esa hora, y de todos modos para entonces se sentiría exhausta y con ganas de volver. Estaba en el restaurante desde las ocho de la mañana.

—¿Cuántos muebles hay? —le preguntó Mike.

Mike tenía una pequeña salita, un dormitorio, un minúsculo despacho y una cocina del tamaño de un armario. No había espacio para muchos muebles adicionales; mejor dicho, para ninguno. Sin embargo, April no quería herir los sentimientos de su madre, y el bebé necesitaba un sitio donde dormir. Valerie había comprado una cuna y «unas cuantas cosas más» antes de viajar a Europa. April había pedido prestado casi todo lo necesario a sus amigos y Valerie había comprado lo demás, incluso una elegante canastilla de Saks cuya entrega estaba prevista de un momento a otro. Todo estaba preparado. En el piso de April, vacío y casi sin muebles, no habría sido ningún problema albergar los muebles que había comprado su madre. En casa de Mike, podía serlo.

—No estoy muy segura, pero nos mudaremos a mi piso tan pronto como sea posible —contestó ella.

Mike había decidido renunciar a su apartamento, pues de lo contrario no la vería nunca. April siempre estaba en el restaurante y quería al bebé allí con ella. No tenía mucho sentido que él conservase su vieja morada. Tenían previsto mudarse en cuanto limpiasen la vivienda de April y la reconstrucción del restaurante fuera menos ruidosa.

—No te preocupes. Haré espacio —le prometió Mike—. ¿Cuánto espacio pueden ocupar las cosas de un bebé?

Sin embargo, no esperaba en absoluto el mobiliario completo para bebé que había encargado su madre. Cuando el transportista se presentó en casa de Mike a las cuatro en punto, subió una cuna, una cajonera, un cambiador, un juguetero, una mecedora para ella y media docena de acuarelas enmarcadas de Winnie-the-Pooh para decorar las paredes. Valerie había pensado en todo lo necesario y sabía que April no lo compraría. Temía que fuese a buscarlo a una tienda de segunda mano.

—¡Hostia! —susurró April mientras el hombre metía en el piso la última caja.

La cuna venía desmontada. Le preguntó al transportista si podía montarla él, y el hombre, que sudaba a mares tras subirlo todo por las escaleras, contestó que no. Las cajas ocupaban cada centímetro cuadrado del apartamento de Mike. El transportista había tenido que poner la mecedora y el juguetero en la cocina. Mike iba a matarla. April no tenía la menor idea de qué hacer con todo aquello ni de cómo lograr que cupiera en el piso, pero no había querido herir los sentimientos de su madre devolviéndolo. En su propio apartamento estaría bien. En el de Mike era un desastre.

Cuando el transportista se marchó, April consiguió a duras penas introducir las piezas de la cuna en el dormitorio y a continuación metió a rastras la mecedora. Si lograba encajar la cuna junto a la cama, existía la posibilidad de que cupiese. Lo demás era un problema.

Metió a empujones en un rincón de la salita la cajonera blanca de bordes ondulados, y el cambiador al lado. Mike no tenía mesita baja, así que puso el juguetero delante del sofá y apiló detrás las acuarelas de Winnie-the-Pooh, pues no tenía ningún otro sitio donde ponerlas. No creía que Mike estuviese preparado para dejarle colgar a Winnie-the-Pooh en las paredes en sustitución de su colección de fotografías de Ansel Adams. Acto seguido, April paseó la mirada por la salita y tuvo que reconocer que tenía un aspecto horrible. Los muebles blancos de bebé eran muy monos, o lo habrían sido en una habitación propia, pero cantaban como una almeja, y además Mike y ella tendrían que pasar por encima de la mecedora para meterse en la cama. Era una carrera de obstáculos, pero no había nada más que April pudiera hacer.

Mike no estaba preparado para aquello. Cuando entró en su casa esa noche, pareció que iba a sufrir un ataque. Había imaginado una pequeña cesta en algún rincón, o quizá una cuna en miniatura. En cambio, el dormitorio estaba repleto de cajas con las piezas de la cuna, esperando a que él la montase, y había mobiliario de bebé por todas partes. Empezó a respirar mucho más rápido de lo normal.

—¿Cómo puede necesitar tantas cosas un bebé?

April no le contó que sus amigos les traerían pronto lo demás: un esterilizador, pijamas, pañales, un cochecito que le prestaba Ellen, una trona que le dejaba una camarera, una sillita para el coche de un ayudante de camarero y cosas de las que ni siquiera sabía nada aún ni tenía la menor idea de cómo utilizar. Además, Ellen le había dicho que necesitaría una bañera de plástico con soporte de espuma para bañar al bebé. April no había pensado en eso. Mike se sentó en el sofá mirando el juguetero y se le revolvió el estómago.

—Lo siento —dijo April—. Ya sé que es un lío. Pronto estaremos en mi casa.

En una sola tarde había llegado el bebé. Por primera vez, Mike se sentía como se había sentido después de la ecografía, y se le notaba, cosa que preocupaba mucho a April.

—No podemos vivir así. Vamos, April, el bebé pesará dos o tres kilos. ¿Por qué necesita todos estos muebles?

Lo que la madre de April había adquirido podría haber servido para hacer un reportaje en una revista, y todo era precioso, pero se había apoderado del diminuto apartamento de Mike como un aviso de que aquel ser minúsculo en apariencia se disponía a adueñarse de su vida a través de unos medios que él no había previsto ni siquiera en sus peores momentos de pánico.

—¿Por qué no montamos la cuna? Así el dormitorio no parecerá tan abarrotado —sugirió April.

Tal como estaba en ese momento, ni siquiera podrían acostarse esa noche hasta que ensamblasen la cuna, porque los protectores, el colchón y un dosel blanco de ganchillo ocupaban la cama.

—Te ayudaré —añadió.

—¿Te das cuenta de que no soy ningún manitas? —dijo él en un tono quejumbroso—. No sé distinguir un destornillador de un martillo y nunca entiendo las instrucciones. Siempre que tengo que ensamblar algo acabo tirándolo a la basura. No sé qué hacer con las piezas. Para montar esta mierda hace falta un título de ingeniero.

—Ya nos las arreglaremos —dijo April con calma—. Lo haremos juntos.

—Necesito una copa —anunció Mike, y fue a la cocina a servirse un vaso de vino—. ¿Qué es esa cosa? —preguntó señalando el cambiador mientras volvía a entrar en la habitación.

Parecía muy gruñón y completamente asustado.

—Es para cambiar al bebé —dijo ella, incómoda.

—¿Por qué no puedes cambiar al bebé sobre tu regazo, en el suelo o algo así? ¿Te das cuenta de que ni el equipo olímpico de equitación utiliza tanto material?

La propia April solo tenía tres vestidos en el armario y vivía con el contenido de una pequeña bolsa de viaje. Últimamente iba siempre con vaqueros, camisetas y botas de goma.

Entonces April entró en el dormitorio para empezar a montar la cuna. Quitó el cartón, miró las instrucciones y se dio cuenta de que Mike tenía razón: montarla era más complicado de lo que parecía. Mike entró unos minutos más tarde y dejó su vaso de vino. No mencionó la mecedora ni el desorden que reinaba en la habitación. Se limitó a acercarse a ella y a estrecharla entre sus brazos mientras April lidiaba con las cajas.

—Lo siento, no estaba preparado para esto. Y tú tampoco. Ya tienes bastantes preocupaciones con el restaurante. No te hace falta que yo empeore las cosas. —Mike sabía que el día anterior April se había reunido con el perito del seguro, que había sido un pelmazo—. Dame las instrucciones —dijo.

Las examinó y se fue a buscar las herramientas.

Tras dos horas de chapuzas y de varios fracasos, acabaron por fin de montar la cuna. El colchón se hallaba en su sitio, los protectores con su estampado de ovejitas estaban colocados y el dosel estaba bien igualado encima de la cuna. Cuando se dejaron caer en la cama el uno junto al otro parecía que hubiesen corrido una maratón.

—En comparación con esto, el parto debe de estar chupado —comentó Mike, y se arrepintió tan pronto como lo dijo. La miró apesadumbrado, echando en falta el restaurante por la razón que había explicado en su crítica—. Necesito comida reconfortante —añadió con tristeza.

April le sonrió y se levantó de la cama.

—Esa es la parte fácil —dijo. Le dio un beso y se marchó.

Mike se tumbó en la cama a ver la tele, y al cabo de un cuarto de hora April apareció en el umbral.

—Puede que no tengamos el restaurante, pero me tienes a mí. *Monsieur est servi* —dijo haciendo una reverencia lo más pronunciada posible, teniendo en cuenta la pelota de playa que llevaba en la cintura.

Mike la siguió a la salita, donde April había instalado la mesita redonda en la que comían. En un plato había una pila de sus deliciosas crepes acompañadas con jarabe de arce tibio. Incluso se había preparado otro plato para sí misma. El menú también le apetecía.

—¡Oh, Dios mío! —exclamó Mike como si fuera un hombre que se muriese de sed en el desierto—. Eso es justo lo que necesitaba.

Se sentó sin decir una palabra más y las devoró. A continuación se arrellanó en su silla con cara de profunda satisfacción.

—Gracias —dijo, por fin tranquilo—. Puede que todo salga bien. —Y luego sacudió la cabeza mirando a su alrededor—. No tenía la menor idea de que los bebés necesitasen todo esto.

—Yo tampoco —dijo April con sinceridad.

Ni uno ni otro habían pensado en ello; estaban demasiado ocupados con todo lo demás.

—Supongo que no importa —dijo Mike con sensatez—. De todos modos vamos a mudarnos, y por suerte tu piso es más grande.

April también se sentía aliviada. Vivir mucho tiempo en tan poco espacio les habría vuelto desdichados. Esperaba volver a su casa en julio, cuando la peor parte de la reconstrucción hubiese acabado y no respirasen polvo de yeso día y noche, lo que tampoco sería bueno para el bebé. El exceso de muebles en poco sitio jamás había perjudicado a ningún niño, aunque a Mike le pusiera nervioso.

Después de cenar él la ayudó a fregar los platos y volvieron al dormitorio. Se cepillaron los dientes y se acostaron. Se quedaron mirando la mecedora, al pie de la cama, y la ornamentada cuna que estaba a su lado. Valerie les había comprado cosas preciosas, aunque fuesen demasiadas. Mike miró a April y murmuró:

—Cuando haya un bebé durmiendo en esa cuna se nos hará extraño.

La luz de la luna entraba a raudales. Ya no podían llegar hasta la ventana para bajar la persiana, a no ser que se subieran a la cuna.

—Es verdad —convino ella, asintiendo con la cabeza.

Sin embargo, el bebé era una presencia muy real para ella. En ese momento saltaba de un lado a otro, seguramente por las crepes y el azúcar del jarabe. Había observado que siempre que comía dulces, el bebé se pasaba horas dando botes.

Y luego, sin una palabra más, alargó el brazo hacia ella. Aún lo escandalizaba desearla tanto pese a lo avanzado del embarazo. Había en April algo tan tierno y tan femenino que Mike no podía apartar las manos de ella. No sabía con certeza si aquello era normal o no y le preocupaba que a April pudiese resultarle incómodo. Sin embargo, ella se sentía conmovida y siempre respondía. Hicieron el amor a la luz de la luna y se olvidaron del bebé durante un rato, abrazándose con fuerza y dejándose arrastrar por la pasión.

21

A su regreso de Europa, Valerie y Jack se encontraron con un montón de asuntos pendientes. Valerie tenía que tomar decisiones acerca de algunos de sus acuerdos de licencia y planificar los próximos programas. Además, su editor le había hecho una oferta para publicar otro libro. Por si eso fuera poco, debía ocuparse de los últimos detalles de la boda de April y aún tenía que escoger la tarta. Jack, por su parte, estaba igual de ocupado que ella.

La noche en que llegaron, Valerie habló con April, quien le dijo que la reconstrucción del restaurante empezaba con buen pie, aunque pareciese un desastre. Valerie notó que su hija estaba contenta y emocionada por la boda y le contó que Dawn había hecho un gran trabajo al ocuparse de los detalles antes de su regreso. Las dos los habían repasado en docenas de llamadas desde Europa.

Esa semana la agenda de los dos se mostró implacable; los primeros días después de un viaje siempre eran una pesadilla para ella. Sin embargo, al llegar el viernes por la noche Valerie tuvo la impresión de que empezaba a controlarlo todo. Esa tarde se las había arreglado para encargar la tarta de April según sus indicaciones, con un delicado glaseado de pasta de almendras y un relleno de chocolate y moca al aroma de naranja. El pastelero había accedido a regañadientes a seguir las indicaciones de April, que habría confeccionado la tarta ella misma de haber tenido tiempo y una cocina a su disposición. De todos modos, Valerie le aseguraba que la tarta quedaría perfecta.

El viernes, al salir del despacho, Valerie volvió al apartamento de Jack, donde pasarían el fin de semana. Sus idas y venidas entre los dos pisos parecían seguir funcionando, aunque la vida de ambos era muy ajetreada. Había salido a la luz una fotografía de los dos juntos en París, y la revista *People* llamó al despacho de Valerie esa tarde para averiguar qué ocurría. Dawn simuló hábilmente que no pasaba nada y no dio explicaciones. Lo averiguarían por su cuenta de todos modos.

Valerie llegó al apartamento de Jack antes que él y se dio un baño. Al verlo entrar, lo encontró serio. Jack se sentó en el borde de la bañera con una expresión sombría. La besó sin decir nada y Valerie pensó que parecía deprimido.

—¿Un mal día? —preguntó ella, comprensiva, y le tocó la mano.

—Sí. Más o menos. Los follones habituales después de un viaje. Es el precio de tanta diversión —contestó Jack con una sonrisa gélida.

Valerie no insistió. Se imaginaba que acabaría contándole lo que le preocupaba.

No lo hizo hasta el sábado por la tarde, paseando por Central Park en un precioso y cálido día de mayo. Llevaba mucho rato callado, pero entonces se sentaron en un banco, la miró y se lo soltó.

—La cadena quiere trasladarme a Miami.

Jack parecía destrozado. Ambos sabían lo que significaba para ellos. El programa de Valerie se grababa en Nueva York, por lo que no podía trasladarse con él. Si tenían las ganas suficientes, podían verse los fines de semana, pero no sería lo mismo.

—¿Por qué?

—Vete a saber. Creen que es más lógico. Allí hay más eventos. Comentaría más deportes, no solo fútbol americano. Me gusta lo que hago, y supongo que debería sentirme halagado. Es más dinero, más prestigio…, pero no quiero dejarte. Me encanta lo que tenemos, y te quiero. Las relaciones a distancia son difíciles y casi nunca salen bien. A mi edad no quiero pasarme la vida de aquí para allá. Tampoco quiero vivir en Miami.

Parecía tremendamente desdichado.

—¿Lo has rechazado? —preguntó Valerie en voz baja, esperando que así fuese.

Ella no tenía derecho a presionarlo ni interferir en su carrera, pero sabía que si Jack se trasladaba no sería bueno para la relación. Y ella no podía trasladarse con él; no iba a dejar su programa por él. Tampoco esperaba que él se retirase por ella ni deseaba perjudicarlo en su profesión. No podía hacerle eso. La noticia resultaba muy triste para ellos, pero Valerie no imaginaba que Jack pudiera negarse, aunque Miami no fuese el lugar de sus sueños.

—He dicho que me lo pensaría —contestó él—. Y lo haré. Cuando en París jugábamos a «qué pasaría si», planteándonos lo que sucedería si uno de nosotros tenía una oportunidad profesional que exigiese renunciar al otro o hacerle daño, no imaginábamos que esa posibilidad fuese tan real. Han dejado muy claro que esperan que acepte. Puedo decir que no, pero no me lo agradecerán precisamente. Valerie —añadió despacio—, ¿qué opinas tú? ¿Qué harías en mi lugar?

Quería realmente conocer su parecer y contar con su ayuda para tomar la decisión.

—Son dos preguntas distintas —dijo ella en voz baja—. ¿Qué siento? Tristeza. No quiero que te marches. Me encanta la vida que llevamos juntos. Quizá haya sido demasiado fácil y hayamos sido demasiado afortunados para que durase. Quizá la vida no sea tan sencilla. ¿Qué haría? Si he de serte sincera, no lo sé. No querría fastidiar mi carrera profesional, pero tampoco querría dejarte. Me alegro de no tener que decidir yo. Y Miami tampoco es el lugar de mis sueños. Es un sitio divertido para pasar un fin de semana, pero no quisiera vivir allí. Sin embargo, tienes que ir allá donde te lleve el trabajo y donde puedas conseguir dinero y ascensos importantes. Los dos somos demasiado jóvenes para retirarnos. Quiero que sepas que, cualquiera que sea tu decisión, la entenderé y nos las arreglaremos lo mejor posible. Yo podría viajar a Miami los viernes por la noche y coger el primer vuelo de regreso los lunes. Los políticos lo hacen sin parar: viajan desde Washington hasta el estado de California o cualquier lugar del oeste. Los gerentes de las empresas lo hacen para trabajar en una ciudad y reunirse con su familia en otra. No es fácil, pero si queremos podemos hacerlo. —Hablaba en serio, y Jack se sintió profundamente conmovido—. Haz lo que te parezca bien. Ya nos ocuparemos de nosotros más tarde.

Sin embargo, a Valerie le preocupaba que al vivir en Miami volviera a las jóvenes atractivas y de pocas luces. Pasaría mucho tiempo solo, y quizá al final cayese otra vez en las viejas tentaciones. Se sentía muy insegura, pero no compartió ese sentimiento con él. Pensó que sería injusto. Jack ya tenía bastante presión por parte de la cadena. Lo había dejado claro. No lo amenazaban con perjudicar su carrera si no iba, pero tampoco lo favorecería. Los directivos esperaban que sus empleados fuesen allá donde los enviasen, hasta en el caso de una gran estrella como él. A Jack la noticia le había caído como una bomba justo cuando todo iba tan bien entre ellos.

Regresaron al apartamento despacio y en silencio. Los dos tenían mucho en que pensar. Jack se mostró reservado durante casi todo el fin de semana. Valerie se ofreció a irse a casa, pero él no quiso. Deseaba tenerla cerca. Sin embargo, ella tenía la sensación de haberlo perdido ya. Esta vez el juego de «qué pasaría si» era real.

Esa noche no hicieron el amor, algo insólito para ellos, aunque permanecieron abrazados en la cama. Jack parecía solo y asustado. El domingo habló con su agente y su abogado. Su agente le dijo que era asunto suyo y que no creía que fuesen a perjudicarlo si no accedía, y su abogado le aconsejó trasladarse a Miami. Al final la decisión era suya.

El domingo por la tarde Valerie fue al restaurante para ver a April. Esta, que estaba trabajando allí sola, limpiando y tirando cosas a la basura, paró unos minutos para hablar con ella, sobre todo de la boda. Faltaba una semana y se sentía ilusionada, aunque dijo que Mike parecía de nuevo muy estresado con lo del bebé. Se estaba volviendo muy real, y más con todos los muebles infantiles que ocupaban el apartamento. Además, Ellen había pasado a dejarle la bañera y el cochecito.

—Más le vale presentarse a la boda —la advirtió Valerie, y April asintió con la cabeza.

—Claro. Solo está asustado. Supongo que yo también lo estoy. Es un gran cambio.

La vida era así. Estaban viviendo grandes cambios: el incendio, la relación, el bebé, el matrimonio… Eran cosas difíciles de asimilar. Y Valerie tenía lo suyo. No le comentó nada a April sobre el posible traslado de Jack a Miami. No quería disgustarla. Ya tenía bastantes preocupaciones con Mike, el incendio y el bebé. Faltaban dos semanas para la fecha prevista para el parto. Estaban en la recta final.

El domingo por la noche Jack y ella fueron al cine. Estuvieron de acuerdo en que lo mejor para ellos era salir a distraerse. Cenaron pizza en un restaurante llamado John's, pero los dos estaban desanimados y les costó mantener una conversación. Esa noche Valerie regresó a su propio apartamento sin él. Era la primera noche que pasaban separados desde hacía meses. Valerie pensó que Jack necesitaba espacio y se lo dijo. Lo que no le dijo fue que, si iba a trasladarse, más valía que empezaran a acostumbrarse a volver a pasar las noches solos. Con la oferta de la cadena la relación había dado un paso atrás, y era doloroso. Los dos temían lo que fuese a significar para ellos. Y a ninguno de ellos les gustaba. Valerie hacía todo lo posible para no presionarlo en modo alguno. Sin embargo, estaba triste, y Jack se daba cuenta. A él le ocurría lo mismo. Así era la vida. Aunque encontrases a una mujer o a un hombre estupendo, ocurrían cosas. Podía surgir algo así y tirarlo todo por la borda. Valerie esperaba que no les sucediese eso, pero ambos sabían que era posible, y ya lloraban la pérdida de su relación.

Durante la semana siguiente se vieron poco, aunque Valerie dormía en el apartamento de Jack. No quería que pensara que se estaba apartando de él. No era así, solo estaba ocupada, y volvía a casa de él tan tarde que se lo encontraba medio dormido. Se metía en la cama con él, y Jack la abrazaba y se dormía enseguida. Pretendían hacer el amor, pero no lo hacían. Siempre tenían prisa por algún motivo o tenían que salir corriendo para acudir a alguna reunión. Valerie ignoraba cuál sería la decisión de Jack y no se lo preguntaba. Estaba casi segura de que se iría. Pensaba que probablemente ella actuaría igual si estuviera en su lugar. No podías forjarte una carrera profesional y una imagen durante todos aquellos años, y luego tirarlo todo por la borda porque no querías trasladarte a otra ciudad. Había sacrificios que tenías que hacer. Y a veces, en el peor de los casos, lo que sacrificabas eran personas. Quizá aquel fuese uno de esos casos. Años atrás, Valerie había arriesgado su matrimonio por su profesión, aunque era más joven y su carrera iba en ascenso. ¿Elegiría lo mismo en ese momento? No lo sabía. Se alegraba de no ser ella quien tuviese que decidir. No envidiaba a Jack. Era imposible saber si el traslado mejoraría su carrera o si la negativa a trasladarse la perjudicaría. Nadie lo sabía. Y no se trataba solo del dinero. La cadena tenía todas las bazas en la mano. Otras cadenas querrían contar con él, pero Jack gozaba de una buena posición en esta desde hacía doce años. Valerie le estaba dando a Jack todo el espacio necesario para tomar la decisión, además de su comprensión y su apoyo, porque se trataba de una decisión complicada. Sabía que se amaban, pero faltaba ver cómo se traduciría ese amor en los momentos difíciles de la vida. Intentaba mostrarse madura al respecto. La única ventaja de la edad era la capacidad de sufrir una decepción sabiendo que sobrevivirías, porque lo habías superado en otras ocasiones.

La semana de la boda, April fue a la obra de reconstrucción del restaurante cada día. Mike estaba ocupado en el periódico. Todo estaba listo para el bebé en el apartamento, que estaba a reventar, igual que April. Esta parecía ir a explotar literalmente, y se sentía así. Apenas podía dormir por las noches, así que recorría el apartamento doblando las cosas del bebé, camisetas minúsculas, camisones y pijamas, gorritos, mantas, patucos y jerséis. Pocos días antes le había dado un arrebato y lo había lavado todo. Tenía que subir y bajar tres tramos de escaleras para ello, pero no le importaba. En la oficina, Mike le dijo a Jim que April se estaba volviendo un poco loca, y Jim le aseguró que era de esperar. Dijo que a todas las mujeres les ocurría al final del embarazo. Construir el nido de modo frenético era su forma de prepararse para la llegada del bebé. Algunos días, para relajarse, Mike intentaba fingir que no pasaba nada. Y lo tranquilizaba comentarlo todo con Jim, que tenía mucha experiencia. Había pasado por aquello tres veces y su esposa acababa de quedarse embarazada de nuevo, así que también tenían eso en común. Mike, que apenas podía imaginarse lo que sería tener un hijo, se sentía horrorizado al pensar en cuatro.

Había hecho una reserva en el hotel Carlyle para la luna de miel. Solo se alojarían allí una noche. Era cuanto podía permitirse, pero quería que fuese perfecto para ella. Fue a ver la habitación en persona sin mencionar en ningún momento que la novia estaba embarazada de nueve meses. Solo esperaba que no pasaran la noche en el hospital en lugar de en el hotel. Podía suceder. La doctora decía que April estaba a punto de dar a luz y que tenía muchas contracciones. Mike no dejaba de pedirle que fuese prudente en la obra de construcción, pero como de costumbre ella no le hacía caso. Cargaba maderas, utilizaba la palanqueta y llevaba cosas al contenedor. Incluso trasladaba ladrillos. April era un burro de carga que no tenía la menor idea de cómo dejar de serlo. Mike ya lo había asumido.

April habló con su madre la víspera de la boda y se dio cuenta de que Valerie estaba triste.

—¿Estás bien, mamá? —le preguntó, inquieta.

—Claro, cariño, es que estoy ocupada.

Parecía mucho más deprimida que ocupada. Esa noche April se lo comentó a Mike.

—Me pregunto si todo irá bien entre Jack y ella.

—¿Por qué no iba a ir bien?

La última vez que los había visto parecían recién casados.

—Nunca se sabe —dijo April con sensatez.

Milagrosamente, April había encontrado para la boda un vestido que le quedaba bien. Ellen y ella habían ido de compras y lo habían encontrado en Barneys. Era un amplio vestido de seda blanca con mucho vuelo y atado al cuello que le resaltaba los hombros. Era la única parte de su cuerpo que no parecía a punto de explotar. El vestido era corto, y April pensaba acompañarlo con unas sandalias de tacón. Llevaría un ramo de muguete que su madre había hecho traer de París. No era un vestido de boda tradicional, pero resultaba ideal para sus necesidades. Pat la acompañaría hasta el altar. Ellen sería la madrina, y Annie y Heather serían las damas de honor. Maddie había encontrado unos vestidos de lino azul celeste para ellas, y April le estaba agradecida por su ayuda. Su madre estaba decorando el apartamento con flores blancas, orquídeas, rosas y más muguete.

El viernes por la noche todo estaba a punto en el apartamento de Valerie, que dormiría en casa de Jack tal como había hecho durante la semana. Había demasiada actividad en su propia casa, y Dawn se alojaba allí para ayudar a organizar la boda. Todos los invitados habían aceptado, excepto dos de los camareros, que tenían que asistir a acontecimientos familiares propios. Todos los demás acudirían, incluidos el jefe de Mike, Jim con su esposa y sus hijos, y otro amigo de Mike del periódico. El novio le había pedido a Jack que fuese su padrino, un detalle que a este lo había conmovido, dado que Mike no tenía verdadera familia propia con la que mantuviera contacto.

La víspera de la boda, Valerie observó que Jack parecía tranquilo y tuvo la terrible sensación de que había decidido dejarla y seguir adelante solo. Su forma de mirarla tenía una cualidad agridulce, y Valerie se sintió invadida por el pánico, aunque no dijo nada porque lo amaba. Sin embargo, se prometió a sí misma que, si él la abandonaba, sería valiente. Quizá hubiese renunciado a mantener una relación a distancia y pensase romper antes de marcharse. No dijo nada, pero esa noche lloró a solas en el cuarto de baño. Luego, cuando se reunió con él en la cama, puso buena cara e hicieron el amor. Cada vez que lo hacían le preocupaba que fuese la última. Iba a ser difícil perder a quien tanto quería, pero no dejaba de recordarse a sí misma que sobreviviría. No tenía otra opción.

Esa noche, en la cama, junto a la cuna, Mike y April hablaban de su boda. April sabía que, según la tradición, se suponía que no debían verse la mañana de la boda, pero no tenían ningún otro sitio adonde ir. Su madre estaba en casa de Jack, el apartamento de esta estaba preparado para la boda, no había espacio para ella en casa de su padre, y Mike quería estar con ella y no irse a un hotel él solo. Así que estaban en su casa, en la cama, susurrando a la luz de la luna en la víspera de su boda.

—¿Tienes miedo? —murmuró ella.

Eran como dos niños pequeños soltando risitas en la oscuridad.

—Un poco —reconoció Mike.

Era más fácil decirlo a oscuras, aunque estaba dispuesto a admitirlo ante ella.

—Yo también. Me da más miedo tener el bebé que lo que pase después. ¿Y si duele demasiado y no puedo soportarlo?

Eso la asustaba. ¿Y si se volvía loca de dolor o perdía por completo el control delante de Mike? Sería embarazoso que él lo viera.

—Te daremos un montón de medicamentos —prometió él—. Otras mujeres parecen aguantarlo.

Mike esperaba que no lo pasara muy mal. Sintió verdadero terror cuando April estuvo en el hospital después del incendio y temía tanto como ella los dolores del parto.

—Mi madre se ha esforzado mucho en organizar la boda —dijo April acurrucándose contra Mike, que le pasaba el brazo por los hombros.

A él no le sorprendía. Las Wyatt parecían esforzarse mucho en todo lo que hacían, sin eludir tarea alguna. Ese rasgo familiar le producía admiración. April no era menos concienzuda que su madre. Incluso embarazada de nueve meses, estaba haciendo el trabajo de diez hombres en el restaurante, aunque no parecía perjudicarle en absoluto.

—Estoy seguro de que será preciosa —dijo él con ternura.

Ya estaba acostumbrado a la cuna con dosel situada junto a la cama, y su presencia había dejado de extrañarle. Se preguntó qué sentiría cuando hubiese alguien en ella. O cuando April se sentase en la mecedora para amamantar a su hijo. Seguro que sería una visión muy dulce.

Al volverse de espaldas a April, esta se le arrimó por detrás y Mike notó al bebé dando patadas. Se durmió al suave ritmo de las patadas de su hijo, preguntándose cómo podía dormir ella.

22

La mañana de la boda, April y Mike estaban sumamente nerviosos. La tensión de la jornada que les esperaba y todo el alcance del paso que se disponían a dar los habían afectado. Mike se arreglaría en su piso y April se vestiría en casa de su madre. Ellen pasó a buscarla en taxi y se fueron juntas. En casa de Valerie la aguardaban una peluquera y una manicura, y el vestido estaba ya allí.

—Hasta luego —dijo, y se despidió con un beso de Mike, que acababa de cortarse con la maquinilla de afeitar y tenía trocitos de papel higiénico pegados en la cara—. Trata de no matarte antes de la boda —añadió ella en broma.

Él la fulminó con la mirada y luego se echó a reír.

—Vale, estoy nervioso. Sal de aquí antes de que cambie de idea.

Sería la clásica boda de penalti, con una novia embarazada de nueve meses tras una aventura de una noche. A April le entraba la risa solo de pensarlo, y volvió a reírse dentro del taxi mientras iba con Ellen al apartamento de Valerie.

—Es un buen tío —confirmó esta.

Dawn las estaba esperando. A aquellas alturas, todos se habían acostumbrado a su aspecto y a su indumentaria, a sus piercings y a sus tatuajes de estilo punk. Para la boda se había teñido el mechón de color azul celeste. Trabajar para Valerie no la había vuelto más conservadora. A Valerie no le importaba, puesto que Dawn mostraba una eficacia impresionante y la había ayudado a organizarlo todo con una energía inagotable.

Ellen traía su vestido, que era del mismo azul claro que los de las hermanas de April. Sin embargo, el suyo era corto, como el de April, mientras que los trajes de sus hermanas eran largos. Valerie había decidido ir de malva, en tonos vagamente conjuntados, con un vestido de cóctel de organdí que le pareció adecuado para la madre de una novia.

En el mismo momento en que April llegaba al apartamento de su madre, esta salía del de Jack, que aún dormía profundamente. Valerie le dejó una nota en la que le decía que lo quería y que se verían en la boda. Tal vez debido a la decisión pendiente acerca de lo de Miami, sentía que cada día que compartían era el último. Era una sensación deprimente, pero intentó disimular su preocupación mientras recorría a toda velocidad las tres manzanas de distancia hasta su propio apartamento. Al llegar se encontró a April y a Ellen en la cocina con la manicura. Si no se miraba el vientre de April, la joven no parecía ni siquiera embarazada: todo el peso se concentraba allí, y además había engordado menos de lo permitido.

—Bueno, señoras, ¿cómo estamos? —les preguntó Valerie.

Su secretaria le dio una taza de café. Valerie llevaba unos tejanos, una camiseta y unas sandalias, y parecía casi tan joven como su hija. El día anterior había telefoneado a Alan Starr para que le hiciera una lectura sobre la boda, y el tarotista dijo que todo iría bien. No le había preguntado por la decisión de Jack acerca de lo de Miami. No quería oír malas noticias. Podía adivinarla ella sola, sin ser vidente. En realidad, Jack no tenía más remedio que irse, y Valerie estaba segura de que él también lo sabía.

A April le estaban pintado las uñas de color claro e iban a recogerle el pelo en una trenza floja con tallos de muguete entrelazados. Valerie abrió los frigoríficos y vio las flores para el banquete de bodas. El resto había sido entregado por la floristería esa mañana temprano, y el salón estaba lleno de orquídeas y de rosas blancas. La cristalería y la plata de las cinco mesas relucía. Y había una alfombra que cruzaba el salón para que la novia y su padre la recorrieran cuando caminasen hacia el juez y Mike. Era una boda muy tradicional, a pesar de las insólitas circunstancias y de que solo hubiese tenido dos semanas para organizarla. Pero a Valerie se le daba bien aquello, y Dawn aprendía rápido. La tarta llegó media hora más tarde, seguida de Heather y de Annie, que traían sus vestidos. Valerie las dejó en el cuarto de invitados, pero al cabo de cinco minutos las muchachas salieron dando saltos en busca de su hermana. April se estaba bañando en el cuarto de baño de mármol rosa y emergió como una Venus muy embarazada mientras sus hermanas miraban fijamente su vientre.

—¡Dios mío, pero si estás enorme! —exclamó Heather con una expresión atónita.

—Gracias, ya lo sé —contestó April entre risas—. Solo espero aguantar toda la boda.

Llevaba toda la mañana notando contracciones, aunque estaba convencida de que solo eran los nervios. El bebé se daba cuenta de que estaba sucediendo algo importante. Sus padres se iban a casar. April se lo dijo a su madre, que sonrió.

—Trata de no tener el bebé antes de que cortemos la tarta —le aconsejó Valerie, y ambas se echaron a reír.

A las once en punto, todas las mujeres estaban en sus respectivas habitaciones preparándose. Salieron justo a tiempo. Ellen y las hermanastras de April estaban muy guapas con sus vestidos y llevaban el pelo peinado con sencillez. Valerie iba de un lado para otro con su vestido de organdí malva, poniéndose sus perlas, y Maddie llegó vestida de sobrio azul marino para ver si podía ayudar en algo. Dawn, que llevaba un vestido corto azul eléctrico y unos zapatos de tacón con plataforma, se situó al fondo, de pie.

Entonces acudieron todas al dormitorio de Valerie para ver a April, que estaba bellísima con su vestido trapecio de seda blanca. Llevaba las flores entrelazadas en el pelo, tal como Valerie había sugerido. A las doce menos diez, Dawn les dio a todas sus respectivos ramos.

El juez ya estaba allí, esperando en el salón con una copa de champán. Era un viejo amigo de Valerie y se alegraba de hacer aquello por ella. Cinco minutos después llegaron todos los hombres: Jack, Pat y Mike, así como Jim y Ed del periódico. Dawn les puso una minúscula rosa blanca en la solapa, excepto a Mike, que recibió muguete, igual que el del ramo y el pelo de su novia. Parecía muerto de miedo.

—Aguanta, hombre, antes de que te des cuenta se habrá acabado —le dijo Pat en broma.

Mientras charlaban con el juez aceptaron una ronda de champán. Mike parecía necesitarla. Cuando acabaron, Pat fue a ver a su hija.

Los invitados empezaron a llegar puntuales a las doce, y a las doce y media todo el mundo estaba allí. April y su padre estaban charlando tranquilamente en la habitación de Valerie.

—Estás preciosa —le dijo Pat a su hija.

Parecía una auténtica novia, incluso en su estado, y estaba radiante. Todo había salido bien.

Valerie no tuvo tiempo siquiera para ver a Jack o hablar con él una vez que empezaron a llegar los invitados. Le sonrió desde el otro lado de la habitación, y por un instante deseó que la boda fuese de ellos. Así al menos podría estar segura de que no lo perdería. Aunque, por supuesto, ni siquiera los votos matrimoniales ofrecían garantías.

A la una menos veinticinco, la pequeña orquesta de cámara comenzó a tocar *Música acuática* de Händel. En ese momento April salió del brazo de su padre, precedida de sus hermanas. Mike se quedó sin aliento al verla. April estaba preciosa y sonrió de oreja a oreja al volverse hacia él.

Valerie, Pat y Maddie estaban de pie juntos en la primera fila, con Jack justo detrás de Valerie. Esta se volvió a mirarlo varias veces, y él le tocó el hombro y se lo apretó con ternura. Una vez se inclinó hacia delante y susurró:

—Todo va a salir bien.

Ella no supo si se refería a April o a ellos, pero sentada como estaba en la primera fila y durante la ceremonia no podía preguntárselo. Asintió con la cabeza y le susurró a Pat algo acerca de lo guapa que estaba la hija de ambos. Y luego, tras unas palabras, el juez los declaró marido y mujer y se besaron. Con lágrimas en los ojos, April y Mike saludaron a todos sus amigos con sonrisas y abrazos. Había sido una boda sencilla y perfecta.

—Has hecho un trabajo maravilloso. —Jack felicitó a Valerie cuando se volvió hacia él después de la ceremonia.

—Gracias —dijo ella, mirándolo con el peso de la última semana en los ojos.

Jack se dio cuenta y se sintió conmovido.

—No me voy a Miami —dijo con sencillez.

No quiso tenerla en suspenso ni un instante más. Lo había decidido el día anterior, pero quería consultarlo con la almohada. Esa mañana, antes de la boda, había telefoneado a su agente y a su abogado.

—¿No te vas? —preguntó Valerie con una gran sonrisa—. ¿Hablas en serio? Pero ¿y tu carrera?

Estaba preocupada por él y no se atrevía a preguntarle qué lo había llevado a tomar aquella decisión, si era el rechazo a vivir en Miami o la relación que había entre ellos. De todos modos, no importaba. No se marchaba. Le entraron ganas de llorar de alivio mientras lo rodeaba con los brazos y lo besaba.

—Mi carrera sobrevivirá. No pienso poner mi vida patas arriba a estas alturas. Me parece que todo se reduce a lo que dijimos los dos. Llega un momento en el que hay que hacer sacrificios. Yo siempre he renunciado a mi vida personal en aras de mi carrera. Esta vez no he querido hacerlo. Es hora de hacer algo diferente.

Valerie lo miró, incrédula. Le estaba diciendo que por ella había renunciado a un ascenso y a ganar más dinero. Y lo peor de todo era que Valerie no sabía si habría tenido agallas para tomar la misma decisión de haber estado en su lugar. Sin embargo, Jack lo había hecho. Y quizá la próxima vez, si la decisión le correspondía a ella, también la tomase. Tal como él había dicho, llegaba un momento en el que la vida no era solo una carrera profesional y una ambición ciega. Y al mirarla Jack supo que, ocurriera lo que ocurriera entre ellos en el futuro, había tomado la decisión acertada para sí mismo. Y también para ella.

—Estaba segura de que te irías —le dijo ella en un susurro—. Me parecía que ya te había perdido.

Jack negó firmemente con la cabeza mirándola a los ojos.

—No me has perdido, y creo que no podrías perderme. En diciembre sobrevivimos juntos al ataque contra el edificio de la cadena. Si tuve que pasar por todo aquello para encontrarte, no iba a tirarlo todo por la borda ahora.

Valerie pensó que ella tampoco lo haría. Los dos habían madurado, y algo había cambiado en ellos de forma muy sutil. Sus edades ya no importaban, pero sus objetivos y sus valores sí. Jack estaba encantado de no marcharse a Miami y de quedarse en Nueva York con ella, y la cadena lo aceptaría. No habrían podido compensarlo lo suficiente por perderla.

—Gracias —dijo ella acercándose a Jack—. Gracias.

Los demás se unieron a ellos, y se pasaron la tarde hablando con los amigos de April y de Mike y con los trabajadores del restaurante.

Los últimos invitados se marcharon a las cuatro, tras un excelente almuerzo y varios discursos muy conmovedores, en particular el del padre de April, que dijo lo orgulloso que se sentía de ella y que aquella era la mejor boda de penalti a la que había asistido en su vida. Todo el mundo se rió a carcajadas. No tenía sentido fingir que no lo era.

Justo antes de marcharse, April lanzó el ramo con mano firme y ojo experto, directamente a su madre, que lo cogió con cara de sobresalto.

—Vaya, ¿qué voy a hacer con esto? —le dijo a Jack, que estaba junto a ella y se rió al ver su expresión desconcertada.

Valerie estuvo a punto de devolvérselo a su hija. Aún no estaba preparada.

—Guárdatelo —dijo él con desenvoltura—. Nunca sabes cuándo podría hacerte falta. La próxima vez que me pidan que me traslade a Miami puede que te obligue a casarte conmigo y a acompañarme.

Jack no le preguntó «qué pasaría si» ni ella dijo que no lo haría. Valerie se sentía tremendamente conmovida e impresionada por lo que había hecho por ella al rechazar la oferta de la cadena. También lo había hecho por sí mismo.

Y luego April y Mike se fueron al hotel Carlyle. Cuando los últimos invitados se marcharon, Valerie se quitó los zapatos y le sonrió a Jack. Había sido una boda preciosa y un día mágico, no solo para los novios, sino también para ellos. Entonces Jack la estrechó entre sus brazos y la besó, y Valerie se dejó caer contra él inmensamente aliviada. Había tenido mucho miedo de perderlo, pero había sido valiente. Le parecía que habían ganado la Super Bowl y se sentía muy, muy afortunada.

Esa noche April y Mike habían pedido la cena en su habitación del hotel Carlyle y estaban viendo una película. April estaba contenta pero exhausta. Los novios comentaron los detalles de la boda y lo maravilloso que había sido el día. Ambos coincidían en que Valerie les había organizado una boda perfecta. De pronto April miró a su marido con una amplia sonrisa.

—¡Y hasta he conseguido no tener el bebé! —exclamó orgullosa, como si ella hubiese tenido algo que ver.

Por una vez apenas se movía, como si también estuviese agotado. Había sido un día memorable, aunque muy largo para todos.

—Intenta aguantar esta noche. Ya que tenemos la habitación, más vale que la disfrutemos.

—Haré lo que pueda, pero no puedo prometer nada.

Su vestido estaba en una silla, y aún llevaba el muguete en la trenza. Seguía siendo una novia y aún no se sentía preparada para ser madre. Al menos no esa noche. Quería disfrutar de su luna de miel.

—¿Tienes contracciones? —preguntó Mike, preocupado.

—No más de lo habitual. Creo que esta noche no pasará nada.

Al oír esas palabras Mike se relajó, y le habría encantado hacerle el amor a April en su noche de bodas, pero no se atrevió. Le faltaba tan poco para dar a luz que a Mike le dio miedo provocar el parto; ninguno de ellos estaba en condiciones de afrontar la posibilidad de que tuviese el bebé esa noche. Estaban exhaustos. Se conformaron con comer tortilla del servicio de habitaciones y ver películas. Antes de irse a dormir, April llamó a su madre para darle las gracias de nuevo, y Valerie le pareció contenta.

—Creo que mi madre vuelve a estar bien —le dijo April a Mike, que ya se dormía.

April se había dado cuenta de que Valerie estaba preocupada. Fuese cual fuese el problema, parecía estar resuelto. April se alegraba; quería ver feliz a su madre.

—Me pregunto si se casarán algún día —caviló, pero Mike no contestó, ya estaba profundamente dormido y roncaba con suavidad.

23

Tras el fin de semana del día de los Caídos, April volvió al restaurante como si nada hubiese ocurrido. Se mostraba igual de ocupada y de enérgica, aunque quizá aminoraba un poco el ritmo, tan poco que casi nadie se habría dado cuenta. Pero Mike sí, porque la conocía mejor que la mayoría. Parecía un poco más cansada y le costaba más levantarse por las mañanas, pero seguía adelante. El viernes Mike dijo en broma que estaba claro que nunca tendría el bebé y que todo había sido una estratagema para obligarlo a casarse con ella. Llevaban seis días casados y eran muy felices.

Mike fue a visitarla el viernes por la tarde al salir del periódico. April se encontraba en la cocina con el fontanero y el electricista. Acababa de adquirir unos fogones nuevos para la cocina y estudiaba ilusionada los folletos en compañía de los dos profesionales. Mike apareció detrás de ella y la rodeó con los brazos.

—¿Qué tal? —le preguntó en un tono alegre.

Estaba deseando pasar el fin de semana con ella. Tal vez tuviesen el bebé. April cumplía al día siguiente, aunque los bebés nunca llegaban a tiempo. Según la doctora tal vez tuviese que esperar dos semanas más. A April no le importaba, pues le quedaba mucho por hacer.

Mike observó que April se llevaba las manos a la espalda mientras hablaba con el electricista. Le preguntó por qué hacía ese gesto, y ella le dijo que por la mañana había arrastrado algún objeto pesado y que no era nada. Al salir del restaurante fueron a dar un paseo. April no paraba de frotarse el vientre y tenía más dificultades de las habituales para seguir el ritmo de Mike. De pronto se detuvo y le apretó el brazo. Él se volvió a mirarla. Algo estaba sucediendo. April estaba distinta, aunque insistía en que se encontraba bien.

—¿Qué ha sido eso, entonces? —le preguntó él, suspicaz, cuando se volvió a parar.

—Un simple calambre. He llevado unas tablas al contenedor —explicó.

Mike puso los ojos en blanco y sacudió la cabeza, aunque a aquellas alturas si tenía el bebé no pasaba nada.

—Llevo todo el día con calambres —añadió April.

Él la miró y se echó a reír.

—Creo que te niegas a ver la realidad. ¿Se te ha ocurrido pensar que puedes estar de parto? No soy ningún experto, pero tienes todos los síntomas.

Mike había estado leyendo sobre el tema para prepararse. April tenía dolor de espalda y unos «calambres» que probablemente eran contracciones. Además, le costaba caminar cuando eso sucedía. Mike sugirió que tomasen un taxi hasta casa, y en el momento en que paraba uno ella se retorció de dolor. Esta vez era una contracción, no había duda al respecto. Y April no podía caminar ni hablar.

—¿Sabes cada cuánto tiempo te pasa esto? —preguntó Mike mientras subían al taxi.

—No llevo el reloj. Me lo he dejado en el lavabo esta mañana.

—April —dijo él, tratando de fingir una calma que no sentía. De pronto estaba muy asustado. ¿Y si lo tenía en el taxi o sola en casa con él? ¿Qué haría? Inspiró hondo e intentó hablarle con calma—: Me parece que estás de parto. Vamos al hospital a que te echen un vistazo.

—¡Qué tontería! —dijo ella al ver su expresión. Entonces la asaltó otra oleada de dolor y paró de hablar.

De pronto su sugerencia dejó de parecer una tontería. Si lo pensaba, llevaba todo el día teniendo calambres, y la espalda le dolía mucho. Sentía que la presión la aplastaba y lo miró con los ojos muy abiertos.

—Quizá tengas razón —dijo April en voz baja, apretándole el brazo.

Mike cambió la dirección que le había dado al taxista y le dijo que fuese al hospital. Y esta vez cronometró las contracciones. Eran regulares y se producían cada tres minutos. Cuando Mike se lo dijo, April se quedó aterrada.

—Creo que no estoy preparada —dijo, nerviosa.

—Sí que lo estás —dijo Mike en un tono tranquilizador.

April lo miró con los ojos muy abiertos, de repente preocupada también por él.

—¿Y tú? ¿Estás bien? Si ha llegado el momento, ¿vas a estar conmigo o quieres que avise a Ellen?

Mike ni siquiera vaciló. Ella era su esposa, y aquel era el bebé de ambos.

—No te preocupes, voy a estar contigo. Estoy bien. Y tú también. —Le agarró la mano con fuerza y continuó cronometrando las contracciones, que se habían prolongado e intensificado desde que habían subido al taxi—. Menos mal que me he presentado en el restaurante. De lo contrario, habrías podido tener al bebé en el mismo suelo. ¿No te has dado cuenta de lo que estaba pasando?

April negó con la cabeza.

—Estaba demasiado ocupada. Simplemente creía que esta mañana había sufrido un tirón en un músculo.

—Un músculo —repitió Mike, desazonado al ver que se quedaban atrapados en el tráfico típico de los viernes por la tarde. Acto seguido se dirigió al taxista—: Dese prisa, por favor. Creo que mi mujer va a dar a luz.

—Les ruego que no sea en mi taxi —contestó el taxista, mirándolo implorante a través del retrovisor.

Mike le dijo que acelerase. Para entonces April había dejado de hablar del todo y se agarraba a él con una mueca de dolor.

—¿Quieres que llame a tu madre? —preguntó él.

April asintió con la cabeza. Ninguno de los dos albergaba ya duda alguna: iba a tener el bebé. Las contracciones eran rápidas e intensas. Debía de estar de parto desde esa mañana. Mike llamó a Valerie, quien le dijo que telefonearía a Pat y que acudirían al hospital a aguardar la buena noticia. Mike solo esperaba que la buena noticia no sucediese en el taxi.

El taxista entró en el acceso a la sala de emergencias y se detuvo. April, espantada, abrió unos ojos como platos.

—Creo que voy a vomitar —dijo, asustada y mareada.

Mike sacudió la cabeza. Sabía lo que eso significaba. Había hecho los deberes. A April le faltaba muy poco para tener el bebé.

—¡Vaya a buscar a una enfermera —le gritó al taxista— o a un médico!

El taxista entró corriendo en el hospital, y momentos después salió una enfermera de uniforme empujando una silla de ruedas. Era una corpulenta afroamericana con la cabeza llena de minúsculas trenzas y una enorme sonrisa en la cara.

—Venga —le dijo a April en un tono firme—, vamos a sacarte de ese taxi. Papá, échanos una mano —añadió mirando a Mike, el cual asintió con la cabeza.

—Me parece que voy a tenerlo ahora mismo —dijo April, dejándose arrastrar por el pánico.

—Ni hablar —dijo la enfermera con firmeza—. Primero vamos a llevarte al hospital. No querrás tener el bebé en un taxi. ¡No te imaginas la que se lía!

April se echó a reír a pesar de los dolores. Entre Mike y la enfermera la ayudaron a sentarse en la silla de ruedas. Mike le pagó al taxista el doble del precio de la carrera, le dio las gracias y echó a correr tras la enfermera, que se llevaba a April. Esta empezó a gritar en cuanto la tendieron en una camilla de la sala de exploración. La enfermera le preguntó a April el nombre de su tocólogo y pidió a otra enfermera de la sala de emergencias que estaba allí que avisara al tocólogo de guardia y luego telefonease a la doctora de April. La enfermera le advirtió a April que iba a examinarla. Mike y ella la ayudaron a quitarse los tejanos y la camiseta, le pusieron una bata y volvieron a tenderla en la camilla.

—¡No empujes ahora! —le recomendó la enfermera sin dejar de sonreír.

La mujer tenía un aura de competencia y de calidez que tranquilizó a Mike. Las cosas estaban yendo muy deprisa.

—No lo hago —dijo April con los dientes apretados—, pero tengo ganas. El bebé empuja con mucha fuerza. ¿Pueden darme medicamentos ya? Me duele mucho.

Miró implorante a Mike, y este miró a la enfermera. La mujer estaba examinando a April y luego les sonrió a ambos.

—Vas a tener el bebé dentro de un par de minutos, antes de que el anestesista pueda llegar siquiera. Tienes una dilatación de diez centímetros, y algo me dice que llevas un rato así. ¿Es el primer hijo?

April asintió con la cabeza.

—¿Qué estabas haciendo para pasar por alto los síntomas?

La enfermera había quitado el extremo de la camilla, montó unos estribos y unos soportes para las piernas y, con suavidad, colocó encima las piernas de April, que la miraba aterrada.

—Estaba llevando unas tablas viejas a un contenedor. No puedo tener un bebé ahora. ¡No estoy preparada! —gritó, enfadada y asustada de pronto.

Estaba perdiendo el control, pero Mike, junto a ella, se mostraba firme como una roca.

—Sí que lo estás —dijo la enfermera con calma—. Aquí no llegan muchas mamás que pasen por alto los síntomas del parto porque están cargando maderas. ¿Eres trabajadora de la construcción? —preguntó con una amplia sonrisa.

Estaba sacando instrumentos rápidamente sin perder de vista a April.

—No, tengo un restaurante —dijo con una mueca de dolor.

Sin embargo, no gritaba. Mike estaba sorprendido por el proceso y lo deprisa que había ocurrido todo.

La enfermera se volvió hacia Mike. Aún no había llegado el médico, pero parecía irles muy bien sin él.

—Papá, ¿te gustaría ver la cabeza de tu bebé?

—¿La ves? —preguntó April, sonriente.

Entonces la asaltó otra oleada de dolor, la peor que había tenido hasta el momento. Mike le sostuvo los hombros, se asomó y vio la cabeza del bebé coronando. Tenía el pelo corto, oscuro y rizado, y se retrajo ligeramente cuando acabó la contracción.

—Vale, papá, tú sujeta una pierna y yo sujetaré la otra. Mamá, cuando empiece la próxima contracción vas a contener la respiración y a empujar tan fuerte como puedas. En un par de minutos vamos a ponerte a tu bebé en los brazos. Empuja ahora —dijo.

La contracción había empezado y April ya empujaba. El bebé avanzó sin parar y salió disparado. Las manos de la enfermera lo acogieron mientras April soltaba un gemido grave y prolongado. Mike miró sobresaltado a April, que sonreía entre lágrimas. La enfermera limpió al bebé, lo envolvió en una manta y se lo entregó a Mike.

—Tienes un hijo —le anunció la enfermera.

En ese momento cruzaba la puerta el médico de guardia, a tiempo de cortar el cordón umbilical. La doctora de April no había llegado. Mike se dio cuenta, horrorizado, de que habían salido del restaurante hacía veinte minutos. April había dado a luz solo siete minutos después de su llegada al hospital. El taxista ignoraba lo afortunado que había sido.

Mike se inclinó sobre April con el bebé entre los brazos y se lo puso sobre el pecho. Ella lo tocó y miró a Mike. Los dos estaban llorando y sonriendo al mismo tiempo.

—Sam —dijo April en un susurro.

—Sabía que era un niño —dijo Mike, mirándolo con orgullo mientras lloraba de alegría.

Aún no lo habían pesado, pero estaba claro que era un niño grande. La enfermera le calculaba cuatro kilos, y había salido casi sin ayuda. April comentó que al fin y al cabo no había sido tan difícil, y Mike puso los ojos en blanco. A él no le había parecido fácil, pero tampoco tan terrible como se temía, y el milagro de ver a un ser humano, su hijo, surgir de las entrañas de otro lo había dejado estupefacto.

La enfermera salió un momento de la sala mientras el médico sacaba la placenta y cortaba el cordón umbilical. Cuando volvió, la mujer miró a April y dijo:

—Ahí fuera hay un montón de gente preguntando por April Wyatt. ¿Eres tú? —inquirió con aquella gran sonrisa maternal que los había tranquilizado a los dos.

—Lo era —dijo April alegremente con el bebé en brazos, mientras Mike los miraba a los dos con orgullo—. Ahora soy April Steinman. Me casé el sábado pasado —le dijo a la enfermera, que se echó a reír.

—Vaya, pues me alegro mucho. ¿Quieres que pasen cuando te hayamos adecentado un poco?

April miró a Mike para asegurarse de que le parecía bien, y él asintió con la cabeza, a sabiendas de que aquel era el día más feliz de su vida a pesar del miedo que había pasado. Nunca había querido más a April. Le parecía estupendo que entrase su familia. También era la de él. Al igual que Sam. Para siempre.

—Vale —dijo April.

Había empezado a temblar y la cubrieron con una manta caliente. Le habían sacado los pies de los estribos, y la enfermera les dijo que los temblores eran normales y no tardarían en desaparecer.

Momentos después entró toda su familia. Pat y Maddie, Annie y Heather, Valerie y Jack. La sala estaba llena de personas que soltaban exclamaciones acerca del bebé, hablaban con April y Mike y deseaban conocer a Sam. April se sentía muy feliz con su bebé entre los brazos, y Mike, de pie a su lado, le decía cuánto la quería mientras todo el mundo los felicitaba. Valerie miraba al bebé con lágrimas en los ojos, cogiendo a Jack de la mano. Y de pronto Mike comprendió que todo era perfecto. Aquello era una vida completamente distinta de la que había conocido de niño, entre personas que se querían, que querían al bebé e incluso lo querían a él. Y el pequeño Sam era el bebé mejor recibido del mundo.

Los otros se marcharon al cabo de pocos minutos, y April y él se besaron. Luego ella se inclinó, besó al bebé y susurró:

—Bienvenido al mundo, Sam.

Meses atrás no podían saberlo, pero el peor cumpleaños de algunos había acabado siendo el mejor de todos.

Papel certificado por el Forest Stewardship Council®